步非烟 作品

龙御四极 II

中国华侨出版社
·北京·

题记.

传说

每一个世界最终都会劫灭

重入轮回

在那一天

一只美丽的雪妖

会从雪原深处走出

为绝望的世人

跳起

葬天之舞

目录

❧ 前情介绍 ❧

百年前，石国国君石星御，凭借四条神龙，纵横天下，无可匹敌，人称四极龙神。

石星御征战四方，几乎将西域五十国统一麾下。然而由于太执着于强力，石星御终于堕入魔道，屠戮成性。一时间，无数小国一夜灭族，血染黄沙，生灵涂炭，万里沃土几成炼狱。

摩云书院尊长紫极老人不得已命弟子君千殇出动禁忌的轮回之力，才将四极龙神打败，却依旧无法将之消灭。紫极老人动用分形镇压之术，将其分为心、神、意、形、体五部分，分别禁锢于无上秘境之中。

从此之后，四极龙神便成了一个秘魔禁忌，绝传天下。

摩云书院乃大唐第一书院，院主紫极老人修为通天，大弟子君千殇、二弟子谢云石、三弟子陆北庭皆为绝顶高手，或参悟无上道法，逍遥天下；或征战沙场，成就不朽功业。天下之人，无不向往。摩云书院每十年开院择徒一次，只收十八位弟子，每位弟子都由院主亲自甄选，凡有资格进入书院者，皆身怀绝艺，为人中龙凤。

然而，今年却是例外。

书院甄选生徒当天，与紫极齐名的魔道尊长雪隐上人、大日至联袂而来，以无上异宝交换，只求紫极今年不再收徒。

因为神佛已降下预言，摩云书院本届生徒中，注定有一人将触动禁制，释放万魔之王。

届时，四极龙神将带着对天下的无尽怨怒再度出世，大唐盛世必将因此而终结，芸芸众生必将再入炼狱。

紫极老人却不顾两人阻挠，以天命不可逆为由，继续开院择徒。只是这一届生徒的甄选结果大大出乎所有人的意料。

书院招收的第一位学徒竟是一位浪迹江湖的小混混——李玄。

李玄不学无术，只是误打误撞进了摩云书院，又莫名其妙地成了大师兄，享书院中诸多特权。李玄不求上进，并不将这些特权用于修炼道术上，而是四处探险游玩，顺便完成院花苏犹怜对他的爱情考验。

正当李玄在书院中悠闲度日时，与紫极齐名的魔道尊长雪隐上人找到了他，许给他娇妻美妾、滔天富贵，只要他离开摩云书院。

因为，他便是那触动禁忌的魔。

天下生灵必将因他涂炭，大地也将因他赤红。

李玄相信了雪隐所言，为天下苍生考虑，他不得不准备离开书院，继续漂泊，然而一切已经太迟。

禁制无意中已被触动。

封印崩摧。

四极龙神即将再度出世。

那是不可改变的浩劫。

第一章　拔剑四顾心茫然

终南山后，月色宛如流水，垂照大地，漫天碧气化为沉沉罗帐，压在琼林之上。

琼林中，一桌两椅，分坐着李玄和雪隐上人。

树影摇曳中，李玄低着头，脸上那份惯有的吊儿郎当之色已完全隐没，第一次如此深沉地说："若我离开，真的会让盛世永远延续下去吗？"

雪隐上人缓缓地点了点头。

李玄不再说话，转身向摩云书院走去。

雪隐上人不再拦他，因为他一定是去跟众人告别的。雪隐上人相信李玄一定能做出正确的选择。

只是，会有正确的选择吗？

雪隐抬头，注视着浩渺的苍天。

天道幽远，又岂是凡人能看透的？良久，他不由得发出一声长叹。

李玄想找的第一个人是苏犹怜。

这个雪一般的女子是所有少年心中的梦想，李玄虽然被她的考验折磨得九死一生、疲惫不堪，却也有些乐在其中。

她仿佛是一片雪，就算冻住了你的灵魂，却依旧那么洁净，那么妩媚，当她飞扬在天地之间时，便映着月光，幻化出七彩的光芒。

　　那光芒足以照耀每个人的一生。

　　但他的人生呢？

　　他的眼前掠过那抹漆黑的夜色，以及漆黑中若隐若现的树影。

　　那便是他的人生，他已没有了别的选择。若是魅没有死的话，李玄一定要找到他，让他再施展一次赤夜妖瞳，揭开李玄前生的面纱，看到那张脸。

　　如果那个人不是苏犹怜，他将怎么办？

　　李玄心中一惊。

　　雪隐上人的话犹在耳边——你和所有人都无缘。

　　都无缘吗？

　　李玄不相信。

　　每个人都有轮回，有轮回便有因缘。三界众生、王侯将相、英雄美人都无一例外，他又怎可能和所有人都无缘？

　　但他心中还是有一种不祥的预感——如果在前生幻境中，那个女子不是苏犹怜，他该怎么办？

　　前生，他为了家国、为了功业，眼睁睁看着她走上恶魔的祭坛。

　　他亏欠她太多，只怕用三生三世也无法补偿。

　　他只能倾尽今生，去寻找那错过的轮回。

　　若那个人不是苏犹怜，他只能对苏犹怜怀着深深的愧疚，却再无法爱她。

　　因为他的轮回已被紧紧地钉在了前世的情缘上，无法抗拒，不能舍弃。

　　那么他究竟该不该继续完成苏犹怜的考验呢？

　　李玄踌躇起来，他不是个决绝的人，事到如今，便不知该如何选择。但他也不是个退缩、逃避的人，所以他一定要找到苏犹怜，问明这一切。

而这需要鼓起很大的勇气，如果不是李玄即将离开书院，他也不会有这么大的勇气。

奇怪的是，他找遍了书院，也没有找到苏犹怜的影子。

他去问瑶儿，瑶儿要挟他讲故事。他知道这是最后一次讲故事给瑶儿听了。他讲述了在一个遥远的国度里，公主、勇者和魔王的故事。大部分情节都是他瞎编的，但他还是讲得泪流满面，瑶儿一面哭一面不住地说，这是它听过的最好的故事。但听完之后，瑶儿告诉他，它也不知道苏犹怜在哪里。

他去问咕噜，咕噜要吃云泥。他跟阿长打架，引开了厨房中的所有人，让咕噜悄悄溜进去吃了个饱。李玄鼻青脸肿地回来，费尽力气才让饱食昏睡的咕噜醒过来。咕噜告诉他，昨天它见到过苏犹怜，今天嘛，今天没有见到。

他去问元尊，元尊一顿雷霆劈在他头上，说自己最讨厌的就是花心大萝卜……

他还能去问谁？小玉？算了，这只臭鸟上辈子就跟他有仇。

既然找不到苏犹怜，他还需要跟谁道别呢？

容小意？看了看自己那具依旧透明的身躯，李玄决定还是算了。反正容小意有一身本领，也不用他来关心。

封常青和边令诚？

想起这两个刚结拜的兄弟，李玄还是有些不舍。但他知道，跟着自己这样无赖的老大，只会害了他们。离开他，说不定他们会有辉煌、光明的人生。

郑百年？崔氏三姊妹？卢家兄弟？那些人不必他去关心吧？对了，还有紫极老人……

好歹自己是他亲传的弟子，临走怎么都得去知会他一下。李玄向终南山顶走去，想想还是算了，最后再去告诉这臭老头吧。

所以，就只剩下一个人了。

那就是龙薇儿。

李玄从怀中拿出那枚金钗，那是他从龙薇儿手中诓诈来的。这枚金钗让他脸上有了一抹笑容。这个无比天真、古灵精怪的小妞，计策层出不穷，不但让他帮着她进入了摩云书院，还让他写下十万欠条，几乎永生都是她的奴隶。

这些本都是让他愁眉不展的事情，现在却化成一抹微笑。他想起了他在幻境中见到的那个年幼的龙薇儿，想到她扬起头，忽略所有的伤痛与恐惧，甜甜地叫他"谢哥哥"，他的心忽然痛了起来。

那是跟他的童年多么相似的经历，一样痛苦，一样不愿人知，一样擦干眼泪在众人面前绽开笑颜。

就算离开了摩云书院，他的约定一样有效，终其一生，他也要助龙薇儿找到属于她的幸福。

但他也没找到龙薇儿。

今天是什么奇怪的日子，怎么他想找的人都找不到？

李玄愤懑地叹了口气，突然看见前面有个影子一闪而过。

咦？那好像是石紫凝？

能找到石紫凝也好，她非常想要"大师兄"的名号，既然自己要离开了，不妨就将这个名号给她好了。李玄点了点头，感受着自己那悲天悯人的伟大情怀，朝石紫凝追了过去。

石紫凝浑身透湿，衣衫有几处被撕碎了，染上点点血迹。

她的模样有些狼狈，显然在与龙王雷挲遮罗一战中，并没有讨到什么好处。这并不奇怪，雷挲遮罗虽然元丹被夺，但毕竟修为有数千年，力大无穷，尤其在水中开战，更是罕有对手。石紫凝虽然练功刻苦，又有九命玄石相助，但毕竟只是位十七岁的少女，哪能打过那么大的一只龙王妖怪？

只是她这么急要跑到哪里去啊？

太辰院？太皓天元鼎？她去那里做什么？

咦？她的手按在九仙瑶星上？哦，她要去图书馆啊。李玄可不想去图书馆，因为那里肯定有很多人，他可不想在那么多人面前将"大师兄"的名号交给石紫凝。他们一定会误会的。

李玄跳了出来，一把抓住石紫凝的肩头，笑道："我决定了……"

石紫凝转头，一见是李玄，不由得脸色陡变。

便在此时，太皓天元鼎发出一声苍凉的吟啸，十方刹那光纵横飞舞，将他们两人交缠起来。李玄一声怪叫，只觉身子仿佛被撕碎了一般，眼前光华闪亮，刺得双眼一阵剧痛。天地轰然震动，大部分力量在两人身周飞舞着，仿佛整个宇宙都在颤抖。

李玄脸色大变，不知道发生了什么变故，倏然，这一切都安静了下来。

李玄紧闭的双眼一点一点睁开，他不由得叫一声苦。

四周是一片荒漠，满是无垠的沙砾。

没有半点风，天灰沉沉的压得很低，仿佛举手就可以摸到一般。大地之上充满着阴郁的闷塞之气，李玄只觉得周身剧痛，有种想大叫大嚷发泄的冲动。

但他没有叫出来，因为他发现，那沙砾中半露着无数阴森的白骨。

白骨狰狞，点点幽光一直延伸到天际。

这里，究竟死过多少人？眼前的景象令李玄害怕，他连大气都不敢出了。

他回头，却不见了石紫凝的身影。他急忙四处找寻，却见苍茫的荒漠中矗立着一座极大的高台，影影绰绰只见一个纤细的身影飞舞而上。

那是石紫凝吗？她要去做什么？她来这里做什么？

这是什么地方？太皓天元鼎不是只有图书馆跟教学的拟境吗？怎么会有这么妖邪的地方？

李玄心有余悸地扫了周围一眼。只听到咯咯一阵响，那些白骨似乎缓慢地转了过来，空无一物的眼眶向着他，似乎想看清楚这个不速之客。

李玄心中一阵发慌，急忙追随着石紫凝向高台上冲去。

那高台实在太高了！阴沉的云层紧紧压在台顶，爬到半截的时候，李玄低头张望，就见茫茫荒漠，已尽收眼底。如此空旷的地方矗立着如此高台，顿显雄伟而寥廓、苍茫而威严。

李玄气喘吁吁，好不容易爬到了台顶，却不由得发出一声惊叫。

高台上还有一个石案，九命玄石就放在石案的正中。石紫凝一手握剑站在旁边，那剑已割破了她的脖颈！

鲜血点点滴在九命玄石上。玄石上碧绿的猫眼再现，却仿佛九幽地狱中的邪鬼之口，不住地吸着石紫凝的鲜血。

幽幽绿光也变成了妖异的红色，渐渐深沉。

石紫凝的剑锋缓缓移动，渐渐切入她的喉咙。再深一分，她的性命就会断送！

她被什么控制了吗？李玄大吃一惊，急忙蹿了上去，一掌将她手中的长剑打落！

一阵猛烈的力量自高台的正中央爆发，只见九命玄石倏然急速旋转起来。九道碧气如闪电般自玄石中溅出，宛如九片飞舞的羽翼，将玄石护住。那颗玄石中发出一道血红的光芒，直冲阴沉的苍天！

猛烈的爆发之力卷起大风，将两人吹得跟跄后退。石紫凝受创严重，身子如落叶般飘起，向高台下落去。李玄大惊，急忙扑上去，将她抱住。

大风骤起，幻化成爆裂的雷霆。百余丈长的闪电，向高台轰了下来。

李玄简直吓瘫了，只能眼睁睁地看着这无边雷霆肆虐。他忽然想起紫极老人的话——跟这个世界对眼！

臭老头简直就是疯了。他能跟这道雷霆对眼吗？那只能找劈啊！

天崩地裂般一声巨响，雷霆劈的并不是他们，而是那道被碧气护着的红光。

雷霆怒震，碧气被轰得一阵散乱，暗淡了许多。但中间的红光却丝毫不受波及，眨眼间又上升了几丈，转瞬即可突破那厚厚的云层。

李玄有种奇怪的感觉，一旦红光突破云层，这一切都将结束。

雷霆骤然间转急，大团的光自云层中散出，紫莹莹地悬浮在灰暗的阴云中，一道神龙般的电光在云中狂舞，化作一柄开天巨斧，一斧轰在碧翼红光上！

李玄怀中的石紫凝猛地跃起，一口鲜血喷出，那团碧翼红光被雷斧斩成万条光丝，如流云泻电般四散飞落！

电光也仿佛受了巨创，噬噬轻响着，慢慢隐入云层中。苍茫大地重归沉寂，石紫凝却脸白如纸，胸口起伏渐渐微弱，脖颈上的那道剑伤慢慢扩大，顷刻间就要香消玉殒！

第二章　蛾眉萧飒如秋霜

　　李玄大惊失色，他能感觉到石紫凝的体温在渐渐下降，难道……难道她会死吗？

　　他凝视着这张在昏迷中仍倔强、英挺的脸。

　　唔，这个女人经常揍我……从第一次见她开始，她就没给过我好脸色看……

　　但要放任不管，任由她死去，李玄好像做不到。尤其是他将要离开，对书院忽然有了家的感觉时，书院里的每个人，有仇的也好，有怨的也好，似乎都成了他的亲人。

　　他岂能看着亲人死去？

　　但石紫凝受了如此重的伤，他又能怎么办？

　　李玄急得抓耳挠腮，没有办法。突然，他想起一物，急忙掏了出来。

　　那是雪隐上人送给他的碧云仙桃。雪隐上人说此桃乃是蓬莱仙品，人间难得一见。那么这桃是不是可以留住石紫凝的一口气，让她暂时从死亡的边缘逃回来？

　　李玄托着那颗仙桃，不禁嘿嘿笑了起来。想不到他一时犹豫，想着这么好吃的东西，应该留一颗给咕噜，此时没准能救石紫凝的性命。

看来人就应该多想想别人啊。

他小心地剥开桃皮，一股清香立即逸了出来。李玄将中间那金黄的桃液慢慢倒进石紫凝的口中。此时，她的樱桃小口已僵了，李玄左手用力，将两排贝齿撬开。所幸那桃液入口即化为灵气，缓缓流入了石紫凝的腹中。

李玄见方法有效，更加小心地将仙桃汁全都喂给了石紫凝。一丝红润自她那苍白至极的脸上现出，石紫凝几乎停息的呼吸，渐渐平稳起来。她脖颈上那道深深的剑痕也凝住，不再扩散。

她的伤，本就是元气极度消耗造成的，碧云仙桃乃仙山圣品，于补足元气大有帮助。李玄也就是吊儿郎当惯了，若是他吃完仙桃之后，刻苦修炼，便可将仙桃中蕴含的天地灵气化为己有，修为可陡增一倍。他却把仙桃当普通果子来吃，叫他修炼，别说他不知道怎么修炼，就算知道，也是怕苦不肯。

但桃液进入石紫凝腹中，则完全不同了。她刻苦惯了，修行一刻不停，此时体内元气一旦被调动起来，立即不停地运转，将桃中灵息压榨得干干净净。

仙桃生于玉石之上，三百年开花，三百年结果，三百年成熟，一棵树只结九颗，其中灵息沉厚，石紫凝吸收后，不但补足了自己被侵蚀去的元气，还大有剩余。

只是，她仍然昏迷不醒。

这下李玄也不知该如何办了。好在石紫凝颈上的伤口渐渐合拢，化成一道碧痕，瞧上去多半是性命无碍了。那颗九命玄石暗淡无光，落在地上，跟一颗普通的石头没有半点差别。李玄随手把它捡了起来，忽然叫了一声苦，呆立在高台上。

碧翼红光被雷斧斩成万千流萤后，飞落满地，却在落地的一瞬间产生了骇人的变化！

红光落到埋藏在沙砾下的白骨上，那白骨突然爆发出一道红光，竟缓缓站立起来。残缺的骨骼缓慢地蠕动着，逐渐组成一个人的形状，深陷的双目中竟透出鬼魅般的红光，幽幽向高台上望去。

每一点红光落下，便是一具白骨站起。红光千千万万，霎时间万万千千白骨林立，将高台层层围住。它们似乎嗅到了生人的味道，缓慢地向高台围拢过来。

这番景象将李玄吓得心胆俱裂，他只好祈祷这些白骨行动迟钝，爬不上高台来。

他的祈祷才出口，那高台忽然一阵猛烈的晃动。

李玄惊上加惊，不知道发生了什么事。那高台中间的石案忽然慢慢升了起来。李玄一声怪叫，吓得跌坐在地，良久动弹不得。

那是什么石案啊，那是一颗巨大的头颅！

在阴沉的云团笼罩下，头颅高高昂起，慢慢伸展到了云层中。高台剧烈地晃动着，李玄心胆俱裂地发现，这座高台就是那头颅的身体！

难怪他方才向上攀爬的时候，觉得台阶有些怪异呢。

哪里有什么台阶？竟是这巨大怪兽的脊骨！

李玄简直要吓哭了，他只能紧紧地抱着石紫凝，一动不敢动地看着这只怪兽。

那怪兽的体格极为庞大，虽然死亡多年，全身只剩下骸骨，却依然宛如山岳，凶狠万分。它生着三双骨翅，先前李玄看到的高台，就是它的骨翅围拢形成的。它的身躯极长，臀后有一条粗长的尾巴。只是不知为何，它没有爪子。想来它生前定然有些触角之类的东西，但化骨之后，便看不到了。

它的身子一阵颤动，李玄再也不能站稳，一头栽了下去。那怪兽浑然不觉，身子不住上升，往云端中升去。

但荒漠中聚形化体的那些骸骷，却紧紧盯住李玄。李玄甚至能看出它们的双目中对血肉的贪婪，听到它们口中吞咽口水的声音！

老天，难道它们想吃了他吗？想到被一群骨头吃掉的情形，李玄顿觉毛骨悚然。

一定要先发制人！但对眼神功显然对这些骷髅是没有用的，李玄连一点迟疑都没有，一把就将天书爷爷掏了出来。

天书爷爷看到这么多骷髅，立即慌了，叫道："你……你想怎么样？"

李玄冷笑道："快！快想个法子让我们逃掉。这次的法子不能有一点差错，一定要准确、直接！否则，它们扑上来时，我就让你挡！"

天书爷爷嘟囔道："说话准确直接，那岂是高手所为？"

这时一只骷髅逼近，张牙舞爪地扑了过来。李玄想都没想，将天书向骷髅口里一塞。天书爷爷惨叫一声，被骷髅恶狠狠地咬中。它忙乱凄惨而备受羞辱地叫道："快将我扯出来！我教你办法！"

李玄一脚踹在骷髅的脸上，那颗头骨立即骨碌骨碌滚地走了。天书爷爷打量着自己书面、书背上那两排牙齿印，哭丧着脸道："我天书老爷爷活了这么多年，竟然要受这样的羞辱……呸！呸！这骷髅小鬼满嘴沙子，脏死了！好了，你不要对老人这么没耐性嘛，我说就是了。"

它仔细整理了一下自己的封面，咳嗽一声，道："其实要对付这些家伙很简单的。它们乃是阴物，借着血印之力暂时回到这个世界上，所以它们最怕天雷。"

李玄道："我到哪里去找天雷？"

天书爷爷道："不用找啊。我老人家能够施展太乙神雷，你看着自己的手掌，当其中出现一个'雷'字的时候，对准骷髅挥出去，就会发出太乙神雷，将骷髅炸碎。"

李玄大叫道："你会施展太乙神雷？你还会什么？"

天书爷爷道："天下法术我都会，不过……"

天下法术它都会？怎么不早说？早知道它什么法术都会，他何必这么狼狈？什么雷拏遮罗、凤头鸳、魑魅魍魉、石紫凝，全都会被他打得落花流水啊！

李玄一脸凶恶地看着天书爷爷。天书爷爷忙道："不过我现在老了，记性不好，只能施展出最粗浅的几种而已。"

李玄道："那怎样才能让你想起来呢？"

天书爷爷使劲思索着，良久，痛苦地道："我忘了……"

李玄简直气死了。如果这不是天书，而是小玉，他便会狠狠地掐住它的脖子，直到它蹬直了腿，大翻白眼为止！但现在，他还能对一本书怎样？

天书爷爷感受到他那凌厉的眼神，忙道："快些准备施展太乙神雷，骷髅们来了！"

李玄抬头，果然见骷髅们已然逼近。他忽然觉得手心一热，张开手，果然见手心现出一个红色的"雷"字来。他对着最近的那只骷髅一扬手，只见一道红光自手心闪出，在空中划出一道闪电，霹雳一声怒震，将那骷髅炸成一堆碎片。

这骷髅腐朽了几百年，哪里经得起仙家道术的怒震？头骨中的那点红光立即消散，化成碎骨落下。

周围的骷髅一阵骚动，逼近的脚步不由得放缓了。

李玄心花怒放，哈哈大笑道："你还是蛮有本事的嘛！"

天书爷爷不屑道："这算什么？当年紫尊用我施展太乙神雷之时，百丈雷火玄电自天而降，魔挡灭魔，神挡杀神。哪里像你这样，震飞了一只小骷髅，就高兴成这样！"

它满封皮不屑，摇着它的扉页，显然非常看不起李玄。

李玄恼怒起来，催促道："快些！再来！"

"雷"字再现，这次是碧色的，所带起的闪电也是碧色的，怒震声闷哑，但一震之威却波及了周围几只骷髅，将它们一齐震掉了，在地上不住地打转。这一下太乙神雷震的骷髅虽多，但威力也下降了，不像先前赤红神雷，将骷髅震成碎片。

又施展了几次神雷，李玄渐渐明白，这太乙神雷也是由四大元气幻化而成，分地、水、火、风。不同元气化成的神雷颜色不同，威力各有所异。火雷威力集中，只击一敌；水雷力量分散，可同时击中多名敌人；地雷自下而上发，中者瘫痪；风雷一震便化作一道雷圈，将敌人远远弹开。地水火风，各有所妙。李玄后来双手连击，将骷髅打得不断碎裂，只觉快意非常。

天书爷爷咳嗽道："年轻人，慢些……慢些……我老人家快撑不住了。"

李玄笑呵呵道："再多撑一会儿，消灭了这些骷髅之后，我放你歇息。"

天书老爷爷抬头看时，只见满山遍野是骷髅。等消灭这些骷髅之后呢？那它早就死翘翘了！

天书正要抗议，猛地就听云层中响起了一阵嘹亮的嘶啸声，那集聚浓郁的阴云忽然如奔马般地散开，李玄的脸色大变！

先前那只怪兽顶天而立，它的三对骨翅张开，每一对都长达十丈，身躯更是高百余丈，通天贯地，有如神魔！

一道红光自它的脑颅中射出，凛凛然，宛如地狱恶魔的诅咒，照耀在九重天上。它那玉白的骨骼，也慢慢变成血红色。嘹亮的吼声不断发出，似乎在承受着巨大的痛苦。

猛地，那道红光聚在了李玄身上。

李玄身子一颤，知道自己被这巨大的怪兽盯上了！

他心存万分之一的侥幸，扬手打出了太乙神雷。霹雳怒震，一道红光随手飞出，向怪兽飞去。他满心期盼着太乙神雷能像对付骷髅那样将怪兽震碎，但雷光才靠近怪兽身体三丈内，便消失得无影无踪。

李玄脸色突变，对付骷髅那么有效的太乙神雷，竟然对这只怪兽一点用处都没有！

他急忙抓住天书，道："老爷爷，你有什么大威力的法术吗？"

天书爷爷也被那怪兽吓得不轻，连连摇头："没有！我老人家都忘光了！我们快逃吧！"

逃？在这么大躯壳的怪兽面前，能怎么逃？李玄估计自己拼命跑，跑上一个时辰，那怪兽三对翅膀一扇，就能追上他。但话虽这么说，要让他坐以待毙，那是万万不能的。

李玄道："你会不会老鼠打洞？会不会隐身术？会不会囊中缩影千里户庭？会不会七十二变？"

李玄火急火燎地将自己听说过的逃跑法门一一说出来。他每说一件，天书就摇一下头。说到后来，天书突然道："变化我倒是会的，只是不能七十二变。"

李玄大喜，道："那你能不能将我们变成骷髅的样子？"

天书道："这是很简单的法术，又有现成的样子参照，我想我应该可以做到。"

李玄喜道："快些变！"

天书道："等会儿……等你手中出现了'变'字的时候，你对着自己一挥就行了。"

李玄道："不急。"

他运起风雷，猛地在地上击了几下。大风卷起沙土，轰然爆散而开。等风沙散去之后，就见李玄和石紫凝的身影已经消失了，只有两只骷髅的身影。

咦？那两个人呢？

其他的骷髅疑惑起来。肯定是藏到哪里去了，找出来！骷髅纷纷找了起来。找人不但要眼睛，还要鼻子。活人有一股特别好闻的味道，特别好找。它们左嗅嗅，右嗅嗅，嗅到了那两只骷髅身边……

唔，那是什么怪味啊！好臭啊！站得最近的那只骷髅再也忍受不住，一头栽倒在地。它们不敢再在此停留，转头向别处找去。

找来找去，没有见到那两个人。

他们逃走了吗？好可惜啊。骷髅哀怨地想着，它们的行动渐渐迟缓，终于，化成了一堆堆碎骨，重新躺回了荒漠中。它们要积聚力量，等待新一轮的攻击。

那只巨大的怪兽身上的红光也渐渐暗淡，它无比庞大的身形渐渐降落下来，重新盘踞成高台的样子。

在没有人到来的时候，它们就是这样静静地蹲伏着，有时会长达几百年。

咦，为什么有两只骷髅还站在那里？

有一只骷髅手中还提着一本书？这本书好像很眼熟的样子啊。

所有骷髅的耳朵立即竖起来，它们的眼睛立即直起来，它们立即从睡眠中清醒过来，它们围住了这两只奇怪的骷髅！

苍茫的怒啸声裂空响起，那只巨大的怪兽重新化形出现。显然，它被李玄这种欺骗行为深深激怒了，它要抓住这两个卑微的蚁虫，将它们碎尸万段，用它们的血沐浴！

李玄脸色大变，顾不得再扮骷髅，一把抱起石紫凝，大叫道："跑啊！你有没有什么法术，可以让我跑得快一些？"

天书爷爷叫道："这是我最拿手的了！神行万里！"

李玄手心中出现了一个"疾"字，他忙对自己一挥，只觉双脚一阵清凉，身子变得无比轻灵起来，似乎能感觉到风的翔动。他起步，飕飕飕飕，一眨眼就奔出了几十丈！

唔！天书老爷爷果然对逃跑最有研究！

李玄大喜，埋头拼命地奔跑起来。

身后风声大动，那只庞大的怪兽缓缓扇动三对翅膀，呼啸而来。谢天谢地，它扇动翅膀的速度并不是很快，起码比神行万里要慢了那么一点点。

但是万里荒漠，寥无人烟，李玄又能跑到哪里去？黄沙之上一点遮挡都没有，无论他跑得多快，头昂在九重天上的怪兽都能看得清清楚楚。

他，是逃不掉的！

魖与魒跪在那巨大的石座之前。他们浑身战栗，不敢抬头看，巨大的愧疚跟恐惧几乎压塌了他们的灵魂，让他们几乎忍不住跳起来，引咎自尽。

那人正坐在石座上，淡淡地看着他们。

这个让魖跟魒无比惧怕的人，却是那么柔弱。他纤细的身体裹在一件宽大的袍子里面，就仿佛是秋天里的草，随时都会被风吹折。他的肤色苍白，宛如最精致的瓷器，一碰就会碎掉。他轻轻咳嗽着，不时拿起衣袖拭一下自己的嘴，斑斑血迹便随着他的咳嗽染红了袖边。

若是不看他的眼睛，他就只不过是个久病垂死的少年而已。

那是一双奇异的眼睛，乍看并没有半分奇特之处，但稍微凝视，便会觉得触目惊心，因为就连自己灵魂深处都会被看得一清二楚！那是穿透了生死与轮回的目光，尤其奇异的是，他的瞳仁竟然是双生的，两只紧紧挨在一起，一瞳视阳，一瞳视阴。

重瞳。

但他瞳仁中的光芒并不稳定，随着他的咳嗽声时强时弱，宛如他的生命之火，随时都会熄灭。

魖跟魒看着他，不由得极为担心。这双重瞳的威力几可通天，这一点他们深知，但他们也知道，他的身体是多么孱弱，哪怕只是一缕风，都可能将他的生命之火吹熄。

然而这丝毫无损于他们对他的敬畏。

此人天才一般的智慧以及浩瀚无边的神通，便是他们永远无法窥知的天地之秘。

只是这样一个人，为何偏偏生了如此柔弱的一具身体呢？甚至稍微受些风吹，都会大病一场。

如果有可能，他们真愿意以身相代，替他受那些折磨！

这石座中人，是他们的主人，更是他们横行天下的依傍。

那人轻轻咳嗽着，慢慢道："每个敌人的命运都由我呕心沥血塑造，我总希望能将他铭刻得更为完美一些，让他能在了无遗憾中死去。"

魈跟魑听着，那人的声音仿佛已穿过了无尽虚空，盯在那个注定成为他作品的人身上："我将目幻之术教给你们，你们却一直不能明白幻即是真、真即是幻的道理，所以魅和魍才大意死去……但他们不会白死，因为我已经看到了敌人。"

他一阵急剧的咳嗽，苍白的脸迅速变得嫣红，仿佛笼中的金翅鸟，啼叫到了生命的尽头。他眸中的重瞳却慢慢旋转起来。

一瞳视阳，一瞳视阴。双瞳交旋，前生今世，尽在眼前。

茫茫地，他的眼前出现了一片绿洲……

那是大杀戮之前的绿洲，还是大杀戮之后的绿洲？

第三章　天兵照雪下玉关

　　李玄快要急死了，背后擎天黑影越来越大，那三对骨翼的扇击之声也越来越响，显然怪兽渐渐适应了自己的身体，行动变得如意起来。

　　幸好这怪兽不会什么法术，神通有限，否则他刮起一阵狂风，自己就只能闭目待死了！

　　李玄还没庆幸完，突然一阵狂风卷地而起，他慌忙一回头，就见怪兽六翅之间旋起万条黄流，大漠之上的苍茫之气仿佛全都被它汇集在了一起，形成数个巨大的龙卷，铺天盖地地砸了下来。这下吓得他心胆俱裂，惨叫一声，全力前奔。

　　龙卷怒啸，轰然在李玄身前身后炸开。他的惨叫声连环响起，被这剽悍的狂风吹得立足不定。粗大的沙石着了风力，砸在身上就宛如利刃一般。

　　李玄跑过去，点点血迹洒下……

　　这真是叫作奔命啊……

　　仓皇之间，遥远的地平线上，忽然现出了一座绿洲。

　　巨大的石林冲天而起，被万古的风沙蚀成千奇百怪的样子，环绕着这座绿洲。这也挡住了周围无际的风沙，才让绿洲保存了下来。

树木葱郁、静谧地生长着，一条小河自绿洲正中间流过，隐约能听到潺潺的流水声。

这不仅仅是绿洲，简直就是生命之洲啊！

李玄精神陡涨，欢呼一声，抱着石紫凝，一阵连滚带爬，钻进了绿洲。

天书老爷爷脸上变色，叫道："不能进去啊！"

但生死关头，李玄哪里管得了这么多！一头栽倒在草地上，大口大口喘着气。虽然驾驭了神行万里之术，但这一阵奔命，也几乎消耗了他全部的力气。再让他多跑一步，都不可能了。

那怪兽仰天怒啸，一头撞在了石林上。巨大的石林一阵摇晃，粗十余丈的石峰几乎断裂。但十余丈粗的石峰外是二十丈粗的石峰，二十丈粗的石峰外是三十丈粗的石峰，那怪兽虽然力气绝大，想撞折石山，还是力有未逮。它虽然长了三对骨翼，但由于身子实在太大，所以飞不太高，不能越过石林，也无法从石林的缝隙中钻进去。

绿洲未被风沙吞噬，巨大的石林遮挡只怕也是最大的原因，否则被怪兽们冲进来一阵荼毒，什么绿洲都只能沙化了。

李玄稍微松了口气，伏在小溪中喝了几口水。溪水倒是清冽甘美，喝完之后精神大振。他见石紫凝嘴唇干裂，就挹了一些水，沾到她的唇上。但石紫凝却终未醒来。

李玄叹息一声，重又抱起她，向绿洲深处走去。

在没有解决办法之前，还是先离这怪兽远一点为好。

好在这绿洲极大，极目远视，望不到尽头。李玄沿着小溪走了一个多时辰，忽然眼前现出一个极大的湖来。

那湖晶莹通透，宛如一颗明珠镶嵌在翠绿的绿洲中央，一片极大的树林弯月般抱住了它的东北一侧，它就似沙漠古国中娇柔的公主，正慵懒地躺在舒软的榻上。

李玄看着这个湖，他的心神突然剧烈地震动起来。

似乎他前生来过此地，这个湖是那么熟悉，熟悉得让他的心痛了起来。

他抬起头看，石林延续到这湖边，形成一座壁削的高山。那高山上似乎有字。

李玄心头剧震，将石紫凝轻轻放在湖边绿地上，向石壁走去。

隐约间，他似乎感知到，他又将多知晓一些自己前世的事情。他的心剧烈地跳动起来，有些急不可待。

他能够知晓那张脸吗？他能够揭开前世命运的面纱吗？

那座巨大的高山一直没入湖中，嵌在弯月林的斜对面。石山斜入湖水的一面，似是被上古神灵用开山斧当头劈了一斧，裂出一面光滑平整的石壁，宛如神女湖中沐浴后临照的明镜。

那些字就刻在石壁上。

李玄奔近石壁，仰头看去，就见石壁上龙飞凤舞地刻着两排大字："定远遇承香公主于此，千秋万世，永不相弃。"

那字遒劲有力，金钩铁划，大气挥洒，自有一分横贯大漠的英雄气。笔迹深入石壁，几达一尺，显然，是用利器生生刻出来的，而且一气呵成，绝无停顿。

李玄触目惊心——自己的前生刀法竟然如此之高！

刀刻映着湖中粼粼水光，似乎这十七个字也在散发着淡淡的光辉。李玄心中动了动，他涉水入湖，向那石壁走去。

石壁最边上的字离岸并不远，李玄一会儿就走到了。他看着那字，心中涌起一阵冲动，想要触摸一下他前生所立下的誓言。

那分英雄豪气与柔情，是今世的他无法企及的。

千秋万世，他真的能延续这誓言吗？李玄心中有些发苦，他慢慢提掌，按在了那行字上。

十七个字忽然全都腾起了一阵柔光，倏忽之间，这十七个字宛如雷霆一般在他的心底震响，他的心神一阵恍惚，眼前景象陡变。

茫茫中，他似乎看到自己跟一位女子一起，跪在湖边，朗声说出那一段誓言。他的心被巨大的豪气冲击着，笑着对那女子道："天地见证，我定远对你的心永远不变。"

他跃身而起，手中的定远刀化成一道流光，在他的身际旋绕着，在石壁上刻下风沙所不能磨灭的三句誓言。

那是他平生最得意的刀法，刻出他永生在意的誓言。

他落下，握住女子盈盈的双手。两人对视一笑，都觉平安喜乐，此生再无所求。

他记得，自己匹马带刀，只率领三十六铁卫，西入西域，要平定五十国，建立不世的功勋。但西域五十国横行已久，不服汉化。一言不合，他怒而挑战五十国的三十位国师。那是一场血战。

他凭借高绝的刀法，连败十一位敌人，杀得敌人胆寒。但终于激起了西域诸国同仇敌忾之情，四位国师同时施展金刚威猛之法，化身为大威德金刚菩萨，与他搏命一战。终于将他刀气打碎，震落九重妖都。

那九重妖都隐在万里黄沙之上，虚茫茫的空中，乃是西域圣地。他滚落荒漠，历尽千辛万苦，才爬入这座绿洲，被驾临此地的承香公主救起。两人一见钟情，托赖承香公主无微不至的照顾，他的伤势才渐渐好了起来。

两人立誓，永不相弃。

承香公主跟他细细讲解西域的风土人情，劝慰他要以一颗仁心来关怀西域人民，而不是凭着武力杀戮征服。他在公主的帮助下，戾气渐渐消磨，霸道化为雄心，一柄刀也不再那么锋芒毕露，不留余地。阴阳相合，内外交征后，他的武功再上一层楼。

此后，他随着公主走遍西域的大小国度，以一柄刀降妖除魔，除暴安良。四年，他斩了无数的妖魔，他的大名传遍整个域外五十国，终于，在公主的游说下，五十国联盟明白了他的苦心，一齐立誓，愿在他的带领下，归于汉化。

但他们的条件是除掉大漠中的三刹鬼毒大摩天。

三刹鬼毒大摩天乃西域群妖之王，它长着三双翅膀，一双扇风，一双扇火，一双扇沙。六翅齐动，天昏地暗，日月无光。它的身子上冲天，下冲地，头入九重天，尾入黄泉地狱。身子一摇，天动地裂，山崩城摧。

西域五十国虽然都有国师，却无人敢斗三刹鬼毒大摩天。每年三月三日，大摩天自沉睡中醒来之时，各国都要备上七对童男童女，举行祭礼，让大摩天重归沉睡。

是以，大摩天不除，西域永无宁日。

他听说此事之后，目眦欲裂。与公主商量，重入这片绿洲，准备斩杀大摩天。

此时，他的烽火刀法已入化境，但要斩杀修为万年的大摩天，仍然力有不足。终于，他用计将大摩天引入九天封魔阵中，借大漠下的地极之火，将大摩天的血肉化去，刀斩其颅，将它元丹震散，才诛灭此魔。

那是多么辉煌的一段岁月啊……

他与公主携手万里，降妖除魔。若没有公主的劝说及游说，他又岂能建立如此不世之功勋？他的功勋中，至少有一半是公主的啊……

多少次，他们携手夕阳，一遍遍念着那段誓言，但现在，却也化成尘，化成土，被风卷走了……

曾说过生生世世相爱不变，但真正轮回过后，还有誓言吗？

李玄慢慢收回手，他的思维被前生无数的记忆碎片冲荡着，那无边的黄沙，那万种的柔情……

他甚至不记得那轻纱之后的面容，更不必说缠绵的誓言了。

轮回之后，他已辜负了一切。

正如前生，他跪在魔山之下，眼睁睁看着承香公主走向死亡。

那是他吗？那无情的男子是他吗？

那为了功业，为了所谓天下苍生，眼睁睁看她走上魔王祭坛的男子，是他吗？

李玄心头泛起一阵剧烈的痛苦，宛如毒蛇般撕咬着他的心神。他愿意接受任何刑罚，只要能给他一个答案，让他看一看轮回中的那张脸。

怪兽那苍茫的吼啸声穿过石林，传了进来。李玄心中忽然闪过一个念头，这骨翼怪兽就是三刹鬼毒大摩天的骨架，不知因何，重新苏醒了过来。若是打败这头怪兽，也许就能看清承香公主那隐在轻纱之后的面容。

然后，踏遍万水千山，跨过一世轮回，他也要找到她！

但，身无道法神通，只有一本忘性极大的天书的他，又如何打败这只力大无穷的大摩天之骨？

巨大的石座上闪过一丝微微的叹息，金银重瞳凝转，注视着绿洲中苍茫的景象。

石壁刀刻发出的幽幽誓约之光照在他浩瀚的眸子中，他久枯的心境忽然有了一丝兴趣，他忍不住猜想，李玄究竟会如何做呢？

人是一种奇怪的动物，往往会觉得自己会有前生后世。但是真的会有吗？

前世情缘，在这一世，真的是自己的挚爱？

命运与轮回，幻与真，能分辨的，能有几个？

他淡淡笑了，能颠倒这一切的，也许只有他。

所以，他被称为心魔。

也只有在他手下，虚无的轮回才会那么真实，前生后世，也都如一本书，被他任意地翻到想要的一页。也因此，他能够打造出与众不同的生命来。

每一个敌人，都是他翻开书页中的一行字迹，他借着轮回的熔炉，以梦魇为锤，打造着他们的故事。以美梦或者噩梦，挖掘着他们心灵深处所藏着的本初之光。然后，亲手将之熄灭。

　　他便在那时，感受到喜悦，亲手摧残掉自己最喜爱的、最精致的创造时的喜悦。那时，他的敌人的每一分情绪，都将感染着他，让他感受到最真实的存在。

　　那时，他会流泪，为了一个生命即将失去。

　　然后，便是死亡。

第四章　六龙所舍安在哉

一千种法子，李玄足足想了一千种法子，仍没有一种能让他有信心打败这头只剩下骨头的三刹鬼毒大摩天。

这畜生死了这么久还让人如此难受，真是死有余辜。李玄恨恨地想着。

大摩天宛如巨大的阴影，覆盖在绿洲之外。它无时无刻不在撞击着石林，又有一座巨大的风蚀之山被它撞倒。

李玄虽然并不害怕，但也知道留给自己的时间不多了。

这时，他突然感到有什么东西在自己身前一晃。他突然出手，只听一声尖叫，他抓住了一个白白胖胖的小孩子。

那小孩子穿着一件红彤彤的兜肚，玉雪可爱，胖乎乎的脸上带着些惊吓，看着李玄。

李玄笑道："你是谁家的孩子？怎么敢自己跑出来？"

那孩子不答，哇哇哭了起来。

天书老爷爷忽然探出头来，惊讶道："参娃娃？你抓住了一只参娃娃？"

参娃娃？好像是什么宝贝的名字。

天书爷爷指着那孩子的发辫道："你看，这就是它的参珠。一、

二、三、四……有七颗参珠，看来它已有七百年的道行了。"

李玄循着它的指示看过去，就见那参娃娃扎了一只朝天辫，果然有七颗赤红的珠子穿成一串，扎在辫子的末端。

难道……难道自己真的抓住了件宝贝？

看来是大摩天的来袭惊动了参娃娃，它仓皇逃窜的时候被自己无意间抓到了。

李玄哈哈笑了起来，道："我听说参娃娃是件宝贝啊，但这么玉雪可爱，我倒不忍心伤害它。养着它做宠物好不好？"

天书爷爷道："你可以向它求一颗参珠。参娃娃的参珠好比是它的元丹，乃吞吐日月精华之所得，能治疗各种奇病异症。也许能够救醒石紫凝。"

李玄道："还求什么求？直接采一颗不就得了。"

他伸手向参珠抓去。

天书爷爷道："只有参娃娃心甘情愿献出来，并由它亲自施展，将参珠化为甘露，滴到病人的眉心处，参珠才会生效。你若这样采去，参珠就是一颗普通的珠子，什么用处都没有。"

李玄急忙住手，疑道："真有这么回事？老头，你不是诳我的吧？"

天书爷爷笑道："我是天书爷爷啊，怎么会说谎话？"

李玄上下打量着参娃娃，露出一脸凶相，嘿嘿笑道："小娃娃，识相点呢，就乖乖交出参珠，我自然放你一条生路。否则呢，我就将你炖成一锅人参汤，那时，你可就连性命都保不住了！"

天书爷爷好心提醒他道："你抓住的，是参娃娃的元神，它的本体还深埋在土里。只要你一放手，被它沾到地水火风，它就立即化形遁去，那时，你再想抓住它，可就千艰万难了。"

李玄惊讶道："还有这种事？"

参娃娃用力挣扎着，想要从他的手中逃掉。

李玄腾出一只手来，搔了搔头，道："小朋友，你能不能将你的参珠借我一颗？"

参娃娃涨红了小脸，用力摇了摇头。

天书爷爷又好心提醒他："一颗参珠，便是参娃娃一百年的修行，它失去一颗参珠，就相当于减了一百年的修行。所以，除非万不得已，它是绝不会借的。"

李玄道："那怎么办？"

天书爷爷道："参娃娃都喜欢奇花异果，你若有碧云仙桃什么的，也许它会换给你。"

李玄暴跳道："老鬼！你不早说！碧云仙桃已经给石紫凝吃了！"

参娃娃吱吱叫了两声，天书爷爷翻译道："有碧云仙桃的核也行，参娃娃说它自己会种。"

李玄又开始哀怨了："我哪里知道一颗核还有用呢？随手就丢了！"

参娃娃又吱吱叫了几声，天书爷爷继续翻译："它说它很害怕，希望我们将它带走。"

李玄笑道："这就容易多了。你告诉它，只要它将石紫凝救好，我就将它移到外面，种在摩云书院里，什么大摩天大摩地的都无法伤到它。"

参娃娃这才点点头，被李玄抱着，走到了石紫凝躺着的地方。它一看到石紫凝，小脸立即就变了，吱吱叫了几声。

天书爷爷道："它说它喜欢紫凝姑娘，它要救好她。"

李玄叫道："怎么不早说？"

只见参娃娃扬起胖乎乎的小手，从辫子上解下一颗参珠来。它口中念念有词，那颗参珠慢慢化为一团红光，在它手中胀大。苍郁的龙啸声自这团红光中响起，倏忽之间，那团红光化作一条赤龙，盘空飞起，一声嘹亮的龙吟，没入了石紫凝的眉心。

参娃娃仿佛用尽了力气，软软垂倒。

石紫凝仰头一口黑气喷出，嘤咛一声，慢慢坐了起来。

她有些茫然地看着四周，一时不明白自己身在何处。

李玄长出一口气，笑道："谢天谢地，你终于醒了。"

参娃娃疲惫地爬到石紫凝的怀中，咿呀咿呀地叫着，让她抱住自己，沉沉地睡了过去。

李玄简单地将经过告诉了石紫凝。

石紫凝勉强站起身来，她聚力试了试，碧云仙桃与参珠都非凡物，将她的元气培得极为牢固。她虽然昏迷多时，但真气并未受损。这让她的心稍稍安定了些。环顾了一下周围，她的脸色突然变了，踉跄后退几步，她的脸色再度变得苍白。

那是纸一般的苍白。李玄奇道："你……你怎么了？"

石紫凝嘴唇哆嗦着，终于道："这……这是我的家乡。"

李玄忽然想起，石紫凝的打扮不类中原，看来是西域人士。大唐国文化极为开化，倒没有中外之分，不觉得西域就低贱，中原就高贵。

李玄见石紫凝脸色不对，笑道："回到家乡应该高兴才是啊，不过奇怪的是，你这家乡为什么一个人都没有呢？"

石紫凝嘴唇抖动着，似乎想起了什么可怕的秘密，她忽然双手掩面，跪倒在地上，凄声道："不要问我！不要问我！"

李玄一惊。石紫凝的反应绝不正常。难道……

一想到那个可怕的可能，李玄不禁心惊。

难道家乡的人，都是石紫凝杀死的吗？

李玄禁不住打了个冷战，他悄悄地后退了几步。

难道石紫凝竟然是个杀人魔王？难怪她那么喜欢揍自己！

石紫凝仍在痛苦地抽搐着，忽然，一阵奇怪的声音响起。

沙，沙，沙。

沙，沙，沙。

是什么东西在沙石上拖动的声音。那声音非常大，铺天盖地而来，四面八方都是。李玄猛然一惊，他急忙爬上一座风蚀之山，向外望去。这一望，他差点一个跟头从山上栽下来。

那些骷髅已经追到了这里。

石林能挡住大摩天，但却挡不住这些白骨骷髅。

天书爷爷的太乙神雷能挡住吗？李玄没有半点信心。

骷髅像潮水一般涌了进来。

石紫凝也被那声音震惊，她一眼看到那些骷髅，不由得全身剧震，凄厉地大叫道："不！不！不要过来！"

李玄见她反应如此激烈，急忙抱起她，道："好，好，咱们走，咱们不让它们过来。"

他抱起石紫凝向着骷髅涌来的反方向奔去。石紫凝怒道："你做什么？"双手用力一推，李玄不由自主地噔噔噔后退了几步，一屁股坐倒在地。

他这才想起来，石紫凝已经醒了，再抱着她似乎有些男女授受不亲。不过反正抱过那么长时间了，再抱抱又有什么打紧的？

他涎着脸凑过去，将他这理论对石紫凝说了一通，果然，毫不意外地，他被石紫凝狠狠揍了一顿。

不过，拿他出过气的石紫凝，精神好了许多，虽然看着那些骷髅的脸仍然极为苍白，但却不再是那副随时都会崩溃的样子了。

李玄哀怨啊，为了拾回她的信心，自己付出了多大的牺牲啊！

他知道石紫凝心中肯定藏着一段极为凄伤的往事，但他不敢问，生怕触及她的痛处。石紫凝沉默不语，跟他一起向外逃去。良久，她忽然道："你看到它们身上破烂的衣衫了吗？上面有一些奇怪的花纹。"

李玄点了点头，道："我看到了，像是……像是这里的石林。"

石紫凝的话音中带着伤痛："那是我们石国的标志，这些骷髅全都是死去的石国人。"

李玄一震，难怪石紫凝竟然如此悲伤。猝然看到这么多死去同胞的骷髅惨状，任何人都会悲伤！

他小心地选择着词语，宽慰道："入土……入沙为安……既然死去了，就不要再伤心了。一会儿我们想个法子，让它们重归尘土，也就是了。"

石紫凝摇头道："不，你不知道，他们是因我而死的。"

李玄惊奇道："难道他们都是你杀的？"

石紫凝愠道："你胡说什么！"

但李玄这句话显然触动了她的伤心事，她浩然一声长叹，道："百余年前，我族出了位不世出的英雄，修为之高，几乎天下无敌。他御使四条真龙，横行天下，使我族威望达到空前的强盛，我族之人皆奉他为龙皇。但他太过桀骜不驯，惹怒了雪隐上人等人，他们施展卑鄙的手法，令龙皇死在君千殇的手上。然后又对我族血脉展开了无情的屠杀，企图完全消灭我族。我族人为了保存龙皇最后一点血脉，奋战至最后一人，全都死在这万里黄沙之上，化为骷髅。"

她深沉叹道："雪隐上人要诛灭我族的原因，就是我族中有一个传说：龙皇后裔的血脉可以让他复活。所以，我族人才决一死战保留下这一点血脉。他们深信，龙皇复活之后，必定能为他们报仇，只有这样他们才能安息。而这一点血脉……"

痛苦爬满了她的娇靥，她艰难地吐出那几个字："……就是我。"

李玄身子又是一震。她就是龙皇的后裔？他没有想到，石紫凝竟然承受了如此沉重的命运。难怪她那么刻苦地练剑，几乎是拼了性命一般。

她一定亲眼见过自己的族人在她面前被残杀，她一定忘不了族人临死前的呼喊、临死前的嘱托。

石紫凝宛如梦呓般道："每次我一闭上眼，就会看到族人流满血的脸……我就忍不住爬起来，继续舍命练剑。只有那样，我的心才会安宁一些。前些时候，我从家中传下的古卷中得知，龙皇被君千殇斩入轮回，遗体化为异类，被镇压在太皓天元鼎的深处，我费尽心机，才打探到大致的位置，潜入此地，企图用我的血跟他用过的九命玄石，将他召唤回来。但……"

她冷森森地横了李玄一眼，李玄不禁苦笑起来。

原来她进入摩云书院，却并非为了学习道法，而是一直苦心孤诣，想要借机复活他们族中的龙皇！而自己刚刚的一时好心，却让她功亏一篑。

是的，他以为她在自杀，于是扑上去拦住了她。但若不阻拦，复活仪式会不会成功李玄不知道，石紫凝是铁定会死的。就算再让李玄选择一次，他也会义无反顾地扑上去阻拦。

石紫凝忽然停住脚步，断然道："你走吧，我要留下来。"

李玄大惊道："为什么？你会死的！"

石紫凝道："我已经失败了。如果龙皇不能复活，单凭我的力量，是无法为族人报仇的。我……"

她一咬牙，转身向骷髅之潮中冲去。李玄很能明白她的念头，她要对抗的是雪隐上人，以及几位跟雪隐上人一样高深莫测的怪物，要不，也不可能将她石国一族戮灭。

他见过雪隐上人，深知与他为敌是一件多么可怕的事。石紫凝本一心以为能唤醒她族的龙皇，一旦失败后，这点希望便幻灭了，只凭借她自身的力量来复仇，那简直与送死差不多。

所以，她已经绝望了。

只因她的恨太深，所以，她才无法承受这个打击。

李玄一把将她拉住，他脸上泛起一丝苦涩的笑容："你知道吗，在进入摩云书院之前，我一直在生与死的边缘挣扎着。我从小没有父母，被买来卖去的，最凄惨的时候，我要跟大人们一起劳作，推动小山一样的石头，吃着狗食一样的饭菜。曾经很多时候，我抬起头来，看不到任何希望。但我对自己说，不要看那么远，就看眼前吧，你的人生就是这块大石头，只要将这块石头推到底下去，你的苦难就会终结。我就这样勉励着自己，推了一块又一块大石。最终，我来到了摩云书院，不用再推大石头了。"

他握着石紫凝的手，轻轻却坚定地道："所以，人有的时候不应该看那么远、想那么多，目光不妨放近一点，先顾眼前。"

石紫凝心中动了动，道："先顾眼前？"

李玄笑了："我心中也有很大的困惑，但我告诉自己，打倒这个大怪物，说不定我的迷惑就会解开！你也应该这么想，打倒这个大怪物，你也许就会发现打倒雪隐上人的方法！"

这话并没有破除石紫凝心中的郁结，但却将她逗笑了："你的思维倒是简单得很。"

李玄笑得更大声："等几十年以后你回头看的时候，也许你会觉得本来就应该这么简单。"

石紫凝的心动了动，李玄的话未必没有道理。

在她无忧无虑的童年中，她有过很多很多的想法，复杂得仿佛是天上变幻的彩虹。此时回想起来，那些想法其实简单得很。等到十年之后，她再来看此时的困惑，是不是也会笑话自己现在想得太复杂了呢？

李玄大叫道："就是这样，心不妨放远一些，眼光却要放近一点！"

恍惚之中，他忽然心中又涌起一阵错觉。他手握定远刀，站在荒凉的沙漠上，承香公主正柔声向他解说着西域风情。她虽为女子之身，但见识极为高妙，令他从心底折服。他看着公主的如花笑靥，只想一生一世与她厮守下去。但流光被风吹散，他依然是那个一无所成的小无赖，在拿着自己蹩脚的理论，蒙骗石紫凝。

他呆呆地注视着，石紫凝摸了摸自己的脸，道："你看什么？"

李玄猛然惊醒，急忙道："没什么，我在看自己的这番理论，是否让你宽解一些了呢？"

石紫凝冷哼一声，道："什么理论，不过是胡说八道！"

唰的一声，她长剑出鞘，娇叱道："不过十年之后，我若是还活着，一定告诉你，我是否觉得现在的想法太复杂！现在，让我先斩了这个妖骨再说！"

她既然消除了疑惑，心中豪气陡生。

石国传人，龙皇后裔。何惧天，何惧地？

只见剑光飒然，着地而起，飞舞成一道龙形，托着石紫凝矫健的身影，闪电般向大摩天纵去，一剑当头劈了下去！

第五章　剑花秋莲光出匣

这一剑，如雷霆，如奔马，怒斩大摩天碎裂的头骨。看得李玄心旷神怡，忍不住鼓掌。

大摩天一声狂吼，头骨甩出，啪啦啦一阵裂响，竟然硬生生地将石紫凝的剑光撞碎，撞得她就宛如一片落叶般摔下，重重砸进了沙土中。

李玄骇然变色，急忙冲过去将石紫凝扶起来。石紫凝一声娇哼，身子立起，满手都是鲜血。显然，她的剑光虽然凌厉，却依然斩不断大摩天的硬骨！

石紫凝道："怎么办？你要如何才能推掉这块大摩天石头？"

李玄脑中灵光一闪，他忽然间觉得，自己应该知道一个法子，可以击败大摩天的！

这个法子就在眼前，就在身边，他应该很容易就想起才对，但不知怎的，他却就是想不起来。

嗯……这是石国旧地，也是他前生遇见承香公主的地方……他与公主遨游西域五十国，又曾在此地击杀过大摩天……

李玄的思维霍然贯通，也许，他可以用前世的法子，再杀大摩天一次的！

只是，他却想不起九天封魔阵在哪里了。

前世的记忆，本就断断续续的，有的无比清晰，有的却模糊至极。公主的容貌，就始终看不清楚。

也许，是因为那时他的目光放在九天之上，而忽视了近在身边的如花美眷。

该如何是好呢？

李玄心念转处，突然向石紫凝的胸口抓去。

石紫凝大怒，一掌就将他击了出去，跟着一顿拳打脚踢。

李玄大叫道："你干什么？我有话要问它！"

他指着的，是那只参娃娃。它正趴在石紫凝的胸口上，惊惧地望着被揍得满脸鲜血的李玄。

石紫凝脸上一红，道："下次先说清楚了！"

李玄嬉皮笑脸道："说清楚了就让抓吗？"被揍了一顿后，他显然也知道石紫凝为什么生气了，立时就恢复了原来的无赖模样。

石紫凝脸色一冷，又一巴掌打去。李玄忙道："我有打败大摩天的方法！"

果然，石紫凝一听，立即住手。

李玄不敢再调笑，问参娃娃道："你根脉在此，自然可以穿行地下，自由游走。你有没有发觉过有个地方，让你本能地感觉危险，不敢接近呢？"

参娃娃脸色立变，呀呀叫了几声，指向西北方向。

那里，隐约可见是一座深谷，红色的深谷。

李玄喜道："走！就是那里！"

两人说话之间，骷髅已经潮涌而至。他们奔出绿洲，大摩天脑袋高出云外，自然早就看见，六翅一阵扑风，追了过来。

李玄命天书爷爷施展了两道神行万里术，加在石紫凝跟自己身上，向着那红色巨谷冲去。不过石紫凝显然嫌他跑得太慢，将他提了起来，御剑飞行，化作一道流星，飞射向前。

都是一起进入书院的，修为咋就差这么多呢？李玄悲哀地想着。

身后万千骷髅在大摩天的催逼下，潮水般汹涌追袭。

红色巨谷，转瞬就在眼前。

石紫凝衣襟飘飘，剑光如一道青霜，撕开大漠的枯黄与巨谷的赭红，飞了进去。那谷四周是连绵的高山，入谷是一条巨大的斜坡，直向地下插去。越往下走，那赤色便越是浓烈，形成一大片赤色隐云，盘绕在谷中，看不清楚下面的景象，看得人惊心动魄。

但行已至此，大摩天追着他们袭来，想要退后或者躲避，只怕首先撞上的，就是这具巨大的妖骨。参娃娃探出头来，畏惧地看了深谷一眼，又缩进了石紫凝的怀中。

石紫凝剑光摧动，那层红云斜斜被剑光划开。

越下越深，李玄终于明白，为什么他的前生选择这里来屠灭三刹鬼毒大摩天。这里的地势实在太不利于身躯巨大的妖物作战了。

巨大的石笋钻天而起，一丛一丛，布满了整个谷底，大摩天那么巨大的身形，在这个谷中完全无法施展开。何况那些石笋都是通体赤红，还未靠近，就有一股热浪逼人而来，显然下通地火玄脉，一经触动，只怕就有无尽地火喷薄而出。

这谷深处地下，一旦进来，就不易退出。谷中气息闭塞，淤积了很多毒瘴戾气，才形成了那灰暗赤红的隐云。大摩天的血肉若被石笋割开，地火立即挟着隐云猛毒攻入。就算它身躯庞大，点点侵蚀之下，力量也会锐减。

当然，这一切是公平的，对进入谷中的任何人都是一样恶劣。

李玄不禁有些佩服前世的霸气，敢在这么恶劣的环境下对决大摩天，这本就不是普通人所能想到、做到的！

他忽然发现，那些石笋上全都刻了各种猛兽之像。有的如怒虎，有的如雄狮，有的如恶狼，有的如狂象。

李玄心中一动，难道这些兽象与地火连接在一起，就是他在恍惚之中所见到的九天封魔阵吗？

非常有可能！只有这样，才能将地火为我所用，困住大摩天的肉身。他既然有此发现，立即信心大增，急忙寻找着控制封魔阵的阵眼。

那是一面镜子，铜镜，悬挂在最高的那个石笋的顶上。石笋顶被利刃砍去了一小截，仿佛是一个平台，镜子就挂在石台上。

李玄大叫道："送我到台上去！"

石紫凝看了他一眼，剑光摧动，飞身上了石台。这个石笋果然很高，站在其上，谷中景象一览无余。只是那暗红隐云实在太过浓密，所有的景物都影影绰绰、模模糊糊的，看不太清楚。虎狼刻画隐在云雾中，更是狰狞。

石紫凝道："你待在台上不要动，看我去战那怪兽。"

她知道李玄虽然精灵古怪，花样百出，但是本身修为实在太低。这种硬碰硬的战斗，便帮不上什么忙了。

她看着这无比巨大的大摩天之骨，不禁心生豪气。

若是能击败这么庞大的妖物，那是否也有一丝的可能，能够战胜雪隐上人呢？

雪隐上人固然是雪域之尊，但这大摩天又何尝不是百年前横行西域的魔头？

她咬了咬牙，真气微运，一道青电自剑身上腾起，瞬间胀大到三尺余长，将她袅娜的身姿护住。石紫凝身剑合一，化作一条青色流星，向大摩天攻去。

大摩天身陷在这红色深谷中，前生的记忆冲击着它的灵识，它感受到一股庞大的焦虑与怨恨，傲然一声仰天长啸，三对翅膀齐动，当头向石紫凝恶扑而下。

石紫凝见识过大摩天的厉害，知道不能与它硬扛，娇叱一声，宝剑带着莹莹光芒直刺大摩天的脑颅，而她本身却捻诀飞纵，向大摩天背后钻去。

莹莹剑光照亮了大摩天眼睛中那点点幽光，这一剑用尽了石紫凝全身的力量，大摩天巨头摆动，向剑光上甩了过去。

前不多时，在绿洲中，就是这巨头一甩，将石紫凝连人带剑砸飞。同样的亏，石紫凝显然不愿再吃一次。她的身形闪到大摩天的一侧，手中法诀变幻，那道剑光忽然转向，向她飞纵而来，噗的一声，将大摩天的骨翼钻了个好大的窟窿。

大摩天只剩下一身骨头，感受不到痛苦，但仍然被这一剑激得暴怒，六翅一阵扑扇，巨大的身躯向石紫凝当头压下！

石紫凝见情势不妙，御剑飞纵，斜斜穿入了石林中。那些巨大的石笋直冲苍天，受地火锤炼，坚韧无比。大摩天巨大的骨架压下，只听咔咔几声响，已然断了几根肋骨。大摩天更是怒发如狂，身子盘在石笋上，巨大的头颅一阵乱钻，追着石紫凝猛咬。

石紫凝咬紧牙，全身功力都集中在一柄剑上，将光芒摧送至极致，躲开大摩天的追袭。突然，一道白影闪过，石紫凝心知不好，就见大摩天那条极长的尾巴不知何时拦在了面前，一尾猛劈而下，石紫凝躲闪不及，剑光立即被击散，重重摔在了石笋上。

落地那一瞬间，她抬起眼来，看了李玄一眼。

她在确认，李玄没有受到大摩天邪威的波及。

这一眼，忽然触动了李玄的记忆！

在百年之前，他也是这样，定远刀飞舞若电，激斗大摩天，在危险之中，他还忘不了时时看一眼高台上的承香公主，确认她的安全。

不同的是，他前生的修为远非石紫凝可比，而那时的大摩天，魔运滔天，邪威盖世，每一击都有毁天灭地之力，与他的烽火刀法撞击，让这个山谷中的轰鸣之声响彻不断。

那时，他的目光穿透魔云妖电，看到承香公主拿起了那面铜镜。

他心中痛楚怜惜之情横生，传声不许公主继续下去。但公主没有听从，她要尽自己的力量，哪怕以血为代价，也要自己最心爱的人平安无事。

李玄心中动了动，急忙取下那面镜子。

铜镜已百年未拭了，但仍那么光滑明净。镜中隐隐流转着无穷的光华，每一道光，都似是一只猛兽，在蠢蠢欲动着。只是它们的身形那么暗淡、那么苍白。

李玄咬破手指。

承香咬破手指。

李玄将血涂在镜上。

承香将血涂在镜上。

镜光立即急速旋转，血被光芒吸入，立即让一只怪兽的身影显得清晰起来。它尖锐的獠牙、愤怒的鬣毛、粗壮的脚爪，都那么清晰可见，照亮了李玄苍白的脸。

李玄挥动镜子，一道血红的光芒立即腾出。

承香挥动镜子，一道血红的光芒立即腾出。

苍茫的呼啸声响彻整个血色深谷，那镜光忽然变得无比明亮，隐隐之间，就见一头血色巨豹自镜中飞舞而出，扑在了石笋上刻的豹形上。那石刻立即扭动起来，转瞬之间，化身为一头血色狰狞的巨豹，昂天一声咆哮，疾扑而起，恶狠狠地咬在了大摩天的身上！

大摩天虽然只剩下了一身白骨，但被这巨豹一咬，似乎连灵魂都痛楚起来。这股久违的痛楚使它回忆起还有身躯时所受的屈辱，它不由得又怒又恨，邪威大发，一尾将巨豹击得粉碎，怒啸一声，巨大身躯霍然腾起，向李玄扑了过来！

这下不但李玄，连石紫凝都大吃一惊。

如此猛烈的扑击，李玄是万万承受不起的！

石紫凝一咬牙，剑光裂地而起，轰然暴响中，击在了大摩天的后脑骨上。

光芒崩闪，这一剑力可裂石，但大摩天恍如不觉，它的记忆在苏醒，它记起了这道镜光，正是这镜光，让它当初那雄霸天下的身躯化为白骨。

它一定要消灭这面镜子，它一定要杀死执掌这面镜子的人！

李玄慌了手脚，他急忙再将鲜血涂在镜面上，又是一道血光喷出，石笋怒吼，一只血虎咆哮而出，当头向大摩天扑去。大摩天低头怒吼，跟血虎撞在了一起。这绝世妖物的确邪威盖世，血虎身形比方才的巨豹还要庞大，但被他一撞，竟也撞成碎片，瞬间消失。

大摩天身形稍微顿了顿，嘹亮的妖啸之声铺天盖地而来，它再度聚集力量，向李玄恶扑而来。

李玄惊得呆了，完全忘记了躲闪抵抗。

大摩天的身影几乎将苍天都遮住了，那是他完全无法抵抗的巨大力量！

石紫凝一咬牙，身子飞腾而上。

她要挡住大摩天！

她绝不能看着大摩天将李玄杀死！

但她毕竟只是个十六七岁的少女，她又如何能对抗有如此魔威的上古妖物呢？

石紫凝牙关紧咬，突然，她一剑斩在自己的胸膛上。鲜血立即溅了出来，将她的长剑染红。

修行之人，无论道术还是剑术，他们的力量都蕴藏在血之中。血染长剑，他们的力量就会倍增，但这对身体创伤极大，不到万不得已，绝不能使用。

这已是万不得已！

鲜血着剑，立即溅起一片缭绕的剑华。剑华冲天暴胀，隐隐聚化成一柄巨大光剑的样子，在石紫凝的挥舞下，向大摩天怒斩而下！

这一剑，拼尽了石紫凝所有的力量。

这一剑，如不成功，剑气逆袭，她必受重创！

参娃娃自她怀中探出头来，它呀呀地叫了一声，白白胖胖的脸上露出了悲伤之色。它伸出胖乎乎的小手，摘下一颗参珠，口中念诵不止，那参珠忽地化作一道赤红的电光，融入石紫凝的剑华中。

巨大光剑立即幻化出龙形，在吼啸中，一剑贴着大摩天的头颅飞下！

轰然巨响中，这一剑将大摩天的一只翅膀斩了下来！

大摩天一声惊天动地的吼叫，它的身躯猛然侧倒，一头撞在了石笋上。李玄的身躯被重重抛起，他心中慌乱至极，只好紧紧抓住那面镜子。眼睛的余光一瞥，却更是不由得一惊。

石紫凝这一剑劈出后，全身力气顿时耗尽，身子软软落下，摔在地上。而大摩天那庞大的身躯撞在石笋上后，失去平衡，也重重摔落，向石紫凝砸了下去。

石紫凝面如金纸，连躲闪的力气都没有了，这一砸之下，她必死无疑！

李玄慌乱中急忙咬破手指，将血涂在镜面上，反方向挥出。狂狮怒冲，他的身子被激得横飞而出，千钧一发之际，他一把将石紫凝推开。

但他的身躯却被大摩天重重砸中，头脑中一阵晕眩，渐渐昏了过去。

恍惚中，他看到石紫凝满脸惊惶地奔了过来。

恍惚中，他身上流出的鲜血将镜子染满，无数的狮象虎豹冲出，大摩天在惨嚎声中，被这千千万万封魔之像撕得粉碎。

恍惚中，这个世界在慢慢崩坏，他与石紫凝似乎回到了太皓鼎之外。

恍惚中，他看到前世的自己，正流着泪紧紧抱着承香公主。

这个用自己的身躯挡住大摩天的人，在今世，是自己；在前世，却是深爱着自己的承香。

终于，他看清了那张脸。

那是龙薇儿。

天长地久，一世轮回，他终于再度记起了那张脸，以及永不相弃的誓言。

他在黑暗中孤独地行走着，前世今生的记忆纷至沓来，让他无所适从。一会儿，他是手握定远刀的绝世高手，在寥廓的黄沙瀚海中，与他心爱的女子携手驰骋；一会儿，他又是那个一无所有的小无赖，在摩云书院中自由地徜徉。但最多的时候，却是那个黑暗的童年，他在无休无止地推着那些巨大的石块，面对他的，是粗劣的饮食、简陋的房屋、无尽的鞭打。很多时候，他就蜷缩在泥浆里，看着头上怒吼的闪电，害怕地战栗着。

他想要忘掉这一切，他想快乐一点，但每当他陷入痛苦的时候，这一切都会重新涌上心头，挥之不去。

但他仍然要努力忘却。

他昏昏沉沉地醒来了，发现他躺在自己的宿舍里。咕噜不知去了哪里，所以他能够舒舒服服地躺着，这让他好过了一些。

他试着转动了一下自己的身子，发觉是那么艰难，他失血太多，身子极为虚弱，连动一下都费尽了力气，大口大口地喘息着。

他苦笑着，忽然觉得背上硬硬的，似乎放着什么东西。他使劲将它拉出来，发觉是那面镜子。

这面镜子救了他，也救了他的前生。

可真是有缘啊。李玄默默地想着。这样也好，也许自己真的是不祥之人，只会给别人带来灾难。若没有自己，承香公主也许就不会死了。

等养好了伤，就离开吧。

他惆怅地叹了口气，想到要离开摩云书院了，又有些不舍起来。

这是他的家啊。

忽然，门被轻轻推开了。

龙薇儿？

李玄紧紧注视着她，仿佛天长地久，他从未见过这个人一样。一滴泪水从他的眼角滑下，他也顾不得拭去。

他的痛，龙薇儿并不会懂。毕竟，她没有经历过前世的轮回。

她笑道："瞧你，才受了这么一点伤，就痛得哭起来了。真的很痛吗？"

她提着一个盒子，走到李玄床前，道："这是我为你抓的药，你喝了之后，很快就能好起来的。"

她说完，放下盒子，转身向外走去。李玄突然道："我……"

龙薇儿转头道："怎么了？我为你熬药已经费了太多工夫，现在要赶去上课了。药就在盒中，你打开喝了就是。"

李玄低头："你……你为什么对我这么好？"

龙薇儿笑道："你可不能死，你死了我找谁要十万两黄金去？"

李玄也笑了，是的，他不能死，他要践履那前生的誓言。

他凝视着龙薇儿，道："我……我能不能握一下你的手？"

龙薇儿惊讶，转而愤怒。自己千辛万苦为他熬了药，他居然还想轻薄自己。

她注视着李玄的眸子，忽地心中震了震。

那眸子中隐藏着多么深的情谊啊！恍惚之间，龙薇儿似乎感到了轮回中的痛楚，以及连生死都无法抹去的那份诺言……

她犹豫了一下，伸出手，道："我只是可怜你是个病人，你可不能有什么歪想法……"

两人的手轻轻握在一起，李玄闭上眼睛。

大漠黄沙，落日楼头。

十年风霜，百世年华。

那沧桑的记忆，轮回中的笑容，在这一刻鲜活。嘤嘤低吟，款款柔情，皆涌上心头。那是封在他心中的情根，在这一刻发出了雏芽。

前生后世，在这一刻连接在了一起。

他无法放手。

龙薇儿轻轻抽回手来，她的脸上也有着一丝震动："为什么……"

她显然也被这巨大的震撼撞击着，李玄紧紧闭着眼，不敢睁开。因为一旦睁开，他所有的感情都将暴露无遗。

那样，他就无法离开了。

但他必须离开。

龙薇儿呆立片刻，她想要追问，但看着李玄紧闭的双目，忽然又不知道该问什么。她很想陪李玄多坐一会儿，消解心头的疑惑，但为了熬药，她已经让谢云石等了她一个时辰。终于，她跺跺脚，道："你等我上课回来。"

她的倩影消失了。

李玄缓缓睁开眼睛，他的脸上满是悲伤。

前生的承香，今生的龙薇儿。

那是他不能辜负的诺言，此时渐渐苏醒过来，纠缠着他的灵魂。在他忆起万里黄沙的时候，也忆起了那一份深情。

千秋万世，永不相弃。

却就在前生，他为了家国，为了苍生，弃她而去，眼睁睁看着她走入恶魔的祭坛。

誓言犹在耳边，他忍心再辜负一次吗？

但今生的龙薇儿，爱的却是谢云石。他对着那张稚气而甜美的笑脸，也曾许下了承诺，他要给她最最想要的幸福——要让她的谢哥哥也喜欢她。

但现在，他忽然发现，她注定是他前生后世的爱人。

该怎么办？

李玄痛苦地思索着，却茫然无头绪。

良久，他摇了摇头，揭开盒子，将药喝了下去，然后，他挣扎着下了床。

必须走了。再待下去，他好不容易决定离开的勇气都将消耗殆尽。如果一件事想不出结果，那就不必再想了，这是李玄的习惯。

他抬头看了看天色，这时候，大家应该都在上课，没有人阻拦他。

他找了根木棍，强撑着向外走去。

他的目的地，是那片密林。他知道，雪隐上人一定在那里等着他，带他走。

他还有一句话想要问雪隐上人——为什么一定要灭石国之族？

他一定要为石紫凝讨一个说法！

第六章　五云垂晖耀紫清

雪隐上人果然还在那里。

一桌两椅，雪隐上人静默地坐着。

李玄拄着木棍走过去，笑道："老头，快再将上次的碧云仙桃拿几颗来吃吃。我受了重伤，吃饱了好跟你赶路。"

雪隐上人怅然一笑，道："赶路？已无路可去了。"

李玄笑道："你不是极力说服我离开摩云书院吗？现在我决定跟你走了，你怎么倒一副兴味索然的样子？"

雪隐上人黯然道："走？已经晚了！中原灾变，已经开始了！"

李玄一惊，道："你说什么？"

雪隐上人手指一处，道："你看。"

他指着的是终南山顶上的天空。那上面紫气郁蒙，上通于天，煞是苍古。

李玄道："看什么？还不都是这个样子？"

他话音还未落，雪隐上人手指微弹，一道银光自他指尖涌出，倏然胀大，布满整个天空。银光射目，那紫气映耀的苍穹上，忽然映出了一个巨大的阴影。

那是四条纠结在一起的神龙，仰天嘶啸着，它们的尾聚集在一

046

起，握在一个人的手中。那人另一手指天，竟连守御终南山的紫气，都被他无上霸悍的气势冲开！

四龙一人身躯都无比巨大，宛如逆天魔神，在空中猎猎飞舞着。无边的杀气自他身上汹涌而出，恍惚之间，战火连绵着灾变，鲜血中承载着痛苦，像潮水一般将李玄淹没。

末世般的绝望让他禁不住战栗！

雪隐上人袍袖轻拂，银光消去。那庞大的阴影也消散在天际。但那股无名的震慑，却让李玄一时回不过神来。

他忍不住问道："那……那是什么东西？"

雪隐上人仿佛很疲倦："那就是四极龙神。"

四极龙神？这名字似乎很熟悉啊。

雪隐上人道："也就是石紫凝的先祖，被我连同大日至尊者引来君千殇杀死的一代魔皇。"

李玄恍然，原来石紫凝一心想复活的，就是四极龙神！难怪她怀着那么高的期望，单看方才那无边的威势，这四极龙神的修为绝不在雪隐上人之下！

雪隐上人似乎知道他心中所想，道："四极龙神乃天纵奇才，百年难遇。他驯服四条神龙，为己所用，创出了九天逍遥剑法，不单我不是对手，举尽天下，除了觉悟轮回之剑的君千殇，再无人能敌。"

李玄想起石紫凝的故事，冷笑道："所以，你就怕了他，不但设计杀了他，还灭了他满族黎民？"

雪隐上人霍然抬头，道："你听谁说的？"

李玄淡淡道："若想人不知，除非己莫为。"

这句话令雪隐上人神情暗了暗，叹了口气，道："可你知道否，四极龙神石星御为了夺天下第一的称号，强行修炼轮回之剑，最后走火入魔，见人就杀，一夜之间灭了西域魔驮国？"

李玄惊道："这怎么可能？"

雪隐上人道："没有什么不可能的，四极龙神石星御心高气傲，从不许人强过自己。君千殇的轮回之剑是公认的天下第一，石星御一定要超越他。他明知道除君千殇之外绝没有人能修成轮回之剑，但仍然修习，终于走火入魔。本来他走火入魔也只是脾气暴戾冲动，不许人犯其锋芒，但他的族人却想借他无敌的武功称霸天下，就怂恿他去攻击邻国。石星御受了族人之激，仗剑御龙，一夜灭魔驮国，再夜灭紫阂车国，并扬言要统一西域五十国，让他们皆臣服于石国之下，否则，见人杀人，见鬼杀鬼！"

李玄冷笑道："这一定是你编出来的。石星御灭了别国，所以你们也要灭他的族人，是不是？"

雪隐上人目中忽然闪过一阵精光，冷冷逼向他。

缓缓地，雪隐上人道："灭了自己族人的，正是石星御自己！"

这句话，震惊了李玄。雪隐上人道："那时石星御神志已乱，见杀戮太多，天劫将降，一怒之下，就将他的族人几乎杀了个干干净净，只剩了几百人。留下这几百人，并不是为了延续石国的后代，而是为了他的蛰龙大法。"

李玄道："蛰龙大法？"

雪隐上人缓缓点头，道："这是石星御由神龙幻化中觉悟出来的奇妙心法，当世唯有他能够施展。一旦中了蛰龙大法，血肉精魂便为石星御所有，他被击败杀死后，魂魄不会消散，三十六天后，便借此人躯体复活。那时，我们怕这魔星再度复活，所以才杀了石国剩余的几百人。"

李玄冷笑道："说来说去，都是你们的道理。别人杀人，是别人不对；你们杀人，也是别人不对。"

雪隐上人叹道："我知道你不会相信，你可以去问紫极。他不会骗你的。我之所以不带你走，是因为天运已转，四极龙神石星御已经复活了。"

李玄身子一震，道："他已经复活了？难道……难道方才看到的，就是他？"

雪隐上人摇头，道："不是的，那只是他的影子。他还在积聚力量，等待最佳的时机。一旦他来到这个世界上，将会带来极大的灾难。他死的时候曾经诅咒说，等他复活之后，他将杀尽世上所有的人，让每一个人都受一遍他受过的炼狱之苦。现在是他兑现这个誓言的时候了。"

李玄笑道："杀尽所有的人？君千殇还在书院中，他能杀得了谁？"

雪隐上人沉默着，缓缓道："其实自上次摩云大会时交手，我便感觉到，君千殇已经失去了轮回之力。虽然我不知道是为什么，但若石星御再度出世，君千殇应该压制不了他了！"

李玄大吃一惊。

君千殇已失去轮回之力？

雪隐上人道："石星御出世，四大神龙再现，那时，整座终南山都在他龙威笼罩下，山上所有的人都会中了他的蛰龙大法，成为他的身外化身。盛世将因他而毁灭，而这一切，全都是你一手开启的！"

李玄吓了一跳，石星御复活是他开启的？他猛然回想太皓天元鼎中的幻境，难道石紫凝的召唤之术真的显灵了吗？

他蹦起来道："老头，你不要瞎说！什么我开启的？我做了什么？"

雪隐上人目中银光乍现，道："正是你让四极龙神复活，我本不该管什么天命，直接将你带走的！一时因循，竟铸成大错。"

他说着，身子霍然站起，一束灿烂的银光自他身上怒放而出。

李玄惊叫道："老头，你要做什么？"

雪隐上人沉声道："我不能一错再错，我拼着耗掉百年修为，将大雪山移到此处，镇住终南山，将石星御埋在山下，然后联合域外三老，将他再度封印！若再缓须臾，等四极龙神完全显形之后，那局面就无法控制了！"

李玄惊讶道："大雪山？那该多大啊？你若是移过来……"

雪隐上人冷冷道："只怕连长安都将被压住！大雪山上有我苦心修炼的无垠极光，一旦显出，百里之内绝无生物可以存活。但无论如何，都强过四极龙神复活，天下崩坏！

"四极龙神绝不能现世！"

说着，他胸口银光蓬勃胀大，渐渐结成一座苍茫的大雪山的形状。雪隐上人玄功不停运转，那大雪山越来越清楚，竟渐渐在此地化身而出！

李玄大叫道："疯了！疯了！你就不能冷静下来想想办法吗？"

雪隐上人道："办法？已没有办法可想了！你若想阻拦我，就先过我徒儿这一关吧。"

他衣袖挥处，一道银光闪过，一个顶着银盔银甲的身形倏然现出。那人影身上缭绕着层层仙云，一柄硕大的钢刀缚在他背后，他身躯高大，仿佛一尊神灵，傲然不群。

他对着雪隐上人稽首道："师父，召唤弟子有何吩咐？"

雪隐上人道："我施展降世明王法，从未遇到你这种情况，明王竟被锁在你躯体内无法归位，所以我收你为弟子，将曼陀罗双宝的金刚刃传授给你。你若是感念师恩，就去将这小子斩了！"

那人躬身答应一声，转头对着李玄。

李玄大叫道："胡……胡突干！"

这个顶盔掼甲、威风八面的神灵，竟然是胡突干，具有无上美感的胡突干！

胡突干大笑道："我们又见面啦！"

雪隐上人对胡突干淡淡道："或许，你的出现也是天命。师父一生精研佛旨，到头来也未领会半分，只能以杀止杀。去吧！"

说着，他的身子倏然隐去。林莽之中，只剩下一团耀眼至极的银光在翔舞变幻着。

显然，要将大雪山挪移到这里，需要耗费极大的精神。就连雪域至尊雪隐上人，只怕也非一时半日能够完成，也再无暇顾及其他事情了！

胡突干大笑着，一步跨出！

摩云书院尽头的绝壁悬崖上，夜风清冷。

心魔蜷缩在巨大的石座上，不住地咳嗽。他苍白的脸上浮出一抹病态的嫣红："你们回去禀告主公，他要的东西，我不久就会带过去。"

魃跟魈一惊，道："我们离开了，您怎么办？"

他们深知心魔的道法通玄，颠覆控御前生后世，直入人心，几乎无迹可寻，但他本身却脆弱无比。几种致命的病痛折磨着他，他甚至连行走的力气都没有。魑魅魍魉四人主要的任务本就是护卫着他。

他们如何能走开？

心魔淡淡一笑，道："不妨事……我已经有了力量……"

一阵剧烈的咳嗽脱口而出，他蜷缩在石座上，几乎窒息。但他眸子中的光却灿烂犹如朝日。魃跟魈对望一眼，躬身行礼，向外走去。

他们知道，心魔从未骗过他们。心魔既然如此肯定，那么终南山上，已几乎没有人能敌得过他。

心魔的咳嗽声持续了一阵子，这似乎销蚀了他全部的生命，他连动都不能动。等这阵咳嗽稍微平缓一点之后，他的目光终于放开，淡淡道："大雪山，无垠极光……雪隐，看来你很害怕这个四极龙神啊。那么紫极呢，你是否也害怕？"

他抬头，看着那虚暗的苍天。四条神龙无声地围着那个人的身形。

那是神灵一般的狂猛与霸悍，凌压在终南山上。连翼护山峰的紫气，都被他压得不住下沉。

"四极龙神……你究竟背负了什么样的命运？"

银光射目，照耀在胡突干的身上。多日不见，他的身材更加魁梧，脸上的横肉也更加横了起来。他头上仅存的一绺头发编成了一条小辫，朝天扎起，银盔掼顶，特意在正中为这绺头发留了个空隙，让它立了出来，披拂在盔顶上。

这是否在宣示着，他不是个秃头？

那银甲极为精致，上面布满了繁复的密宗法纹。有做风雷之像，有做神魔之威，显然是件极罕见的神物，妙用无穷。

只是穿在胡突干身上……

李玄还真欣赏不了胡突干那黝黑的脸搁在亮银甲上的"英姿"。

胡突干笑道："我们再来决斗吧！"

李玄白了他一眼，道："你看我这个样子，还能决斗吗？你若是想杀我，就一刀斩过来好了。我李玄为美献身，你这一刀成就我壮烈之美，我是躲都不会躲的。"

胡突干叫道："我这几个月来精研美之决斗，有很多很多的心得。你赶紧好起来吧，我非常非常想跟你一战！"

李玄笑道："那还不容易？你好好在这里等着！"

胡突干大叫："我等你！不过有几件事我先告诉你。我皈依密宗之后，师父授我这身盔甲，乃是从大雪山深处取出的，传说为龙树尊者开南天竺铁塔得密宗经典时一并拿出来的，所以名字叫作龙树宝甲，而我这柄刀……"

他反手将身后背着的那柄巨大的刀掣了出来，顿时一道冷光逼人。李玄目光锐利，对眼神功非同小可，也只能勉强看得清楚。无数的曼陀罗之形不断自刀身上衍生、变化，然后消失。

胡突干叫道："这柄刀中蕴含了金刚曼陀罗之力，所以叫作金刚刃。你要小心了，若是让这柄刀伤到了，你将承受现世五种痛苦。"

李玄冷笑道："跟我说这些做什么？"

胡突干双目光芒迸射，脸上全是兴奋之色："我是想告诉你，我现在已经是个大人物了，你要跟我决斗，那就想一个更高级、更玄妙、更符合我身份的美之对决来！"

李玄的脸立即臭起来。符合他身份？这家伙头脑坏掉了吗？竟然发昏到这种地步！李玄脑中忽然灵光一闪，笑道："前一场对决，你已经知道高手决战气势很重要了，这一场对决，我们要更进一步！"

胡突干更加兴奋："怎么更进一步？"

李玄："高手决战，一定要选择决战之地。你想，若是两个绝世高手，在满地泥泞的地方决斗，一不小心，就踩了一脚，沾了一手，那岂非很煞风景？就算不如此，若是在景色平常的地方，比如这个乱糟糟的林子里，后人传诵的时候，说大英雄胡突干飞身在一株歪脖子树上，那岂非也很没劲，很丢面子？"

胡突干眼睛闪亮："你说得太对了！我就知道，你对于美的领悟，仅次于我。"

李玄对他的赞美充耳不闻："所以，真正的高手，若是决战，一定要选在天险地险之处。必定是常人不能到、不敢到、不愿到之处，才能风采顿显。那时，一举手，天地惊变，一投足，万象森然。"

胡突干的热血沸腾起来："你说的是什么地方？"

李玄肃然道："天之链埕！摩云书院三大恐怖禁地之一，从没人能回来的天之链埕！"

恐怖禁地？从没人能回来？胡突干想象自己立身之上，万人又是崇敬又是畏惧的样子，不禁豪气布满全身，充溢身外："就是天之链埕！我等你！"

李玄转头看了那银光一眼，刚刚轻松了一点的心情又沉重起来。

大雪山现于终南山上，无垠极光布散百里之内，那要杀死多少无辜的百姓？

付出如此代价，雪隐上人只愿换来四极龙神不再醒来。

这四极龙神究竟有多可怕？

李玄拄着木杖，龇牙咧嘴地向书院走去。魔劫既然已经开启，自己便不用离开书院，而且决战胡突于天之链堑，顺便也可以继续完成苏犹怜对自己的考验，真是一举两得，让他稍微宽心了一些。但四极龙神将要苏醒，而且是由自己将封印揭开的消息，却让他大为郁闷。

他决定去找紫极老人，这世上若是还有一人能解开他的困惑，那必定是紫极老人了。

李玄推开睡庐的门，却呆住了。

紫极老人倒在仙游榻上，脸色苍白得就跟死人一样！

李玄急忙冲上去，叫道："老头，你怎么了？"

紫极老人吃力地睁开眼睛，缓缓道："还不都是你害的？"

李玄惊道："怎么会是我害的！老头，你整天窝在这山顶上，我每次来你就将我塞到轮回之境中去，我还能怎么害你？"

紫极老人道："你可知道笼盖终南山的紫气，乃是我九转元神所幻化，我元神受创深重，自然快要死啦。"

李玄道："你元神又怎会受创呢？"

紫极老人道："因为你将四极龙神放了出来！你这浑小子，整天就知道闯祸！"

李玄莫名其妙，郁闷至极。

为什么每个人都说他放出了四极龙神，但他就是不知道怎么放出的呢？

他有心追问，紫极老人缓缓道："我将元神化为终南紫气，笼罩山顶，便是为了镇压四极龙神。本来雪隐跟大日至将魔道秘宝送给我，便可让我的元神攻穿地肺，与地心元火相合，借无边地火增长威力，将四极龙神镇压住。但我不顾佛谕，继续开院收徒，才有了今天的灾变。如今我的修为无法强过重新降临的四极龙神，是以才受创严重。"

他虚弱地坐倒在仙游椅上，似乎连站起的力气都没有。

李玄沉默了，他想不到就连紫极老人也无能为力。他问道："难道……难道就没有打败四极龙神的方法吗？"

紫极老人沉吟着，欲言又止，良久，缓缓道："难道是揭开三大禁地之谜的时候了吗？"

三大禁地？李玄精神一振，急忙道："三大禁地究竟是怎么回事？老头，你总该知道的，快些讲给我听！"

紫极老人面容渐转肃然，双目盯住李玄，道："三大禁地各自蕴含着一个极大的秘密，我在入学时候就告诉你们了。绝对不能进去，尤其是你！"

绝对不能进入？什么时候说过？尤其是我，凭什么啊？

不叫我进去我就不进去了吗？李玄嘴角浮起一丝隐秘的微笑，道："老头，是不是三大禁地中有着打败四极龙神的力量？"

紫极老人道："三大禁地的传说乃是天地造化之秘，甚至在书院建立之前就已存在。百年之前，君千殇打败石星御，却由于蛰龙大法的存在，无法将他杀死，只能将他分成心、神、意、形、体五部分，分别镇压。其中就借用了三大禁地的力量。但就算是我，也并不清楚这三种力量的来源，只是略有所知而已。可以这么说，若是启用三大禁地之力中的任意一个，都有可能打败尚未完全凝形的四极龙神。但是这些力量本已用于镇压石星御的几处分身，贸然开启，不仅可能会送掉性命，更可能将他彻底释放出来！"

难得一见的是，连紫极老人脸上都露出了犹豫之色。

难道三大禁地中蕴藏的力量真的那么恐怖吗？

李玄沉吟着道："是不是只要君千殇不在，便没有人能打败四极龙神了？"

紫极老人缓缓点头。

李玄又道："是不是四极龙神降世之后，便会引发极大的灾劫？"

紫极老人又缓缓点了点头。

李玄笑了笑，他的笑容似是有了决断，转身向山下走去。

果然，君千殇不能再施展轮回之剑了，否则，这么危急的时刻，他一定会出现，而且紫极也不会这么颓唐。

如果君千殇还能压制得住石星御，无论紫极还是雪隐都不会如临末日。

看来，唯一的办法就是启用三大禁地的力量。

也许这会使事情变得更坏，但已没有其他办法可想。

他龇着牙咧着嘴走出睡庐后，直奔后山。

心魔注视着书院中的一举一动，脸上浮起了一丝笑容。

"紫极老人也在害怕吗？"

他瘦长的手指轻轻敲在石座的边缘上，清脆的叩动声环绕着他，他的瞳仁中阴阳变幻，终于一笑，道："那就释放你们的恐惧吧。"

第七章　有似山开万里云

万花坪。

容小意既然连小狗汪汪都有法子治，还能治不好他身上的伤？一旦治好伤，李玄就有信心把这三大禁地的秘密通通揭开！

那时，手握三大禁地之力，看你四极龙神还能横行到几时！

虽然天之链堑中隐藏着什么秘密无人知道，但天秀峰上有仙人往来，既然是仙人，想必宰掉四极龙神不成问题。而第三大禁地，摩云书院中的那个隐秘魔舍，既然能让君千殇觉悟轮回之剑，而四极龙神又被轮回之剑打败过，那其中藏有克制四极龙神的宝贝也说不定！

这么一想，李玄压抑的心情稍微轻松了些，哼着歌就到了万花坪。

扑隆隆一阵响，小玉飞到了他的身前，仔细看着他的心脏：“呀！呀！你这人惹了这么多事，居然连一点愧疚都没有？”

李玄心中的英雄气立即衰下去了：“怎么连你都知道了？”

小玉道：“全学院的人都知道了！大家都说李玄狗屁本事都没有，却专门惹是生非！”

李玄那个哀怨啊，怎么会传成这样？就算如此，他仍然不知道是如何将四极龙神放出来的！

这个样子实在太郁闷了！

小玉一翅扑扇开，尖叫道："你来这里作甚？是不是又想求助伟大睿智的鸟类？人类啊，每次走投无路的时候，就想到了我们无所不能的鸟！但你休想，我宁愿被四极龙神杀掉，也不会帮助你的！"

李玄白了它一眼，道："那你能不能帮我另一个忙？"

小玉道："若只是很小很小的一点忙，我或许会考虑一下！"

李玄道："我现在很饿，你能不能跳到锅里，把自己煮熟了给我吃？"

小玉的叫嚣声突然停止了，它盯着李玄，大颗泪珠落了下来："你居然想吃我？你居然想吃这么伟大睿智的鸟？我那敏感而精致的心啊，它受伤了……"

小玉哭着飞走了。

李玄举步，就发现容小意正懒懒地从一束花中醒了过来。她的样貌无论什么时候看起来都那么清新，那么沁人心脾，就仿佛是花瓣上盈盈颤动的一滴露水。

她浅笑道："公子……"

李玄也顾不得客套："快，把你最好的药给我，马上将我的伤治好！"

容小意道："公子又要去打架吗？"

李玄道："没时间跟你解释了，你也赶紧回盍静谷吧……不，再走远一些，越远越好！"

容小意道："劳公子挂念，只是公子已经吃过灵药了，为什么还找我要药呢？"

李玄道："我要马上就治好！"

容小意道："这个容易，我会让药力马上发挥出来，只是有些疼痛，公子忍着些。"

李玄笑道："大丈夫岂会怕痛？你尽管施展就是了。"

容小意轻轻点头，娇柔的身子自花瓣上站起，飞舞了起来。她仿佛是一朵轻云，风一吹就不由自主地飘飞，李玄禁不住有些错觉：若不伸手拉住她，她就会从风而逝，再也无从寻找。

容小意身形曼妙，模拟花瓣舒展、木生草长之姿态，翔舞在李玄身侧。忽地，一点刺痛自李玄灵魂深处腾起，一瞬之间，就布满了他的躯体！李玄一声撕心裂肺的痛呼，忍不住弃了木杖，躺倒在地，翻滚了起来。

容小意似是陶醉在那万物生长的幸福中，双手玲珑舞动，身轻如燕，曼妙剔透。但她每一抬脚，都宛如踩在李玄的心上，将它生生碾入土中。李玄惨叫连连，仿佛被打入了阿鼻地狱，巨大的铁磨碾磨着自己的身子，等化成粉末之后，就重新聚合一次，再入铁磨碾磨。这非人能忍受的痛楚，就在他身体里不住地蔓延着。

突然，一道翠绿的枝条自他的肌肤中钻出，瞬间长成两尺长的花枝，一朵朵红色的小花绽放着，点缀在枝头上。李玄大骇，又是一条枝条自背后钻了出来。

这下比方才的痛苦更让他惊骇，肌肤下又痛又痒，似乎有无数的枝条要钻出来。果然，没来得及等他制止，他的身体已被万千碧条遮满，脖子上还结出几十条来，弯曲向上，在他的头上聚合成一顶花冠。

剧痛渐渐止歇，那些枝条随着容小意的舞蹈停止，不再生长。

李玄知道自己现在的样子肯定怪到了极点，不禁欲哭无泪。

轻轻地，容小意跌倒在花瓣上，她的脸色苍白，似乎方才的舞蹈用尽了她全部的力量："公……公子，这些花木便是你体内的病痛，我将它们全都催发出来，将痛苦集中在一瞬间爆发，你的伤也就算是好了。"

李玄道："那能不能将这些枝条去掉？"

容小意轻轻道："这些枝条是我特意送给公子的……公子此去又是打架，这些天生灵枝结成的春生之甲会为公子抵御刀剑，若再受了伤，也可助公子痊愈。"

原来这些难看的枝条中藏了这么多的心意，李玄不禁心下有些感动，抱拳道："多谢了。等我打完架之后，可千万要帮我除去。"

容小意缓缓闭上眼睛，长长的睫毛合下，她开始倦倦地睡去："到时候，小玉会帮你的……"

小玉？

李玄骇然抬头，就见那只可恶的白鹦鹉正在忍不住奸笑着。

难道自己最终还要落在它手里吗？

李玄低头看了看自己这副怪样子，不禁叹息一声。幸亏自己还没成家，否则顶了这么一顶碧绿的帽子，那可怎么得了。

摩云书院三大禁地。

李玄看了看紫光暗淡的天空，想起了不久前苏犹怜对他说的话："三大禁地乃是摩云书院最高的秘密，也是最恐怖的所在。历代生徒都极力想破解这三大禁地之谜，但从未有人成功过。传说每一个禁地里都隐藏着一个极大的秘密，获得这三个秘密的人，将会无敌于天下。"

"而这三大禁地，也将会是我对你的第四、五、六重考验。"

天下即将崩坏，还论什么第四、五、六重考验？

这种水里来火里去的日子，什么时候才是个尽头。李玄看着自己身上在前三次试炼中留下的伤痕，不禁悲叹起来。

书院三大禁地的传说由来已久，第一大禁地便是天秀峰上的仙人。

传说每年八月十五中秋节月圆之夜，仙人就会降临到天秀峰上，有缘能见到者，将会得到仙人所赐，从此横行天下。然而，人们却无法爬上天秀峰。那时峰上充满了十方刹那光，任何隐身术、法宝都无法遁身。天风凛冽，自九重天上吹下来，将一切有生命之物全都吹走。近百年来，去见仙人者只有谢云石一人能全身而退。

摩云书院第二大禁地深藏在书院中的秘屋魔舍。传说魔舍中锁着的是这个世界上最大的秘密，绝不容任何人染指。而这所谓最大的秘密便是轮回，但只有两人能够施展出此等力量，一位是能使用轮回之境的紫极老人，另一位便是轮回之剑剑斩天下的君千殇。一旦进入了这座魔舍，就有可能掌握轮回的力量，施展出君千殇那样的轮回之剑来。

然而，自书院建立以来，魔舍便由君千殇亲自镇守，连雪隐、大日至都无法强行进入，何况他人？

第三大禁地便是天之链堑。天之链堑也在书院后山，乃是一条极为粗长的铁链，直连入万壑深谷。链堑的另一头通向何方，没有人知道。就连爬上过天秀峰的谢云石，也从未敢踏上天之链堑。是以，三大禁地中，以天之链堑最为神秘，因为没有人知道它的任何信息。每一个妄图窥测天之链堑的人都莫名地葬身崖底。

本来，李玄以为这些只是苏犹怜的夸大其词，和以前的冒险不会有什么两样，但由于紫极师尊的一番话，却有了天下危亡的意义。

他不得不重新考虑自己和胡突干在天之链堑上的决斗了。

他必须带上帮手。

摩云书院里师兄弟很多，可他这个"大师兄"能指挥得动的却只有两个，那就是擅长五行遁甲的封常青和擅长养鬼御魂的边令诚。

封常青一手捂着高高肿起的脸，还禁不住想笑。他一看到李玄那满身青翠的样子，就忍不住笑。因为他这脆弱的控制力，他已经挨了李玄三拳四脚，但他仍然控制不住。

边令诚就好多了，连红玉都忍不住笑出了一张鬼脸，他却丝毫不动容。

李玄禁不住问他："你为什么不笑？"

边令诚怔怔地流下泪来。

李玄骇道："你不笑就算了，为什么哭起来了？"

边令诚道："我想起了我小时候养的一只乌龟，就是像你这样满身绿毛……后来它死了……"

李玄："咦——"

李玄一拳狠狠敲在他头上，大吼道："闭嘴！"

他恶狠狠地转头对封常青道："胡突干回来了。"

封常青吓得一阵哆嗦，转身就跑。

李玄冷笑道："你再多跑半步，我就不认你这个小弟！"

封常青登时停住，满脸惊惧："老大！怎么办？怎么办才好？"

李玄道："怕什么？他只有一个人，我们有三个人，还怕不打他个落花流水？小边，你的通天道尸到底通天了没有？"

边令诚身子一颤，道："又要让红玉去拼命？不行，它很柔弱的！"

李玄看了红玉一眼，它伶牙俐齿，手上指甲三寸长，就跟利剑一般。这样恐怖的妖尸，居然叫作柔弱？看来边令诚还未从失去明珠的痛苦中走出来。

李玄道："你放心好了，胡突干没有石紫凝那么厉害，更没有墓中玄冰的神通。我敢说，只要红玉出手，立即就能获胜。不信你问常青。"

边令诚半信半疑地看着封常青。

李玄道："你们在摩云书院中已经修习了这么长时间，道法武功应该都有了长足的进步吧？胡大老爷只不过是个小混混而已，是不是，常青？"

他最后几个字加重了语气，封常青身子一阵哆嗦，他知道，若是回答有错，只怕立即就会被李玄胖揍一顿。他低下头，道："是。"

不知为何，他想起了胡突干一刀凌空怒斩下来的模样，这让他心中一阵不安，但他随即安慰自己道："那不过是雪隐上人施展的妖法而已！"

李玄道："那就这样决定了！小边，你负责操纵红玉，正面对战胡突干。常青，你施展阵法，从旁协助小边。你的阵法进步了吧？"

封常青一副没有自信的样子："我不知道……"

李玄道："那调整一下。常青打头阵，小边，你协助他。"

封常青："……"

三人往天之链堑走去。越走封常青的脸色越是苍白："老大……咱们这是要去哪儿？"

李玄道："你问这有啥用？"

封常青闭嘴，过会儿，又问道："老大，咱们是不是去天之链堑？"

李玄笑道："你既然知道了，为什么还要问？"

封常青吓得几乎跌倒，大叫道："不能去，天之链堑绝不能去！"

李玄奇怪地道："你怎知道能不能去？"

封常青道："紫尊在迎新大会上就警告过我们，千万不能踏足那里。一开始我还不太相信，后来我读到一本上古典籍，里面用血写了'天之链堑，入之必死'几个大字！老大，我们还是回去吧！"

李玄笑道："那是骗你的。你若不去，可以回去等我们。"

他领先向前走去。边令诚呆头呆脑地跟着他，倒是不知恐惧。

封常青呆了好久，终于奔向前去。

天之链堑也在终南后山。

实际上终南山的前山很小，盖了一座摩云书院，就全都占满了。它背后连绵的山势，全都称为后山。

天之链堑就在群山的最尽头，终年云雾封锁，唯见一条生满铁锈的巨大锁链笔直伸入云雾深处。绝壑在此将山势斩断，上不见天，下不见地。山风呼啸，吹在深谷铁索上，阵阵鬼哭传来。

但无论山风多大，那铁链却一动不动。

一入铁链，绝无生还！

第八章　百丈金潭照云日

一人顶盔掼甲，傲然立在链堑铁索之前，见到三人，大笑道："我等你们很久了！"

一见到他，李玄就高兴不起来，有气无力地道："有劳了。"

胡突干道："快说说看，我们该怎么来进行美之对决？"

李玄心念电转，是骗他进天之链堑先探一回呢，还是跟他比赛跳崖？他转头看了两个小弟一眼，忽然有了计策。

红玉能挡住石紫凝一剑，料来本质不错。边令诚又说这些天修炼得更厉害了，那么，也许能打得过胡突干也未可知。他们以后有的是架要打，不如趁这个机会好好练练，让三个人配合默契一些。

想到此处，他笑道："你是不是高手？"

胡突干大叫："我当然是高手了！"

李玄道："高手就要除魔，现在我给你叫来一头大魔王，你先将它除去，然后我们再来对决，好不好？"

胡突干喜道："真有大魔王吗？快些叫它出来！"

李玄笑道："很好，布阵！"

封常青一抬手，几十面旗子脱手而出，插在了天之链堑的悬崖上。他双手不停，那些旗子突然旋转飞舞起来。

李玄大喜，就这么几天不见，封常青的功力显然又有了增长！

只见每面小旗上都腾起一道光芒，彼此连接在一起，忽地散成一道暗灰色的光华，布满了链埏崖头。大片的云雾不断从崖底冒上来，将胡突干围住。

忽地，云雾凝成实质，幻化出一片巨大的坟地来。

借由云雾凝成的阴风，吹在脸上冷气逼人，还未闻鬼哭，就已让人心惊胆战。便在此时，边令诚捻诀开声，一串幽秘的咒语沉闷地响起，那坟地中忽然亮起了一盏血红的灯笼。

霎时，链埏上的云雾全都被这点血红染尽，呈现出诡异欲滴的赤红来。

那是血，漫山遍野的鲜血！

那盏灯笼缓缓向胡突干移动着，鬼哭之声连绵响起，凄惨诡异中直扑胡突干。

虚灵鬼阵将周围的阴森之气聚集而来，施加在红玉身上，两人配合得天衣无缝，威力强了三四倍！何况这里常年没有人来，阴气本来就重，施展御鬼之术，实在再合适不过了。

胡突干睁大了眼睛，盯着红玉化成的灯笼，忽然，点了点头，肃然道："果然是大魔王，我胡大老爷找的就是你！"

他缓缓将背上的那柄金刚刀取下来，刃上幻光凝成的曼陀罗不住生成、消失，虚灵鬼阵的幻象冲到金刚刀边上，便被这些曼陀罗化去。

胡突干大喝道："金刚显世，群魔辟易！"

一朵曼陀罗倏然在刀尖上闪现，那柄金刚刀嗡然声响中，曼陀罗被激得迎风胀大，幻化成一朵一丈多长的透明之花，胡突干手握长刀，身子凌空而起，向着红玉怒斩而下！

光华宛如电雨，自曼陀罗花瓣中激落而下，虚灵鬼阵的幻象立即被吹了个七零八落。

封常青大吃一惊，急忙摧动阵形，十几面小旗一把投了出去，那虚灵鬼阵的威力立即增强，几座大坟冲天而起，将刀光挡住。他躲在大坟后面，脸色惊成了惨白，拼命加强阵法威力，将自己护了个严严实实。

但红玉却失去了阵法的保护，完全被这一招的威力笼罩住！

没有人想得到，胡突干这一刀竟然有着如此大的威力！

边令诚惨呼一声"红玉！"便奔了出去，他要拼死挡住这一刀！

胡突干一刀斩出，身子立即停住。只有一朵曼陀罗花缓缓坠落。

边令诚抢在红玉面前，曼陀罗宛如虚光一般，穿过他的躯体，倏地化成实体，将红玉包住。红玉一声惨叫，它身上那强烈的红光被曼陀罗上发出的幻光一照，立即开始涣散！

边令诚大惊，抢上来救它。那朵曼陀罗花冲天飞起，花瓣涨成了无边巨大，千千万万光雨纷纷洒落，化生为天地万物的虚像，在链埕之上飞舞。

边令诚努力跳起来想将红玉救下，但无论他跳得多高，都无法触及那朵曼陀罗。猛地，一声霹雳响起，将他震倒在地，天之链埕的崖头上，盛开了一朵巨大的曼陀罗花。

那是五色彩石雕成的琥珀之花，中心悬着一盏红色的灯笼。一道红光自花的中心飞起，直透九霄之上。此时才是秋初，但这朵花出现之后，终南山后山上却似乎进入了寒冬，地面上结了厚厚的一层霜。

李玄惊讶地张大了嘴，他完全没有想到，胡突干竟已高明到了如此地步！

红玉居然撑不住他一招！

胡突干看着他们惊惶的样子，大笑道："怎么样？我这一刀美不美？"

边令诚惨叫道："还我的红玉！"他扑了上去，捶着那朵五彩之花。鲜血自他的拳头中迸出，溅在石花上，那花岿然不动。

李玄拉住他，道："别费劲了！我们只有打败他，才能救出红

玉来！"

边令诚双目血红，盯着胡突干，道："打败他？"

封常青仍然龟缩在虚灵鬼阵中，李玄一脚将他踹了出来，道："你下次若再敢只顾自己，我就先揍死你！"

封常青惨叫道："老大，我怕啊！"

李玄道："就算怕也要扛到底！我们两个若是死了，你又能躲到哪里去？小边，你别冲动，冷静一下听我说。你不是擅长咒土术吗？等一会儿常青施展虚灵鬼阵的时候，你就施展咒土术，将坟地变成真实的。虚虚实实，让他分不清楚，我们才有机可乘。"

封常青道："老大，谁来攻击啊？我们三人好像都不擅长攻击啊！"

李玄自信地笑了笑，道："这个不用你担心，我自有办法！"

封常青将信将疑，小旗抛出，阴风阵阵，卷地吹出，向胡突干围去。

刹那间，天之链堑又被诡异恐怖的坟场包围住。

胡突干大笑道："我的金刚刃中含金刚曼陀罗之力，能够斩断六道众生。就算真有鬼，还不是被我一刀斩死？你们还是不要弄这些小孩子的把戏了，好好拿点真正的美出来，让我胡大老爷开开眼。"

李玄笑道："你先突破了我们的阵法再说吧。"

胡突干笑道："这还不简单。"

他一步跨出，横刀怒扫，大小的曼陀罗光影再现，向虚灵鬼阵上扫去。他笑道："看，这不就冲破了吗？"

但他的笑容倏然就顿住了，因为刀光闪过之后，虚灵鬼阵并没有消失！那些坟头仍然耸立在那里，并没有被能消去一切幻影的金刚曼陀罗之光冲散。

胡突干大吃一惊，李玄喝道："出手！"

他倏然擎出一柄剑，闪电般向胡突干刺去！他的剑光才闪，三人背后的乱石中也突然爆散出一点精光，刹那间追上李玄手中的剑光，两道光芒合二为一，组成一道灿烂至极的光华，直飙胡突干咽喉！

这就是李玄的计谋。

他本来的计划很好，先用虚灵鬼阵跟红玉将胡突干拖住，然后再用边令诚的咒土术让鬼坟成形，幻境成真，不由他不惊疑，最后趁机用借来的灵犀剑，双剑共鸣，联手一击，出其不意地重创他。

他本料到胡突干如今的修为已今非昔比，所以才想出这么多计谋来，让胡突干入彀。但没想到胡突干的修为竟然高到这种程度，红玉居然挡不住他一招！

然而他对灵犀剑极有信心，这么出其不意的一剑，肯定能建奇功！所以他才秘密借来了灵犀剑，并求苏犹怜埋伏在石堆中，当作奇兵，一举奏效。

这个计策，有一半是由苏犹怜策划的，因为七重考验，本就是两人共同的事情。李玄找了两天，好不容易找到她，要挟说若她不参与，就不去天之链埵，所以苏犹怜只有应允。

只是他没有想到，苏犹怜的剑术竟也这么好。

果然，胡突干吃惊愕然的一瞬，被李玄抓住机会，这一剑，转瞬之间就刺到了胡突干的眼前，他再想挡，已经来不及了！

这一剑，李玄用的力不多，他只是引导灵犀相互之间的吸引而已。灵犀剑果然是宝剑，双剑齐飞，纵然李玄功力浅薄，剑威也陡增五成，凌厉无比地压下。

苏犹怜长袖曼舞，道道白羽般的光华涌出，裹着灵犀剑急速翻滚着，剑芒璀璨无比。她以道法催动剑术，威力竟然不低于崔氏姊妹。

胡突干眼中精光闪动，倏然退了一步！

剑光就贴着他的胸膛划了过去，胡突干一声大喝，金刚刃忽地撩起，锵的一声响，击在双剑之上。一阵强猛的劲道爆出，李玄就觉仿佛一个大浪打了过来，身子不由自主地冲天飞起。

耳听一声惊呼，苏犹怜身子翔动，向他飞了过去。李玄头昏脑涨地发现，自己竟然向天之链堑的绝壑掉了下去。他大惊失色，急忙向苏犹怜抓了过去，一把抓住之后，立即紧紧抱住。

这本是溺水遇险之人本能的反应，只听苏犹怜大叫一声："放开我！"

风声呼呼，两人一起掉进了那看不到底的天之链堑！

封常青跟边令诚一声大叫，顾不得再施展阵法，急忙抢到崖边，向下张望。只见云海漫漫，天之链堑铁索横渡，钻入茫茫的云海之中。那云海无边无际，也不知有多深，苏、李二人掉下去后，连个影子都看不到了。

边令诚大吼道："你杀了红玉，你杀了老大！"

胡突干满脸歉意："我并不想这么早杀他的……我跟他的美之对决还没展开呢，我比你们还心痛！"

他仰天叹息："天下无君，我胡大老爷何处再行美之对决？"

在叹息声中，他转头默默走出。

边令诚大叫道："我会为老大和红玉报仇的！"

胡突干笑了笑，道："你不必为红玉担心，九日之后，我就会将它还给你。现在我只是借用一下它的妖气而已……"

借用妖气？边令诚呆呆地想着。他心中忽然升起了一阵不祥的感觉，那冷冽的风劲吹而来，几乎冻入了他的骨髓。不知怎的，红玉未死的消息丝毫没令他高兴，他只想知道，胡突干所说的借用妖气是怎么回事。

老大、老大，若是你还在就好了！

李玄当然没死！他身上那些柔嫩的枝条忽然长了起来，盛开出无数的花朵。这些花瓣凌空扶摇，他下降的速度竟然渐渐缓慢下来。他仍然紧紧抱着苏犹怜，心中的惊讶、恐惧一时还未完全消失。

云海漫漫，似乎绝无尽头。他们下降了足足有一刻钟，仍然没有到达崖底。苏犹怜本想救李玄，却被李玄一把抱住，心慌意乱之下也随着他一起掉了下来，本有些恼怒，但此时，却也不禁紧紧偎依着他，怯声道："郎君，我有些怕。"

无尽云团缭绕在他们周围，一尺之外，就什么都看不见了，只有阴郁而湿重的云朵。刚开始还能听到崖顶上封常青跟边令诚的呼喊，再下降了一会儿，所有的声音都消失了，两人仿佛到了另一个世界，没有声音，没有色彩，没有边际。有的，只是沉重的窒息感，压在两人的心头。李玄也忍不住心惊，天之链堑传说为死亡之地，入者绝不可能生还，两人不小心跌入了谷底，不知有什么巨大的危险在等着他们呢！

突然，一阵巨大的吸力自下方昏暗的云团中腾起，两人的身子就觉有千钧重一般，被这股吸力撕拉着，闪电般向下坠去。

李玄大吃一惊，心知不好，对苏犹怜大喝道："投剑！"

两人都知道情势紧急，一抖手，灵犀剑化作两道电光，旋转缭绕在一起，向下猛蹿了出去。

灵犀剑乃是神物，彼此之间气机牵引，这下全力投出，力道极为不小，再加上那股庞大至极的吸力，剑光宛如闪电飙飞，冲开重重魔障！

猛地，下方传来一阵苍茫的啸声，那股吸力倏然消失，随即一股绝大的力量横击而来，两人猝不及防，身子高高弹了起来！

那啸声洪大至极，整座云海都被震得簌簌发响，云团怒卷，似乎都受不了这啸声的震荡！

李玄大惊，什么妖物，竟然有如此威势？

那啸声直指人心，仿佛在心底响起的一般，才闻啸声，便觉魂魄震荡，灵魂都几乎被震出躯壳。

两人紧紧拥抱在一起，仿佛只有彼此的心跳，才会让那颗狂烈的心稍稍安稳一点！

云团被啸声摧动，奔马一般散开，两人眼前渐渐清明起来，但眼前的景象，却让两人惊骇得几乎晕过去！

那……那究竟是什么妖物啊！

云海之下，遮蔽的是广大无垠的平地，但那片平地竟被一个巨大的妖物占满！李玄跟苏犹怜身在如此高处，竟然也无法看清楚那妖物究竟有多大，只觉视野之内，都是那妖物的身体。但那妖物生成什么样子，两人却也说不出来，仿佛是一团团乱糟糟的东西堆在一起，随着怪物的呼吸，不住地抖动着。

绝壑之下光线幽暗，看不清楚那怪物是什么颜色的，大团的云气不断自怪物的体内升起，汇聚到天之链埕的云海中。

难道那么广大的云海就是这怪物吞吐而成的吗？两人都不由得震惊。想到方才那强到不可思议的吸力，两人不禁都是一愣——难怪天之链埕被称为绝地，从无人能够生还！看来就算以谢云石那等的绝世剑法，也未必能诛灭这么庞大的妖物。

崖底的正中央是一座笔直耸立的山峰，怪物的身躯就盘在山峰底下，极为诡异地蠕动着。

两人正在惊疑之际，倏地，一连串巨大的灯火自妖物云团般的身体内升起，点点火光激烈地燃烧着，渐渐升到了天空中。

李玄心念一动："不好！那是妖物的眼睛！"

他这句话才出口，那妖物的身躯猛地耸了起来，朵朵乱云沿着山峰堆积而上，顷刻将整座山峰都包了起来。那妖物周身柔软，可以随意变换形状，看不出哪里是头、哪里是尾。盘踞在山峰上，昂起的皮肉乱糟糟地蠕动着，猛地一声锐啸，带着猛恶的风声，向两人当头扑下！

李玄大叫一声："惨了！"

头顶一片昏暗，妖物庞大的身躯竟将天空完全遮住，一串十几颗火珠之眼闪耀，围着两人盘旋飞舞，将去路全部挡住。李玄目瞪口呆，不知该如何躲闪，苏犹怜忽然叫道："郎君，你闭上眼睛。"

李玄不知道何意，急忙闭上眼睛，猛地，一道灿烂至极的光华自苏犹怜身上飞起，宛如太阳般在黑暗中炸开。李玄虽然闭着眼，但仍然能感到光华灼眼。那妖物一声凄厉的嘶啸，十几只眼睛一齐被晃花。

苏犹怜叫道："郎君，咱们赶紧走！"

苏犹怜身上光华点点，将两人托了起来，自云团缝隙中钻出。

李玄大喜道："想不到你还有此等神物！"

苏犹怜浅浅一笑，道："郎君不记得了吗？这就是上次斩杀赤蚪火鼍所取的内丹啊。它之所以叫作赤蚪火鼍，就是因为内丹修成之后，便可与日争辉，光芒万丈。那火鼍的功力本不够，我遇到了一位高人，助我将它们修炼成宝。我现在能浮行空中，也是得它们之助。"

李玄仔细看时，果然，九颗灵珠穿成了一串，挂在苏犹怜的颈上。粉颈玉珠，相映生辉，衬得苏犹怜的脸色盈洁通透，虽在妖物威胁之下，仍然十分动人。

眼见李玄目不转睛地看着，苏犹怜不由得轻轻一笑，道："郎君，你可要小心些哦，看来这第四重考验并不简单呢。"

这句话让李玄回过神来。

是啊，且不说打败这么巨大的妖物了，该怎么从这里逃出去呢？

李玄紧皱眉头，忽然，他发现怪物体内有什么亮光闪了闪。

似乎是先前投下去的灵犀双剑！

第九章　巨灵咆哮擘两山

李玄心中又是一动，他叫道："破书，你有没有什么法术，让我也能飞？"

天书老爷爷自他的怀里钻了出来："当然有了。如果这位小姐把赤虯火霾的内丹分你一颗，就更好了。"

苏犹怜微微一笑，解下一颗红珠来，交到李玄手上。天书爷爷念念有词，一个"飞"字闪过，那珠子上的红光猛然腾起，布满了李玄全身。

李玄道："那你有没有办法让她安全些？"

天书爷爷道："自然也有。我是无所不能的天书老爷爷嘛！"

它念念有词，又是一个"变"字凌空现隐，突然，苏犹怜变成了一朵云，停在空中。此地乃是云海，万千云朵聚集在一起，又哪能分辨哪朵是人变的，哪朵是真的？

李玄心里顿宽，笑道："看我除妖去！"

红光笼罩之中，他身子飞舞而下，向两柄灵犀剑飞去。妖物被赤虯火霾内丹宝光激耀，十余只眼睛一起盲了，还未恢复过来，李玄轻易地将两柄剑抓在手里。他藏起一柄，突然用力，将另一柄狠狠向妖物体内插去。

一股浓臭的汁液溅出，灵犀剑乃是神剑，锋利异常，这一剑没体直入，深深插进了妖物体内！

那妖物一声痛啸，身子轰然翻滚起来，巨大的身躯击打着地面，让大地震荡不断。李玄不敢怠慢，急忙飞身而起，跟苏犹怜会合。

这一剑刺得妖物剧痛难当，云团般的身躯剧烈地翻卷着，将那柄剑层层围裹了起来。这是动物的本性，要将伤口小心地保护起来，免遭敌人再度攻击。

看到这一幕，李玄笑了。他对苏犹怜道："这妖物要吃苦头了。"

他突然一声叱喝，手中的灵犀剑突然飞出，向妖物射去！

灵犀剑果然是宝物，李玄几乎不会用剑，但这宝剑才一出手，剑身上立即腾起一团青幽幽的杀气，而同时，妖物体内也有一团淡淡的青光亮起。两团青光仿佛彼此吸引一般，化作一道青光，直破妖物身躯而入！

这次剑光互相激发，将妖物身体刺破了一个桌子大小的创口！直痛得它重重以身擂地，不住地大叫。

李玄笑道："看来天之链堑言过其实，也并不怎么可怕嘛。若是石紫凝来，只怕会立即将这只妖物分尸了。"

苏犹怜脸色郑重，道："你别小看了这妖物……"

一句话尚未说完，突然，那妖物体内陷了好大一个洞，李玄就觉身子一沉，一道猛烈的吸力铺天盖地而来，卷住他与苏犹怜，向下飞坠！

他大吃一惊，手中没有了灵犀剑，如何才能对抗这道吸力？他大叫道："快！快用赤蚺火霾的元丹！"

苏犹怜也惊惶起来："没用的，火霾元丹只对眼睛有效，现在它没用眼睛！"

眼睁睁地看着两人就要被吸入妖物那巨大黝黑的口。

李玄大叫道："第三柄灵犀剑！"

就在被吞入妖物口中的一瞬间，他猛地自腰间拔出第三柄剑，狠狠地插了了妖物的口中！那妖物怪吼一声，巨口急忙收缩。

巨大的闪电轰然击在了它的嘴上！

两人身在怪物口中，隔了那么厚重的云团般的身躯，仍然感到这一震之威惊天动地，饶是那妖物邪威无双，也被震得瘫痪在地，不住抽搐。

李玄急忙抱着苏犹怜冲了出来，两人大呼侥幸。

苏犹怜又一把拧住他的耳朵，冷笑道："连崔家姊妹都骗到手了？竟然将三柄灵犀剑都借给你了！"

李玄的眉头皱了起来，这次似乎他并没将苏犹怜这狠狠一拧放在心上，自顾自地沉吟道："你方才看到没有，在这妖物的身体遮蔽下，似乎有个洞。"

他这一说，苏犹怜似乎也有些印象，皱眉道："似乎就在峰底。难道这就是妖物不愿让人靠近山峰的原因吗？"

两人对望一眼，天书爷爷大叫道："不要说这些了，趁着妖物昏了过去，我们赶紧逃吧！"

一句话提醒了李玄，他急忙拉着苏犹怜冲天飞起。他狠狠地撞在了云团上，头晕眼花地弹了回来，惊道："这云团怎么跟石头似的？"

天书爷爷惨叫道："都怪你，不早走！现在我们已被吞到妖物体内了，跑都跑不出去了！"

李玄好奇道："你是本书，难道也怕死吗？"

天书爷爷道："我虽然是本书，也是本有智慧的书，我是用来读的，不是用来吃的！我是在伤心自己大材小用！"

李玄对这种说法嗤之以鼻。猛地，云团一阵蠕动，慢慢向中间挤压下沉。而那些火团一般的闪光，也再度亮了起来。

李玄慌了神，不住道："该怎么办？该怎么办？"

苏犹怜迟疑道："我们是不是到那个山洞里躲一躲？"

李玄苦笑道："你还没有发现吗？那妖物之所以盘踞着这座山峰，是因为它的身躯是长在山上的，它根本无法离开。若我们进入了那个洞，它用身体缠住山峰，也许，我们连出都出不来了！"

苏犹怜道："也许……也许它用身体盘踞山峰，是为了不让我们靠近，或许山峰中有什么东西能克制住它呢？"

李玄沉吟着，山洞中究竟有些什么，究竟是死路还是生路，他无法知道。就在他沉吟的片刻，云团中忽然渗出了浓浓的汁液，恶心地糊在云团上，怎么看怎么恐怖。

李玄也是脸上变色，这些汁液也许就是妖物的胃液。

看来它是想直接将两人腐蚀、吞化。

李玄跺了跺脚，拉着苏犹怜，投入了那小小的洞穴中。

他一进去，妖物的身躯立即剧烈地抽动着，将洞口紧紧堵上。巨大的嘶吼声冲天响起，可见那妖物极为愤怒，但它似乎真的对这洞穴极为畏惧，虽然身子可以自由变幻，但却绝不敢踏入洞穴半步。

这让李玄稍稍放了点心。

洞中一片幽暗，苏犹怜身上佩戴的赤虹火罴元丹灵珠本散发着七色光，到了洞中，被这片幽暗笼住，光芒顿暗，变成淡淡的青灰色，只将她的脖颈映亮。李玄将那颗红珠重新镶了回去，九颗合一，火罴元珠的光芒才强了些。但仍然只能照出两尺余远，不能穿透那茫茫的黑暗。

两人相携着手，扶着洞壁，向前走去。

山峰看去并不大，但那洞却极为幽深，一直走了一个多时辰，还未探到洞底。山洞中一无所有，不过这倒让两人觉得欣慰一些，这洞如此之长，如果有另一个出口，只怕就能走出天之链埕，脱离那云团一般的妖物。

忽地，前面现出一点亮光。两人精神一振，急步走了过去。

眼前忽然开阔，那洞似乎到了尽头，天光下映，前面似乎是个出处。两人心下大喜，不由得相视一笑，这番逃脱妖物的欣喜，真有再世为人的感觉。

李玄尚不放心，仔细聆听着，外面隐有鸟语，微闻花香，果然不见那头庞大无比的妖物踪影，这才与苏犹怜急步赶了出去。

这一出去，却不由得更是欣喜，只见面前是一个小小的峡谷，四周高山林立，上面白云蔽空，掩映不见苍天。地势虽然险峻，但谷中一片青碧，生满了各种树木，不知名的小鸟栖息其中，看上去极为静谧。

李玄指着峡谷对面，道："似乎只有这一条路可走，咱们且看看怎么穿过这条峡谷。"

苏犹怜点头，两人走到峡谷边上，向下一看，却都不由得一惊。那峡谷中全是乱云，阴阴地看不清楚究竟有多深。李玄捡起一块石头，向下丢去。两人等了许久，那石头却像是落到了九幽地府中一般，声息皆无。

两人不由得骇然变色，这峡谷究竟有多深？

天书爷爷突然大叫道："不好！"

李玄皱眉道："破书，你鬼叫什么？"

天书爷爷封面惨白，扉页哆嗦，书脊乱颤，封底软缩："碑……碑……"

两人顺着它书页所指，就见峡谷乱云遮蔽之处，斜立着一个小小的石碑。那石碑上生满了苍绿的青苔，看上去十分古旧。

李玄将青苔拭去，石碑上的字显露出来。两人对望一眼，却都不由得脸色大变。

那石碑上写着四个大字——天之链埏。

难道……难道这才是真正的天之链埏？那上面的铁索又通往何处？

一阵风吹过，峡谷上的乱云散开，只见一条赤红的铁索横在峡谷之上，笔直地通向对岸。那颜色红得跟血一般，横抹在乱云之上。

对岸，也是一座陡峭的崖壁，铁索钻入了崖壁上的一个洞中。

在那洞上面，龙飞凤舞地写着几个鲜红的大字——心远自定，唯香是承。

不知怎的，一看到这八个字，李玄忽然有种恍惚的感觉，就似是他在瀚海绿洲中看到自己前生留下的那段字一般。那种恍兮惚兮的错觉，重又占据了他的心海。

他忍不住举步，向铁索上跨去。

苏犹怜一把拉住他，道："你去哪里？"

李玄皱眉道："我……我觉得这里有些熟悉……"

苏犹怜一惊，道："此地乃是绝地，你怎会熟悉？莫非你中了妖物的惑心术？"

猛地，天书爷爷一声惨叫，谷中光线骤然阴暗，乱云忽地疯狂涌动起来！苏犹怜骇然四顾，就见天上的云团急剧下沉，每沉一寸，便凝实一分。而峡谷中的乱云也跟着渐渐凝成了实体！

她花容失色，想不到峰外的妖物终于还是追过来了！

刹那间谷中风云突变，就在一犹豫之间，已经天昏地暗，举手不见了。猛地无数明亮的光点自他们来时的洞中涌出，李玄脸上变色，道："不好，那妖物进来了！"

凶戾至极的怒吼震响，一条黑影闪电般自山峰洞穴中钻出，它身躯庞大，身上堆满了烂肉，也没有什么形状。一只闪亮的眼睛镶嵌在它额头的正中央，眼睛下面是个深黑的大洞，仿佛是它的嘴。黑色的浓雾不断从它口中涌出，四周的草木才沾上一点，立即就枯毙。那黑影身子庞大，但行动极为迅捷灵活，一闪之间，就蹿到了李玄面前，张口咬了下来！

李玄骇然变色，不知道该如何招架。他手臂上的枝条怒长，瞬间形成几十条纠结在一起的荆条，那怪物一口咬下，正咬在荆条上，几百根一尺多长的硬刺立即刺入了它的阔口中。那怪物一声悲嗥，身子撞在后面蹿上来的另一只怪物身上，两只怪物滚在一起，都是狂性大发，昂天一阵厉啸，尖锐粗长的牙齿自口中生出，两排锋芒如刃，咬在一起。

洞穴中火珠闪烁，潮水一般涌出。每一颗火珠就是一只怪物，顷刻间挤满了这个小小的高台。李玄跟苏犹怜脸色苍白，看着如此众多的怪物，都觉得束手无策。

瞬间，一只怪物将另一只扑倒在地，阔口咬上去，一阵乱撕乱咬，顷刻间吃得干干净净。那怪物扬起头来，一只独眼已变得血红，直勾勾地盯着两人，眼中满是贪欲。

李玄忽然叫道："我知道了！那妖物身躯太大，无法钻入这洞穴中，所以才将身体分开，裂成这些怪物！"

苏犹怜急道："你知道这个又有什么用？该怎么打退它们？"

李玄扫了周围一眼，道："快退到铁索上！"

他拉着苏犹怜，踏上了那血红的铁索。脚才一触到铁索，立即有一股悲伤之意将他的心充满。他只觉得很烦躁，看着那群奔涌而来的怪兽，他只想冲过去，要么将怪物杀个干干净净，要么被怪物吃个尸骨无存。他望着脚下深邃无底的峡谷，又兴起一股跳下去一了百了的冲动。

对面那些怪物的模样是那么狰狞，必定为祸人间已久，难道不应该将它们斩杀吗？他突然止住脚步，心中涌起一阵豪气，竟一步步向怪物群中走去。

天书爷爷大惊，吼道："你做什么？"

李玄不答，他的双目渐渐变成血红，他只想杀！

杀光这些可恶的怪物！

天书爷爷念念有词，一柄利刃在它封面前出现，狠狠刺进了李玄的胳膊。李玄一声号叫，一个激灵，清醒了过来，只见自己离那群怪物已不过三两步的距离。怪物喷出的腥臭气息已吹到了他脸上。李玄大吃一惊，急忙退了回来。心中骇然：这究竟是什么力量，竟然几乎将他完全控制住？

天书爷爷这才松了口气，喃喃道：“年轻人就是心性不稳，这么容易就被控制了心智。要不是有我天书老爷爷在……”

它大为兴奋地自吹自擂起来。忽地一声莽啸，一只怪物凌空扑起，向两人当头落了下来！顿时腥风四荡，天书爷爷一句话噎在喉间，再也吹捧不出，使劲钻进了李玄口袋里，打死也不出来了。

李玄拉着苏犹怜的手，大叫道：“快走！”

两人也没有什么招架躲闪的好办法，只好沿着铁索向对面退去。那怪物一扑不中，身子笔直向峡谷下落去。但峡谷深处也都是凝成实质的乱云，怪物落在云上，丝毫未伤，身子跟着腾起，向李玄两人恶扑而下！

跟着，所有的怪物都一飞腾空，满天都是闪亮的火珠，满天都是狰狞的怪兽，将两人的上下左右围了个水泄不通。但见空中闪电飞舞，怪物连珠般地向两人猛扑下来！

那些怪物起码有上百只，这一连环猛扑，李玄顿时只觉无处躲闪，慌乱之间，一只怪物猛地从峡谷下蹿起，一头撞在李玄身上。

李玄再也站立不稳，向下摔去。

耳听苏犹怜惊呼在侧，李玄叹了口气，闭目待死。

倏地，铮然一声龙吟自李玄身上震响，那些怪物发出一声悲啸，忙不迭地飞身让开。仿佛从李玄身上感到了莫名的危险，躲避唯恐不及。

李玄舒了口长气，就觉似是自地狱中回转一般。

苏犹怜赶忙将李玄拉了上来。两人趴在铁索上，一时都是无法行动。所幸那些怪物真被吓住，在空中盘旋悲嗥，不敢落下来。

待到双手双脚的麻痹消了之后，李玄这才坐了起来，只见胸口处透出点点清冷的光，似是什么宝物。他伸手拉开衣襟，立即恍然大悟，原来是那面自瀚海绿洲边上的九天封魔大阵中得到的古镜。

这镜子既然能发动九天封魔大阵，自然也有辟邪之灵效，难怪那些怪物如此害怕。他从封魔阵中得到这镜子之后，本只想做个纪念，放在怀中也就忘了。早知道它如此灵异，一开始就该取出来，何必受这么多惊吓？

天书爷爷这时也知道危险已经过去了，从口袋中探出头来，突然怪叫道："你手中的镜子能给我看看吗？"

李玄笑道："你一本破书，难道也喜欢照镜子？"

天书爷爷大叫道："笨蛋！我是鉴定一下，是不是九灵御魔镜！"

李玄奇道："九灵御魔镜？那是什么？很奇怪吗？"

他说着，将镜子递给天书爷爷。天书爷爷不答，书页飞速地翻动着，倏地停了下来。那一页上，绘着一面镜子，天书爷爷仔细地将李玄递过来的古镜跟那幅画对照着，良久，叹道："果然是九灵御魔镜！这下我们有救了！"

李玄怒道："破书，你还没告诉我九灵御魔镜究竟是什么东西呢！"

天书爷爷骄傲地道："天下法宝，无非就是修真之人运用元功，借天材地宝修炼而得。但只有四件，却是天地初生之际便已存在，功参造化，具有鬼神不测之玄能。它们的威力可以说是无穷无尽，唯随着使用之人修为高低而有所不同。这四件宝贝被称为太初四宝，得其中之一就可以名震天下，成为不世之高手，天下再无匹敌。世间所有的宝物，都是模仿它们造出来的，它们可以说是天下宝物之祖。"

李玄道："说了半天，都是废话，这跟镜子有何关系？"

天书爷爷怒道："年轻人就没有点耐心吗？这太初四宝，就是玄陛天书、九灵御魔镜、四极逍遥剑以及千佛珠。而太初四宝之首，就是玄陛天书，也就是我老人家。"

李玄惊奇地看着天书爷爷，突然哈哈大笑起来："我以为你要说什么呢，原来说来说去，不过是自吹自擂。玄陛天书？笑死我了！"

天书爷爷大怒，在李玄的口袋里暴跳道："不许你看不起老人家！我是天下宝物的元首，一切宝物都听我的话！我让它们运转它们就运转，让它们停止就停止！我现在这么邋遢，都是你害的！我说过，太初四宝主要是看持有者的能力，就是因为被紫尊送给了你这个废物，我才变得这么健忘与无用的！"

李玄笑道："随便说说嘛，别生这么大的气。你说你能够操纵别的宝物？那你让这柄九灵御魔镜发挥作用，将这些怪物全都消灭掉好了。"

天书爷爷气呼呼地道："这个我办不到，太初四宝都是自天地开辟就存在的，它不会听我的命令的。"

李玄哧的一声又笑了出来。

苏犹怜见天书爷爷气得纸张都黑了，悄悄拉了李玄一下。

李玄笑道："好啦好啦，我们都很尊敬你是伟大而光芒万丈的天书爷爷。你且说一下，这九灵御魔镜究竟有什么作用，那些怪物居然这么害怕它。"

天书爷爷见他认低服输，这才稍稍消了消气，道："太初四宝能藏天地、御风雷，神鬼变无所不能。但太初四宝威力之大，每一次运转，就要消耗极大的能量。比如石星御，被称为四极龙神，就是因为他获得了四极道遥剑。凡人之力是绝无法挥动此剑的，但石星御天纵奇才，觉悟出一套奇特的功法来，将四条上古神龙禁制在剑身中，以神龙生生不息的地水火风四大先天元气运转神剑，每一剑出，天地变色，无人可挡。而九灵御魔镜也与之类似，它里面封印了九种上古恶兽之灵，专能降妖伏魔，威力无双。"

李玄点了点头，他想起了九天封魔阵，看来天书爷爷所说的倒也不无道理。

他问道："那千佛珠呢？"

天书爷爷道："千佛珠中蕴藏着天地造设时未用完的阴阳二气，据说能够再造宇宙。雪隐上人得到之后，将自己毕生修为与之相合，将里面的阴阳二气分化凝结，造出金刚、胎藏两重曼陀罗来，阴阳元气化生成千佛万圣，殊胜玄妙，绝难有人敌得过。所以雪隐上人才一跃成为雪域至尊，除了天纵奇才的四极龙神，再没人能打败他。"

李玄撇了撇嘴，道："还不是都打不过君千殇？"

天书爷爷冷笑道："那是因为君千殇的轮回之剑，是从我这本天书中学到的！天书乃是太初四宝之首，当然不是其余三件能够抵挡得了的！"

李玄眼睛立即闪亮："破书，你说你里面写了轮回之剑的秘密？快些给我看看！"

他一把将天书爷爷揪了过来，猛地翻看起来。

天书爷爷惨叫道："救命啊！救命啊！偷窥啊！偷窥啊！"

李玄一把将它扔在地上，大吼道："我会偷窥你这本破书？算了，不说就算了，反正我也不想学！"

天书爷爷爬了起来，道："不是我不告诉你，你修为不够，想看都看不到。我劝你还是赶紧跑吧，这九灵御魔镜虽然救了你一命，但你并不是它的主人。等它光芒消散之后，下次怪物扑过来，它还会不会救你，就很难讲了！"

李玄急忙拉过那面镜子，果然，只见镜光渐渐暗淡了下去，那些怪物也都蠢蠢欲动。他急忙拉起苏犹怜，向峡谷对岸奔去。

那些怪物浮在空中，缓慢地跟在他身后，却是畏惧镜子的光芒，不敢过分逼近。

李玄冲到了对面的崖壁前，不知为何，他心中忽然涌起了一阵极为怪异的感觉，他忍不住丢下苏犹怜，冲到了崖壁之前，抬头望着那八个鲜红的大字。

那字似乎已刻了千年，但却又鲜活如昨。李玄仔细凝视着字迹，忽然整颗心都紧缩了起来。恍惚之间，他觉悟到，凝成这些字的，正是鲜血，淋漓的鲜血。

一股悲伤之情自血字上腾起，是那么熟悉，却又那么遥远。他的心底竟也充满了这奇异的感觉，不禁激烈地震动起来。难道写这八个字的，与那绿洲湖崖刻字之人，竟是同一人吗？

那是否都是他的前生？

他恍然明白了。

心远自定，唯香是承。

这八个字中，嵌了两个名字。

定远，承香。

那是他前世，以及前世恋人的名字。

绿洲石刻，乃是轮回中的誓约，这八个字呢，又是什么？

为什么一看到这八个字，自己竟会觉得如此悲伤、如此绝望？

第十章　心如世上青莲色

　　苏犹怜走了过来，悄悄站在了李玄身边。她看到了李玄的眼睛，那里面充满了痛苦、迷惑。她看着那八个血字，她不明白发生了什么事，轻轻握住李玄的手。

　　许久，李玄终于平静下来，他转头看着崖壁下那小小的洞，他知道，自己必须走进去。

　　那里面，也许就有他所有的记忆，记录着他所有的困惑。

　　怪物绕空悲嗥，却始终不敢靠近这面崖壁。深浓的血色，似乎是巨大的诅咒，让这些杀戮成性的魔头都不敢近其咫尺。

　　山洞并不深，两人走了进去，就见洞内是个小小的石室，里面极为简陋，什么都没有，只在中间堆着一堆白骨。

　　李玄看着这堆白骨，他脸上的表情极为复杂。

　　这，是否就是他的前生？

　　他迟疑着，向这堆白骨走去。隐约之间，就见白骨下面放着一本书，上面写着几个字：烽火刀法。

　　天书爷爷惊喜道："烽火刀法！这竟然是号称天下第一刀的烽火刀法！李玄，你若是学了这刀法，外面的妖物都不是你的对手！"

　　李玄面色苍白，苏犹怜小心地将《烽火刀法》从白骨下抽出，放到李玄手中。

李玄忽然痛苦地闭上眼，道："快将它拿开！"

苏犹怜一惊，道："怎么了？"

天书爷爷怒道："笨蛋！不学《烽火刀法》，我们会死在这里的！"

李玄脸上的痛苦之色更浓："不！我不学任何武功道术！"

天书爷爷道："你疯了！"

苏犹怜截住它，柔声道："不学就不学好了，车到山前必有路，未必就只能靠这套刀法。"

天书爷爷不住道："笨蛋！笨蛋！他不知道这套刀法有多珍贵，多少人为了看它一眼，宁愿舍妻弃子，倾家荡产！"

李玄平静了些，有些歉然道："对不起，不知为什么，我一旦开始学习武功道法，心中便不由自主地涌起一阵极为强烈的悲伤，无法集中精力。我想，也许是因为我天性不喜欢武功吧。"

苏犹怜笑道："那跟我真是太像了，我一学武功就打瞌睡，所以也帮不上你什么忙。"

两人一笑，那悲伤之意稍稍减了些。

忽然，那堆白骨中似乎发出一声幽幽的叹息，支立的骨架忽然倾倒，散乱了一地。

一柄黑黝黝的刀，自骨丛中显露了出来。

天书爷爷惊喜地大叫道："定远刀！天下第一名刀定远刀！"

李玄闻言一怔，他盯着这把不起眼的刀，这就是他前世威震天下的定远刀吗？

他忍不住走过去，握住了刀柄。

天书爷爷高兴地笑道："谢天谢地，你对这柄刀还有兴趣。只要有此刀在手，也许我们还能杀出去！"

李玄的手伸出，突然，他心房深处的那股悲伤之情猛地扩大，将他完全淹没。他只觉自己的心倏然抽紧，忍不住仰天大叫，痛苦地闭上了眼睛。

这一声长啸，仿佛穿越了千年万年。这一声长啸，竟宛如雷霆怒震，将周围全都震塌！

李玄缓缓睁开眼睛，眼前是一片漆黑。

漆黑的山，漆黑的天。

他就置身在这一片漆黑之中。

他一惊，意识到自己现在又回到了前世的记忆中。

在承香死后，定远侯终于还是杀上了妖湖魔宫。

他抬头，远处是一座晶莹巨大的湖，悬挂在天际之间。

清澈的湖水是这片天地中唯一的洁净，因为湖水中盛的是承香公主的血。

她用自己圣洁的血，让妖湖净化，她的生命已消逝在天地之间，但她的灵魂却被永禁在魔宫深处。

轰然雷震声响起，李玄转头，就见九只无比巨大的上古妖兽环绕在他周身。他一惊之后，转瞬明白过来——那是九灵御魔镜的真相。

九只上古灵兽自镜中显形，跟他一起，远征魔宫。

魔宫深处，有他的情，有他的命。

他绝不能舍弃。

他发出一声痛嘶，手中定远刀红光怒现，崩裂出万道霞光。他一刀怒斩而下，刀光形成一道十丈长的洪流，滚滚冲涌而出，向着前方涌来的千万魔军斩去。

生生死死，他绝不能抛下公主。

那个跟自己一起相偎夕阳，誓言天下的公主，若没有了她，自己这一生又有什么意义？

骤然之间，墨沉的苍穹仿佛瞬间崩塌，向他压了下来。定远刀的红光虽然无坚不摧，但似乎也无法斩破这无穷无尽的黑暗。

李玄知道，那深居深渊底处的魔王终于被自己逼出来了。

脑海中光影错乱，仿佛经过了千万年的漫长岁月，李玄终于看到了承香公主，那一缕香魂褪尽了凡尘的羁绊，化为琉璃般通透的影子，悬浮在空中。

但他不由得仰天发出了一声苍凉的怒啸。

他的刀，竟斩在承香的魂魄上。

那双清澈的眸子已永隔阴阳，却仍在坚强而温柔地看着他，柔声道："来生……"

来生，也要与你相守……

来生，要记得我啊……

生生世世记得你的承香……

李玄抱住头，一声仰天的哀啸。

为什么？为什么他的这一刀，竟然斩中的是承香的魂魄？

是他深深爱着的，情愿用全部生命去守护的人？

巨大的悲伤宛如潮水般涌了过来，李玄就觉头痛得像要裂开一般，他发出一声凄惨的叫声，踉跄后退。

苏犹怜急忙扶住他，惊问道："怎么了？怎么了？"

李玄凝视着她，天长地久，他总想看清楚那张脸，但每次看清楚之后，又觉得分外恍惚。是这个抱住自己的人吗，还是龙薇儿？

李玄痛苦地弯下身来，剧烈地喘息着。他手中仍然紧紧握着那柄定远刀。在轮回之中，这似乎是他唯一的依靠。

突然，一个幽幽的声音道："他之所以痛苦，是因为他看到了自己作下的孽。"

李玄一惊，心中的疼痛又无比地剧烈起来。石室之中，忽然闪起了一阵苍白色的光。

那并不是光，而更像是影子，一片一片的，飞舞而起，将整个石

室充满。

李玄的脸色瞬间变得跟那影子一样苍白。

因为那影子，全都是他在幻影中看到的他前世的样子。唯一不同的是，每个影子都有一双妖异的眼睛。

那眼睛，竟然是金银色的重瞳。

每道影子都注视着李玄，笑道："你知道我是谁吗？"

李玄茫然摇头，影子笑道："我就是你，但我又不是你。你的刀法的确天下无敌，连妖湖魔宫的魔王都敌不过你。若不是你心中有了心魔，只怕魔宫从此就会陨落。定远侯，我就是你滋生出的心魔。"

它伸出一根手指，千万个影子同时伸出一根手指，点在李玄的额头上。那消失的记忆瞬间涌上了李玄的心房。

魔王，公主……

他能看到，自己挥舞着十丈烽火，跟深渊魔王疯狂地战斗着。

他们从魔宫打到大地，从大地打到苍穹。

这一战，天地为之震惊！

一腔怨念燃烧的战火，让他锐不可当。他几乎看不清楚这急速变化着的一切，只能看到凌厉的定远刀，在切割着这个世界，以及世界中萦绕的魔氛。

但最后，伴随着一声凄厉至极的嘶啸，他终于一刀斩在魔王的胸口上。

他知道，他赢了。

他喘息着将最后一丝力气送入刀柄，整个世界忽然幻化，仿佛在一瞬间转变了千年万年。却在这一瞬结束后，他赫然发现，刀锋斩中的，竟是承香公主的魂魄。

他发现自己犯下了多么巨大的罪孽。

定远爆发出苍凉的呼啸，无法相信眼前发生的一切。

愧疚、后悔、悲伤，狂怒翻卷着，每变化一次，就有一个淡淡的、苍白的影子自他的身躯中分出，渐渐将整个魔宫布满。

那是他的心、他的魔。他忘记了他要守护的一切，只想将这个世界斩为碎片。

而这每一丝恶念，都化成了一个苍白的影子。

大地一片昏沉，凋零的魔宫再度变得一片漆黑、恐怖。

李玄一惊，他盯着占满石室的影子，厉声道："我的心魔？"

影子微笑："不错，我是你的心魔，也是所有人的心魔。我的特长就是钻入人的心底，制造出最逼真的幻境。一旦沦入其中，哪怕天下无敌的高手，也会丧失心智，为我所控。当年，正是我诱使你进入幻境，亲手斩碎了承香的魂魄。你怕我为祸人间，就用全部的功力将我禁制起来，就连死，也不放我出去。外面的妖物，并不是怕有人进来，而是怕我出去……但失去定远刀的禁制之后，那等妖物能挡住我吗？"

心魔的身影渐渐清晰，死亡般的恐惧渐渐在石室中凝结，他的声音也冰冷起来："我现在要杀了你！"

他一字一板地说着，声音平稳、温和，只是有些冰冷。

心魔的目光抬起，似笑非笑地看着苏犹怜，金银重瞳中迸射出妖异的光芒："你的心很花呢，前世的誓约这么快就忘了。"

李玄大惊，他知道，心魔就要出手杀死苏犹怜！

他一咬牙，苍凉龙吟声中，定远刀出鞘！

战龙如血，定远刀刀身如龙，呈褐红色。这刀究竟饮了多少仇人血？

刀光才显，不必李玄灌注真气，立即就腾起一道冷电，森森缭绕，宛如龙之虚影，在刀身上滚动着。李玄忽然出手，一把将苏犹怜推出洞外，跟着，二物抛了出来。

轰隆一声响，定远刀飞舞，大块巨石落下，将洞口填满。

苏犹怜大惊，她冲过去想将巨石推开，但这又谈何容易？

咳嗽声中，天书爷爷从地上爬了起来，叫道："年轻人真不知道尊敬老人，竟然将我这老头子抛来抛去。呜，还有这九灵御魔镜……这么好的宝贝，他都不要了吗？"

苏犹怜芳心猛地一沉，李玄抛开天书，抛开九灵御魔镜，抛开自己，他究竟想做什么？

天书老爷爷道："我可以替你解答。那守门的妖物害怕九灵御魔镜，而我可以施展法术，他让你带上我跟九灵御魔镜，是想让你赶紧逃出去……逃……"

他怔了怔，忽然垂头丧气地道："他……他不要我了……"

苏犹怜心头一紧，难道……难道李玄知道自己必死无疑吗？

轰隆一声巨响自洞中传了出来，跟着，那封洞的大石猛地炸裂，碎片四下飞溅，心魔苍白的身影倏然闪现，只见他手中正提着李玄。

李玄满脸鲜血，右手还紧紧握着那柄定远刀，但这昔日天下无敌的宝刀，此时却救不了他的性命。

他看着苏犹怜，脸上浮起一抹微笑，虚弱道："你……你怎么还不逃……"

苏犹怜一怔，说不出话来。

李玄身上的青绿枝条忽然激长，将心魔的影子紧紧缚了起来。

李玄大叫道："九灵御魔镜可以抵御妖物，有天书爷爷帮助，你可以飞上天之链堑的，快……快逃！"

苏犹怜有些犹豫，逃？

李玄奋力微笑："你不用担心我的，它是我前世的心魔，跟我熟得很，绝不会伤害我。这只是它跟我开的玩笑……"

心魔手指用力，将李玄的话语卡在喉中，淡淡道："玩笑吗？"

苏犹怜双目中闪过一丝茫然。

要逃走吗？要舍弃这个直到最后关头，仍然在说着冷笑话的无赖吗？

走吧，让他被自己的冷笑话杀死，这不正是她进入摩云书院的原因吗？

这不正是她设下七重考验，一重重让李玄出生入死的目的吗？

苏犹怜深深地看了一眼那个垂在心魔手中的人，她的心忽然有些乱。

该走吗？

她知道，她只要跨出一步，她的任务就会完结，走回大雪山，回到她那片雪域中，在茫茫雪中度过几年，她就会完全忘记李玄，忘记关于苏犹怜的一切。

这很简单，很容易。

但她的心为什么会有一丝苦涩呢？

雪，也会有故乡吗？若是有故乡的话，会不会真的有那么古怪的风俗，年轻的男子一定要通过那么多的考验，才能迎娶美丽的新娘呢？

七重考验之后，又会是如何呢？

苏犹怜的心忽然动了动，她不能让李玄死。

李玄不能死在任何人手中。他一定要活着，完成那七重考验，少一重都不行。

然后，他才能死，宛如每一个让她心痛过的人一样，埋葬在一堆落雪中。

必须那样。

苏犹怜轻轻笑了："天书爷爷，你就没有什么办法吗？"

天书爷爷绝望地摇头道："没……没有……这魔头太强大了。"

心魔的影子微笑道："不错。我是由定远侯滋生出的心魔，绝不是你们这些人能挡住的。知道我为什么一定要杀他吗？因为定远侯对他的后世寄予了很大的希望，甚至给他留了很多法宝。我很想知道，若是他的后世死了，定远侯会有多失望呢？"

他的笑容是那么邪异："你们是否知道，定远侯可是连魔王都能斩杀的男子，这样的男子，若是感觉到了绝望，会是怎样的景象呢？"

他的手穿过那些枝条，丝毫不受阻隔，掐住了李玄的脖子："只需这么轻轻一下，我想，就应该知道答案了吧……"修长的手指慢慢收紧，锁住了李玄的咽喉。

李玄的神志慢慢模糊起来。

苏犹怜轻轻站了起来，她看着在心魔手中几乎窒息的李玄。

杨仙的话又涌上心头："总有一天，你会爱上他的……"

但她却不会爱上任何人，因为她的心早就死了，死在一片冰冷的雪花中。

她可以换上衣衫，转换一副性情，她可以纯洁，可以热情，可以刁蛮，可以高贵。

那些，不是伪装，每一重衣衫，每一重性情，都是她。

是她一千年的悲伤。

是她一千年来，看透人间的虚伪狡诈后，亲手为自己的心穿上的层层衣衫。

衣衫越来越厚，保护着她不再承受伤害。

但这些衣衫之后，她仍然只是一片雪，飘在寂寞的天上，无法落下来。

因为一旦落了，她便会融化成一滴泪。

三次月圆之前，她还在藏边大雪山中修行。

她坐在断崖绝壁的一处悬石上，雪白的衣裙垂下，在深不可测的峭壁上迎风飞舞，仿佛随时可能坠落的一片雪云，又宛如一道通透无尘的冰川，在绝壁上无声地流淌。

她就这样静静地仰望着天上的皓月，月色美得出奇，仿佛伸手就可以触摸，如水的月华将她整个人照得几欲透明。

而那张清丽绝尘的脸上，却满是寂寞。

多少个月夜，就是这样独自度过，她的心中，早已澄澈如雪，没有丝毫波动。

这时，一个白色的影子轻轻地走到她身后，轻轻叹息了一声。

她惊愕地回头："师尊？"

白色影子道："雪城，你已决定下山了吗？"

她雪白的脸上透出淡淡的笑容，雪月交辉，将这一笑之美映得惊心动魄，仿佛天地万物与之同笑："是的，能为师尊分忧，是雪城一直的心愿。"

白影长叹一声："为师虽收你为徒，却并未教你什么，实在委屈了你。"

雪城微笑道："百年前，师尊已无上慈悲，感化雪城放下屠刀，让我免遭神形俱灭之苦。这百年来，雪城谨奉师命，清修于此，渐渐看透前尘。心如止水，又有什么委屈可言？只是雪城不明白，这次要怎样做，才能帮助师尊。"

那白影又是一声叹息，久久无语。

百年的修行，化去了她的怨怒，化去了她的杀心，却化不去她绝代的风华。不经意的一颦一笑间，仍然艳光绝世，足以倾倒众生。

只是，她的眸子已宛如琉璃镜台，毫无纤尘。

不知过了多久，那白影道："你设法以生徒的身份混入摩云书院，找到一个叫作李玄的人，再设法将他杀死。"

杀人，本是一件可怕的事，尤其对于如此美丽的女子而言。

然而，雪城脸上没有半分动容，嘴角那盈盈的笑意也没有丝毫改变，仿佛生死在她眼中就如月落月升一样，是最自然之事。

"是，师尊。"

她没有问为什么。因为她知道，师尊肯开口，此事必定极为重要，无论如何艰难，也要尽心完成。

那白影道："只是紫极老人并非易与之辈，摩云书院中禁制重重，想在他眼皮底下杀人，实在是件很困难的事。"

雪城点了点头，嘴角微微挑起："师尊请放心，我会设法让他自己去送死的。"

她的笑容依旧清如月、媚如雪，却浸透了一丝说不出的寒意。

只是，不知道有多少男子会在她这样的笑容下心甘情愿地死去。

白色影子看着她，暗中摇了摇头，不再说话。

夜风渐浓，白色影子竟如落雪一般，化为一片片，被吹散天际。

雪城躬下身，双手结成法印，恭送师尊离去。

而后，雪城便成了苏犹怜。

颠倒众生的容貌，便只为一人而绽放，却是为了杀死他。

她并没有犹豫，因为她的心早就已经死了，死在她的眼被剜出，心被割碎的时候。

那时她是一片雪，一片六瓣雪花。

每一瓣，都是用刀子刻出的，满是伤痕。

她一定要杀死他，完成她对师尊的承诺，但，却不是在此时，不是在此地。

七重考验，他一定要完成，然后才能死去。

然后，她将不再是苏犹怜。她只是雪城。

心冷如雪，倾国倾城的雪城。

她轻轻地道："天书爷爷，你能否帮我隐瞒点事情？"

天书爷爷点点头，道："放心吧，我的口是最紧的。"

苏犹怜笑了，她解下赤蚺火霾元丹做成的珠链，轻轻放在地上。

然后，她的身子逐渐变成一片雪白。

她的发，她的肤，她的肌，她的骨，全都变成了雪，晶莹的，集聚的雪，她成了雪塑成的仙子，凌虚立于这片充满妖物的峡谷中。

她仿若身在这个尘世之外，是万物共同瞻仰的精灵。苏犹怜本就美艳至极，但化身为雪的她，已不仅仅是美艳可以形容的，那是圣洁，是超然，还带着一种末世的悲伤。

藐姑射之山，有神人居焉。肌肤若冰雪，绰约若处子；不食五谷，吸风饮露；乘云气，御飞龙，而游乎四海之外。

苏犹怜，便是这藐姑射山上的处子。

而有一天，世界劫灭之时，她便会从那遥远的仙山走出。

她将褪去所有的衣衫，以雪的姿态站在世人面前。

为这个世界，舞乱最后的烟花。

峡谷中的风立即冷了起来。

苏犹怜淡淡一笑，她春雪一般的眸子抬起，盯在心魔脸上。

心魔的脸因她的目光而布上了一层雪。

苏犹怜道："你若是不想死，就赶紧放下他，走。"

轻轻地，心魔笑了。

他的笑容中有着优雅的讥诮："别人都怕雪隐上人，怕他手中的千佛珠，但我是定远侯衍生出的心魔，你说我会不会怕你？"

苏犹怜玉雪般的脸上浮起了一丝冷笑："你却不是定远侯。你若知道千佛珠有一半已与我的身体相合，只怕就不会这么说了。"

她轻轻抬手，轻舞衣袖。

大片的雪花自她的衣袖中飞舞而出，她仿佛是这天地间剩余的最后一片洁白，而这个尘世也因为她的翔舞而变得洁净起来。

这洁净，就是这一片片的雪花。然而那些雪花都不是六瓣的，而是八瓣。

八瓣的曼陀罗之雪。

佛王度世，讲经传道，说到妙处，天雨曼陀罗。

而此时，曼陀罗成雪，在雪城的妙舞中，布散满整个峡谷大地。

心魔眼中露出了一丝惊讶，显然，他的确没有想到，苏犹怜竟然能够动用千佛珠的力量。

千佛珠，为天地滋生时阴阳二气所化，传说能劫灭，再生整个宇宙。

他重瞳的眼睛微合了起来，看着这片片八瓣之雪。

他是由人心所化，所以能看透这雪华之中蕴含了多么精妙庞大的力量。

这力量，的确不是他能抵挡的！

雪城之舞，本就妙绝天下；雪城之姿，本就倾国倾城。

雪舞漫天，宛如天地灭绝时的劫灰，向心魔漫卷而来。

心魔却笑了："浮生未到劫灭之时，你的舞又有何用？"

雪城不答，舞姿转疾。

他叹息一声，轻轻道："难道我没有说过吗，定远侯是用毕生的修为将我禁制的？这枯骨之中，的确有他全部的修为啊……"

他忽然抬手，将地上那堆白骨提了起来，向苏犹怜抛去。他的声音尖锐得宛如一道利刃，划开了苍穹："定——远——侯——"

伴随着这一声充满魔邪的锐啸，一道红光突然自白骨上升起，倏忽形成一道无比庞大的光柱，冲天而起！

霸悍的气势带着无边的杀气在红光中升腾着，那是黄沙万里的豪迈，那是杀阵十万的悲壮！

杀气三时做阵云，寒声一夜传刁斗。

这道红光孤高绝世，隐隐然带着卷战天下的无尽男儿之气，乍一出现，曼陀罗之雪上便尽染了赤红！

赤雪曼舞，雪城的脸忽然也浮起了一丝嫣红，她妙舞绝天下的身形，忽然迟钝了起来。

那道红光仍在不停地扩展着、上升着。它仿佛这世间唯一的主宰，傲然环视着它的领地。峡谷中本布满了妖物化成的独眼怪兽，此时它们全都低声哀鸣着，死死将身躯挤在一起，绝不敢靠近红光半步！

心魔笑容显得那么悠淡："我被它禁锢了百年，总算摸清了一点诀窍。每当我试图突破它禁制的时候，它就会喷薄而出，将一切力量全都压下。定远侯实在是位不可一世的天才，他修习的烽火刀法，确实可以称得上天下无敌，绝不允许任何力量超越自己。但现在……压制它的力量，却不是我，而是你的千佛珠，所以，它找上的，必定是你。"

他显得很轻松："幸亏禁制我的只是纯粹的力量，不会分辨敌我。雪城，看看你的千佛珠究竟能不能挡住他这一刀吧。"

那红光在空中激烈地旋转着，突然，凝成了一道巨大的刀形，苏犹怜猛地一口血喷出，单这刀形的气势，就已压得她喘不过气来。若是这一刀劈下，又该如何？

这禁制无法分辨心魔跟其他的人。定远侯的禁制又霸悍至极，只要有任何力量出现，便会将之消灭。

转瞬之间，刀形完全凝足，冲天溅起一道无敌的光华，向苏犹怜怒斩而下！

峡谷轰然巨鸣，竟在这一刀的无上威力中，战栗，崩塌。这一刀，就算是雪隐上人亲来，也未必能抵挡！

刀势才动，苏犹怜就被那刀身上催发的无边力量抛起，远远向后飞去。那刀光矫电般疾旋着，向她追袭而去！

天书爷爷大骇，惨叫道："完了！"

他猛地抓起那面九灵御魔镜，书身上腾起一片光芒，凝成一个"疾"字，向苏犹怜纵去。红光凝成的刀光将要劈中苏犹怜时，天书爷爷奋起全部力气，将九灵御魔镜抛了出去！

它大叫道："魔镜魔镜！救救她！"

嗡然一声悠长的龙吟声响起，九灵御魔镜上腾起了一片清冷的

光，向红光上迎了过去。红光轰然击在镜身上，怒涛一般的电光冲天而起，整个峡谷都不禁颤抖起来！

那九灵御魔镜不愧为太初四宝，镜身上光华虽然微淡，但抵住红光厉刀，竟丝毫不落下风。恍惚之间，就见红光清光之间，腾起两个淡淡的身影，赫然竟是定远侯与承香公主。

心魔脸色大变，定远侯两人的影子一晃而没。红光骤然消失，那镜子虚悬空中，忽然静静地分成了两半，摔在地上。

天书爷爷的眼珠子都快突出来了："魔镜？永远不会损坏的太初四宝，怎会……你怎能丢下我们三个，就这么去了……"

心魔松了口气，微笑道："见识到定远侯的威力了吗？就连当初的妖湖魔王都敌不住他这一刀，太初四宝又怎样？"

他重瞳的双目扫出去，只见苏犹怜全身鲜血，跌倒在地上。曼陀罗之雪纷纷落了她满身，她被这一刀之威震散了元气，雪城的化身已消解掉，恢复了苏犹怜的样子。

心魔看着她，叹息一声，道："雪城，我没有想到，一个杀人无数的妖女，竟然会对自己的敌人舍命相护。"

苏犹怜勉强抬起头，轻轻道："你错了。我只是想亲手杀死他而已。"

心魔似乎知道她的心意，道："你放心，我已经暂时隔绝了他的听觉。只要你按照我的吩咐去做，我保证他永远也不会知道真相。"

苏犹怜默然片刻，道："你为什么要这么做？"

心魔微微一笑："雪妖一族，本为灭世而生，可惜你修炼千年，却不能完全掌控自己应有的力量。你的心，乃天下最空净之物。我乃心魔，若寄宿在你的心中，则威能发挥至最大。所以，我希望得到你的帮助。过来，你将获得你想要的一切。"他一只手满是鲜血，牢牢控住李玄，另一只手却无比优雅地向苏犹怜伸了过来。

满天魔焰中，他的手指显得苍白而修长，不沾染一点儿尘埃。定远刀赤色余光透出，照亮了他清俊的脸庞，那双苍白重瞳中，此刻浸满了温存的笑意，仿佛他不是控制人心的魔头，而是暗狱中的王子，正向着九层宫阙上高贵的公主发出优雅的邀约。

苏犹怜捂住胸前的伤口，凄然一笑，道："我却无所求。"

心魔依旧微笑着："何必固执。雪隐上人收你为徒，本未曾存了什么好心，不过利用你助他度过四九重劫，你又何必为他卖命？"

苏犹怜并不惊讶，似乎早已知道这一切。只淡淡笑道："若没有师尊，我早被君千殇斩入轮回了。"

心魔道："你就不怕天劫来时，舞断因缘，神形俱灭？"

苏犹怜微微咳嗽，苍白的脸上浮出一片嫣红的笑靥："我乃雪身，本就该重归天地。"

心魔看着她，终于收回手，清俊温文的面容又隐藏在一片阴霾之中，再也无法看清。

他缓缓点头："说得好。"

"那么，你就和他一起死吧。"

他控住李玄的手，再度用力起来。他心中忽然涌起了一阵不安，似乎要有什么不好的事情发生似的。

必须尽快杀死这两个人！

第十一章　石镜更明天上月

苏犹怜看着心魔，突然深深吸气，千佛珠的光芒倏然充满了她的身体。

没想到，自己竟要为了保护要杀死之人，施展出这拼命一击。

等此事了结之后，一定要将七重考验升级，让他也受一遍这些痛苦，才能解恨。

苏犹怜嘴角挑起一丝笑意，想起了李玄身在红月崖上，那万分不愿跳下毒龙潭的委屈模样。奇怪的是，这样一想，她的心竟舒坦了一些。

突然，一个宏大的声音直贯入她的身体："丫头，你不必这么做。"

苏犹怜一呆，一道炽烈的红光自她的心底升起，宛似方才定远侯禁制的那道红光！但奇怪的是，她不再觉得压迫、恐惧。

她惊讶地发现，她的心竟被这道光充满。

那个洪大的声音道："九灵御魔镜并没有破碎，我只是将它放入了你的心中。太初四宝，本是心宝，我现在将它交给你。"

苏犹怜问道："为什么交给我？"

那声音笑了笑："因为你的心……我能感觉到你的心与我有缘。这面镜子中寄托了我所有的思念，因此，只有它才能控御我留在这个世界上的力量。你的心会让这股力量苏醒，只是，那会伴随着我前生所承受过的一切痛苦。现在，我将它交给你了……"

两个人影在她的心中闪过，那是定远侯与承香的影子。他们站在天涯的尽头，含笑看着她。他们无比幸福。

因为超脱轮回的束缚后，再没有什么能够阻挡他们的爱。

这一刻，苏犹怜心头竟涌起一丝苦涩。

那一刻，她错愕地以为，站在那里的，是李玄与龙薇儿。

那是别人的地老天荒。

红光渐渐消失在她的心中。

清光倏然腾起，布满她的身躯，她凌空而立，身上涌起一阵安详的力量。破碎的九灵御魔镜自动跳入她的手中，重新合为完整。

苏犹怜看着九灵御魔镜中的清光闪现，九只巨大的妖兽不住地在其中隐现形体，非凡的力量在她的心中鼓涌着，一簇不熄不灭的红光浮现其上，那是定远侯以无上意志遗留在这个世界中的力量。只要她一挥手，这股力量就会在李玄体内苏醒，将心魔震开。

但，同时在她心头浮现的，是定远侯所承受过的无边的伤痛。

那是眼睁睁看着心爱女子走入魔宫的无力。

那是在天下兴亡与一己所爱之间的痛苦挣扎。

那是将刀刺入承香胸口的无边悔恨。

那是要斩断苍天的无尽怒意。

这一切，都通过九灵御魔镜，无比真切地在苏犹怜心中辗转，痛彻神髓。

都是别人的故事，别人的痛，别人的地老天荒。

七重考验，永远不会有结果。

苏犹怜捧着胸口，苦涩一笑。

又要什么结果呢？七重考验的结果，早就已经注定，那是李玄的死——不管他与谁有着怎样的地老天荒，他都必须死，死在七重考验完成的那一日。

苏犹怜手轻轻一挥，一道红光自镜身上腾起，向李玄身上罩了去。

心魔双瞳收缩，倏然放手，腾身疾退。红光罩在李玄身上，奇变突生。

悠长的鸣啸声自定远刀上发出，在这片狭小的峡谷中震响。大片的红光自刀上飞腾而出，缠绕在李玄身上，渐渐凝成一个透明的火红影子。影子抬头，缓缓睁开眼睛。

那影子生得几乎跟李玄一模一样，只是一头火红的长发，看上去极为刺眼。他的目光是深远的，仿佛天下都笼罩在这片幽深的目光中。

他抬目，看着心魔。

定远刀发出一阵欢鸣，在他手中，这柄刀忽然起了变化，它不再是一柄凡刀，而是能斩破天地的圣物。

他一手指天，那浓烈的云团忽然散开，阳光垂照而下，布散在他的躯体上，仿佛为他穿上了一件辉煌的战甲。

日光宛如雷霆，不住落下，围裹在这个火影之中的李玄惊奇地发现，他身上横生的枝条已完全隐去。

这个影子不允许任何力量可以凌驾在他之上。

在他之前，所有的力量都无比渺小，无法承载他的骄傲。

心魔骇然变色，惊叫道："定远侯！你……你怎会……"

定远侯？李玄惊讶地看着自己。除去那个火影，他仍然跟原来一模一样。只是一种无法言喻的骄傲雄豪之意在心中不住冲撞激荡着，激发着定远刀不住地跃动。

那无尽的力量，似是来源于这个虚淡的火影，又似乎是来自他的内心深处，李玄冷笑道："我不是定远侯，我是李玄。我也不知道为什么变成这个样子，但……心魔，我要杀了你！"

伴随着他这一句话，虚悬的火烈人影猛然动了起来。李玄只觉右手一震，定远刀锐声尖啸，化作一道利芒横贯天幕。

啪的一声轻响，心魔悬在空中的影子忽然破成了两半，整整齐齐的两半。

他震惊地睁大了眼睛，无法相信这一切。

但他脸上的笑容却并没有褪去，悠然道："好，没想到你还留了这一手，借后世的身躯施展前世的力量。定远侯，你始终是个让人震惊的男子。但，你这力量真能如前生般完美吗？"

他的身影变淡，消失。满空浮着的怪兽也随着一起消失。

峡谷中日朗风清，一派清和。

李玄一动不动地站立着，一时还未想明白究竟发生了什么事。他试着动了一下身子，那火烈的身影就宛如盔甲一般包裹着他的身躯，并不影响行动。既然想不出为什么，那就不必再多想了。李玄摇摇头，握住苏犹怜的手，将她扶了起来。

他的心，仍然为方才所见到的而震惊。

定远刀深陷在承香公主的胸前，握住刀的，正是自己的手。

是这双手杀了承香公主吗？

这一问，几乎击溃了李玄。更可怕的是，他隐隐觉得，自己还犯下了更大的罪孽。

一心想解救承香公主的定远，最后只能面对这样的结局吗？

他前世的爱情，可真是失败啊。当然，这一世也好不到哪里去，才许诺了龙薇儿要帮她追到谢哥哥，却又发现龙薇儿正是他苦恋的前世情人。还有一个要他完成七重考验的苏犹怜。

他该怎么做？又能怎么做？

还是那句话，想不明白的，就只好暂时不要想吧……

纷繁的思绪在李玄心中涌动，使他并没有留意到苏犹怜那苍白的脸色。

九灵御魔镜旋转翔舞于她的心中，与定远刀相呼应，带给李玄无上力量的同时，也将他前生所经历的痛苦一一呈现。事无巨细，无不显露。

　　那驰马夕阳的寂寞，转战黄沙的悲壮，游说列国的艰难，刀折魔宫的凄楚，一一如刀，在她的心头划出血来。

　　那情意轮回千年百世，在天地初生的一瞬便已注定，等到沧海改易，轮回已灭，却仍不会止息。那是深深的眷恋，浩浩的誓言，她知道，没有人会舍弃的。

　　她盯着这个红发伟烈的男子，她有些明白这个人的今生为何无赖了。

　　那也许是源于一个誓言。

　　下辈子，我不再要显赫的功名，不再要无敌的武功，我只想好好爱你。

　　那个天下无敌、以功勋为命的男人，竟然会许下如此的誓言，这女子，在他的心中是如此重要吗？是因为这个誓言，所以他才甘愿寄心诙谐，无赖度日吗？

　　茫茫的黄沙将她的双眼遮住，定远侯与承香的身影不断在她的心中盘旋着，将一幕幕凄伤的前尘幻影在她的心头闪现。她能感受到他们的每一寸伤感、每一分悲苦。在世界的另一端，她似乎也禁不住为他们而悲，为他们而哭。

　　原来，这就是轮回的力量，竟能将前生的悲伤、痛苦如此真切地凌驾在一个毫不相关的人身上。

　　为什么，她悲伤了千年，看透了人间一切虚伪、欺骗，却从未遇到这样的真情？

　　为什么？

　　苏犹怜抬头看着李玄，李玄的双目中有温柔的光，她知道，这温柔，前生属于承香公主，今生属于龙薇儿，却不是她的。

她的心突然一惊——这又有什么关系？自己并不爱他，终有一天，会亲手将他杀死。

但为什么，心中还是如此苦涩？

是在怨恨那注定没有结果的七重考验吗？

她可以放下这一切，只要她将心关闭，让九灵御魔镜停止旋转，这一切都将沉寂，那时，李玄将失去前生的力量，沦落到任心魔宰割的地步。

但是她不能。

她要让这个男子活下去，直至他完成七重考验。

一定要完成。

然后，她还是那个雪城。

那个曾魅惑天下，杀人无数的妖女。

李玄并没有留意这一切。

前生的他跟今生的他在这一点是相似的，永远不会将目光投在守在自己身边的人身上。

他笑道："我们杀出去吧。"

定远刀的红光缠身，李玄虽然神通低浅，不能理解这红光中蕴藏着多么强大的力量，但却知道这力量必定不凡，信心不由得大增，就兴起打落水狗的主意。

苏犹怜默然点头。

李玄扶着苏犹怜，大摇大摆地向外走去。刀光赤红，群邪辟易，山谷中那么强劲的风都无法吹进来，他们舒适无比地穿洞而出。

独目怪兽受了他身上的刀光催逼，狂窜而出，引得李玄一阵哈哈大笑。突然，那些独目怪兽发出凄厉的叫声，爆成一团团苍白的光，向云团中飘去。李玄目光郑重，他感受到一股强烈的妖气正在疯狂地胀大着。

云团终于聚合成一个无比巨大的气堆，然后慢慢地收缩着。怪物们的身躯已被云团吞噬，只剩下它们那火珠一般的独目，围绕着云团一刻不停地旋转着。李玄定住双脚，定远刀发出细细的低鸣，提醒他即将到来的危险。

忽地，轰然一声响，那云团炸了开来，几百道凌厉的光华冲天而起，向四周飘射。李玄慌忙摧动定远刀，刀光如蓬般炸开，护住面前。

光华激冲而至，跟刀光撞在一起，李玄的身子不由得晃了晃！

心魔的声音自云团中传了出来："我料得果然没错，你并未完全继承定远侯那无敌的修为。这蜃光一击，若是定远侯，蜃光早就被挡了回来，我心爱的云海雪蜃，也就会爆体而亡了。"

一个庞大的虚影站在半空中，只有上半截身子，下半截隐在一个巨大的妖物之中。那妖物生得极为怪异，仿佛是一个盘子一般，覆在一个几十丈长的巨壳之中。那壳极为坚硬，但它的身体却柔软无比，在巨壳中不停地蠕动着，不停地吞吐着云气，只是这云气并不像方才山谷中充满的那样静止不动，而是不断地幻化出无穷无尽的形状。有时如山，有时如水，有时却如城郭村寨，世间万物，看得人眼花缭乱。

难道这才是方才盘踞谷底的妖物的本来面目吗？

心魔仿佛知道他的想法，悠然道："你想得不错，云海雪蜃本是上古妖物，千年修行，善能幻化各种幻景，诱人上当。你当年为了封住我，便将它捉来，借它的天生灵能，把我封在幻象之中。它为了对付我，耗尽了所有灵能，只能化作云气之状。但现在，我脱出禁制，它也就恢复了原形。只是没有你全部功力压制，它又怎能对付得了我的摄心之术？所以，它现在已成为我的仆人，转而对付你了。"

他一手虚指，悠然笑道："我记得，你当初收服它，只用了三招，现在，跟我合二为一的它，你又要用多少招才能对付得了呢？"

他手指挥处，云海雪蜃发出一声悦耳至极的尖啸，庞大无比的身躯竟然极为轻灵地跃在空中。它躯壳最外面肉膜一样的足翼凌空滑动，直逼李玄而来！身躯尚未至，百只巨眼聚成一道灼亮至极的光芒，向李玄激飞而来。

李玄顿时慌了手脚，他从来没见过这么怪异的妖怪，他也从来没面对过这么强劲的妖力！他能怎么办？逃吧！

旋绕在他身外的火烈人影却一动不动，他的坚定感染了李玄，让李玄的脚步也定了下来。他似乎看到，那人影的嘴角挑起，坚毅的脸上露出了一丝笑意。

那是轻蔑的笑意。妖威绝世的云海雪蜃，在他眼中，竟如土鸡瓦狗一般，根本不值一提。李玄忽然想起峡谷中心魔的话来，难道这火烈人影就是自己的前世定远侯吗？

那可是斩杀妖湖魔王的男子啊！一只小小的雪蜃又算得了什么？

便在此时，定远刀忽然动了动，一股猛烈的劲气冲起，托着他凌空跃起。长震声卷天而起，刀光如潮，不住地冲涌而出，变化无数旌旗、兵马之相。刀光与空气摩擦，浩浩然响起了一阵战场杀伐之声，响震天地。

这便是定远侯驰名天下，威震群魔的烽火刀法。

刀一出，烽火烈烈，直卷向云海雪蜃！

雪蜃显然也知道这一招的厉害，倏地手脚回缩，钻入了那只巨大无比的硬壳中。

李玄与人影同时发出一声冷笑，烽火连天，重重斩在了雪蜃壳上。灰尘爆天而起，这一刀，将蜃壳斩了个七零八落！

但李玄心下并未轻松，隐隐然，他似乎有种错觉：这一刀并未斩中！

灰尘散去，就见下面地皮翻起，尘烟蔽空。他这一刀斩中的，哪里是什么云海雪蜃，而是一座土山！

李玄骤然转身，就见心魔正御使着那只巨大的雪蜃，凌空浮立，微笑地看着他。

那微笑带着几许揶揄："你难道并未有前世的记忆了吗？云海雪蜃最大的能力就是制造幻象啊。你看到的，不过是幻象而已！"

他的手举起，慢慢地，云海雪蜃那巨大的身躯竟变成了两个，然后分裂成四个、八个、十六个……充斥满整个天空。每个雪蜃顶上，都有一个心魔幻影，在冷笑着看着李玄。

"前世的你，自然能看透这无尽幻象，只出一刀便可将我与雪蜃一齐斩杀。但今世的你，能够做到吗？"

心魔冷笑："我也准备出手了，只要你有丝毫疏忽，我就会先杀了这个妖女。你能否同时对这么多云海雪蜃出刀，还能保护得了她？"

人影岿然不动。定远侯心志之坚凝，举世无双，当然不会被别人言语所动。

可惜李玄却没有这份坚定。他已发现，定远刀红光中承继的，只是纯粹的力量而已。正如心魔所说的，这力量或许能击败心魔，但他却没有定远侯那一双眼睛，看不透无尽幻象。所以，若这样打下去，他必败无疑。

所以，他收刀，红光稍敛，他嘴角上又浮起了那吊儿郎当的笑容："我不能。"

心魔嘴角挑起一抹冰冷的弧度："前生后世，你都在拼命守护着女人，却没有一次能够成功。那我就麻烦一下，一次帮你解决了吧。"

哄然大笑冲天响起，每一个心魔幻象都发出一声长笑，笑声连绵震荡，在整个山谷中回响着。那是轮回的揶揄，直透李玄的心底。大笑声中，满天雪蜃心魔幻象，全都疾冲而下。

心魔精善幻化之能，而云海雪蜃更以幻象为长，这一魔一兽合体幻形，幻术堪称天下无敌。李玄不过是个毛头小伙子而已，又怎能抵挡得住？

他又如何护住苏犹怜？

奇怪的是，李玄并没有惊惶，他回头，冲着苏犹怜眨了眨眼，这个动作，让苏犹怜觉得她熟悉的那个李玄又回来了。

不知为何，这感觉让她觉得温暖了些。

李玄低声笑道："看我怎么折磨他。"

他回身，漫天幻影已经冲到了身前，李玄施施然掏出一物，道："亲爱的心魔先生，不知你怕不怕这件东西呢？"

那物微微泛着清光，赫然就是那面九灵御魔镜，被苏犹怜重新铸好的九灵御魔镜！

心魔脸色大变，万千幻影仓皇后退！

李玄悠然笑道："这面镜子好像是件了不得的宝贝，我的前世定远侯拿着它降服了九大上古灵兽，以灵御魔，杀得妖湖魔王大败亏输。虽然有你暗中捣鬼，九大灵兽全都死于魔王之手，九灵镜只剩下了一个空壳，但我想，既然这面镜子能封住这么多这么厉害的灵兽，想必封住这个什么云海雪鼍，也不是什么难事吧？"

心魔忍不住身子晃了晃，李玄冲着它也眨了眨眼："自作聪明跟云海雪鼍合体寄魂的心魔先生，再问你一个问题，若是用九灵御魔镜封住了云海雪鼍，那你会怎样呢？是不是也会被魔镜封住？"

心魔大惊失色，李玄大笑一声，将九灵御魔镜往空中抛出，一道清光闪电般飞出，心魔慌不迭地念动咒语，将自己与云海雪鼍的合体解开！

李玄说得不错，若是云海雪鼍被封住了，那与它合为一身的自己，也必将被封住！他在妖湖魔宫中见识过九灵御魔镜的厉害，那么强大的上古灵兽都被镜子制御得服服帖帖的，这只云海雪鼍的修为虽然也不低，但无论如何都挡不住镜之吸噬的！

云海雪鼍发出一声痛楚的鸣叫，满天幻影全都消失，只剩下当空的一个。一个巨大的虚影正从雪鼍那庞大的身躯中硬生生地拔出，这牵动了雪鼍所有的痛觉，猛烈挣扎起来。

倏地，半空中一声大笑传下："你上当了！"

心魔猛抬头，就见缭绕烽火宛如天幕万丈红霞，轰然怒卷而下！

烽火之间，是隐约闪动的定远侯的身影！百余年前他被定远侯一刀封住的景象似乎重演，这让他慌乱无比，急忙驱动雪蜃，但强行被他中断了寄魂同心之术的雪蜃却不再受驱使，只顾激烈挣扎。心魔大惊，有心逃走，但他的灵魂跟雪蜃仍然牵连在一起，无处躲闪！

他眼睁睁地看着漫天烽火落下，将自己的身躯吞噬。他仰天发出一声悲啸，苍白的身影慢慢消失。

烽火连天，余威怒震，轰入雪蜃那巨大的躯壳中。雪蜃悲嗥，却哪里承受得住这么巨大的力量？庞大的身躯被这一刀斩中，血肉暴起，被那无边的力量生生压入了土中。

它的硬壳几乎完全被砍碎，这一刀，将炽烈的烽火直贯入它的命脉中，它的千年修为，立即溃散了一大半，连爬起来的力量都没有了。

李玄大笑，收刀，落下。

啪的一声，九灵御魔镜跟他一起落在地上，李玄俯身捡起，笑道："心魔先生被禁制了这么多年，头脑有些不太灵光了。他也没想过，我怎会知道九灵御魔镜怎样使用呢？"

他不住地笑着，将九灵御魔镜交到了苏犹怜手中，笑道："咱们也算是同甘共苦了一次，这面镜子就送给你吧。你们喜欢梳妆打扮，正用得上。我一个大男人，拿着一把镜子，总是有些奇怪。"

苏犹怜接过，她清楚地知道，自己心中还有一面镜子，在散发着清冷的光芒，跟手中这面相互映照着。

那才是真正的九灵御魔镜。

我知道怎样使用九灵御魔镜。

心魔一定是觉察到了这一点，才会上当的。他这种魔头对人心意的把握极为灵敏，绝不是一言一语就能欺骗得了的。事实上，若不是李玄奇兵突出，战败了心魔，苏犹怜说不定就会驱动九灵御魔镜，将云海雪蜃封印在镜中。

她轻轻握着这面镜子，她知道，李玄将它送给自己，是怕自己再遇到这样的危险，是想让这面太初宝镜守护自己。

这个吊儿郎当，被自己骗得团团转，好几次都几乎送了性命的傻小子，也在关心着自己吗？

那你又可曾知道，当你红光遍体，御使天地之力的时候，我在受着什么样的苦？

九灵轮转，我要一遍遍承受你前世的伤痛，一遍遍承受着镜光侵蚀才能让你威风八面啊。

不狠狠将你考验一顿，可真不能消我这口气呢，郎君。

苏犹怜浅浅地露出了一抹妖媚的笑容，她又在想起了什么好玩的主意呢？

心中镜光，在缓缓地止息。

李玄咦了一声，环绕在他体外的火烈透明人影缓缓消散，化成道道红光，归于定远刀鞘内。这柄刀方才还烽火十丈，灿烂至极，现在却变得平平无奇，跟柄普通的刀也差不了多少。

李玄有些莫名其妙，他不知道这股力量是怎么来的，也不知道它是如何消失的。不过，能够借着它击败心魔，总算是还不错。

想不通的事情，他一向是不愿多想的。他珍而重之地将定远刀藏了起来，转身对苏犹怜打了个响指，道："走，出去！"

突然，一道人影飞天而下，直落在他身前！

第十二章　谁挥鞭策驱四运

天之链堑的那一头。

心魔身子一阵剧烈地晃动，瘫倒在石座上，几乎无法动弹。

漫天烽火从他的身躯内涌出，火龙一般炙烤着他。他苍白的身躯在这熊熊的烈火围绕下，就仿佛一段早就燃尽了的木炭，连最后一分力量都被炙尽。

他剧烈地咳嗽着，看着自己的身躯在烽火中化成飞灰。一寸寸，一段段，终于，完全不存于世间。

苍茫的山谷中，只剩下了那个高大的石座，寂寞地立在那里。烽火灼尽心魔的身躯后，方才缓缓熄灭。

良久，一个虚白的影子在石座上缓缓凝显，渐渐凝成心魔的样子。只是，他的脸色更苍白，身躯也更柔弱。他蜷伏在石座上，就像一只受伤的猫。

他喘息着、咳嗽着，生命对于他仿佛只剩下痛苦，而这痛苦又如针，深深贯入了他的躯体，将他钉入了轮回的铜柱上，承受炼狱烈火的炙烤。

良久，他的咳嗽声才缓缓停止，他苍白色的面容渐渐有了一点生气。

重瞳慢慢旋转起来。

心魔的手指捻动，在空中画了个符咒，轻轻道："出来吧，烽火不会再伤到你了。"

月色如流水般从心魔清俊而苍白的脸上滑过，照出他双瞳深处阴晴不定的光芒。

渐渐地，一个湛蓝色的影子在他身前出现了。

心魔默然，那个蓝色影子也看着他，道："你为了释放我，故意承受了烽火煎熬？"

心魔点点头。

那影子道："你为什么这么做？那是很痛的。"

心魔淡淡地笑了笑，他睁开眼睛，看着这个影子。

那影子一震，道："你……你为什么也有重瞳？"心魔的双瞳几乎跟他的一模一样，不同的是，心魔的重瞳是金银双色的，幻化宛如天地万物本初的光芒，而他的则是湛蓝的，一如秋日的晴空。

心魔笑道："因为我们本就是一体的，你不记得了吗？"

那影子定定地看着他，看着他瞳中缓缓旋转的重叠光彩。

它笑了："我们是一体的？"

心魔点头。

是啊，若不是一体的，又有谁会替自己承受那么大的痛苦呢？而这双眸子是如此温暖，浸沐在那里面，竟能化解百年的寂寥啊……

影子慢慢靠近心魔，渐渐地，他们的目光重叠在一起，他们的笑容也变得一模一样。它靠近，再靠近，终于，跟心魔完全重合。

它被那温暖包围、融化，再也不必孤寂，也不必害怕。它回到了它本来应在的地方。

心魔微笑着，他脸上的苍白色完全褪去了。他抬头，重瞳的光辉映照在漫天紫气之上，他能清晰地看到，那四条神龙连成的幻影，是多么真实。

现在，他已经有足够的心来包容这一切了。

那就让一切开始吧。

李玄一惊，只听一声嘹亮的笑声响起："枉费我冒着生命危险冲下来救你，你竟然不留着力气跟我进行美的对决，却来揍这只妖物！"

李玄笑了，那是胡突干。虽然说不上原因来，但他知道，胡突干是不会伤害自己的。这实在是个很奇怪的感觉，奇怪而又乱七八糟，如果多想一下，李玄就禁不住会暴揍封常青一顿。

胡突干围着云海雪蜃转了一圈又一圈，喃喃道："太美了！这妖物太美了！你看它的每一只眼睛，都如夜空的星星一样闪烁着，那是心灵的星星啊！跟这样的妖物对决，那才是美的对决呢！"

他大叫起来："我决定了，它也是我要找的！"

说着，他拔出背后的金刚刀，身躯跃在空中，倏然电光闪动，他闪电般在空中连击八刀，充盈燎烈的刀光幻化出一朵八瓣曼陀罗之花，每一朵花瓣上，都结满了金刚刀上溢出的曼陀罗光晕。胡突干一手执刀，口中念念作咒，一手不住结印，梵唱声响彻天地，那朵庞大的曼陀罗花上生出一片光雨，耀得深谷中一片光华闪亮。它缓缓降落，将云海雪蜃包围起来。

云海雪蜃发出一声怒吼，挣扎着想飞起来，无奈周身巨目中的光华都已暗淡，无力挡住这金刚曼陀罗之力，嘶啸连连中，被这朵曼陀罗之花包住。

它的挣扎越来越缓慢，终于寂然不动，那朵曼陀罗也凝成了一朵巨大通透的冰花，凌空悬立，在谷底妖艳地盛放着。

蚀骨的严寒自巨大冰花中散发出来，穿透整个山谷，寂然散漫着，几乎将李玄的灵魂冻僵。

胡突干用赞叹的目光看着这朵虽然庞大但却精致至极的冰花，满意地叹了口气："走吧，为了感谢你们让我又完成了一次美的对决，我送你们上去。"

李玄紧紧盯着那朵冰色曼陀罗，云海雪蜃在其中昂首怒啸，但啸声被玄冰凝固，却是寂然无声。

李玄心中涌起一阵莫名其妙的不安，突道："不对！"

胡突干笑嘻嘻地道："有什么不对的？"

李玄回转目光，盯住他："是不是九日后，这朵冰花就会消解，云海雪蜃会再度脱出呢？"

胡突干道："不错，不过这次稍微有些不同，等九日后，只怕它也害不了人了。"

李玄道："你究竟为了什么目的而要封住它们九日？云海雪蜃，还有红玉，你已经造了两朵石冰曼陀罗之花了，你搜集这些妖物有什么用？不要告诉我什么美之对决。我李大老爷半点也不相信！"

胡突干大笑道："你想知道吗？那就等着看第三朵冰花吧！如果你能受得了这越来越强的冷气的话。"

说着，他身子拔地而起，一朵巨大的曼陀罗花在他周身绽放，托着他翔空飞舞。金刚刃挥舞，两朵曼陀罗花落在李玄和苏犹怜身上，带着他们缓缓上浮。

胡突干得意地道："我胡大老爷言而有信，说要救你们，就要救你们！你们想要不被我救都不行！"

既然有人这么死心眼地要做苦工，李玄自然乐得享受他的美意。云海雪蜃被消灭之后，天之链埕的浓云也消散了。三人升到崖顶看时，崖顶的那条铁链仍笔直地向前伸着，究竟通往何处，还是看不清楚。但崖顶已不再被云雾遮蔽，云海也消散了大半。

天之链埕的秘密，难道就是定远侯禁锢心魔之地吗？以云海雪蜃和心魔那人所莫测的控心之术，能全身而退之人还真是少之又少。难怪此处成了禁地死地。

若不是李玄与定远侯深有渊源，又哪里能破得了这个秘密？

另外的两大秘密若也都是这般艰险，而又与定远侯无关，想要破解，那就几乎不可能了。两人想到此处，不禁都是心下黯然。

李玄倒是兴起了一丝希望，紫极老人说得没错，也许这三大秘密中，真的藏有能打败四极龙神的力量。若是能够完全觉悟定远侯的威能，至少有与四极龙神一战之力。若是将另外两大比肩的秘密全都破解……

嘿嘿，他不禁奸笑起来。

但当他看到崖头被石冰凝固住的红玉时，他再也笑不出来了。

冻气？

他若有所悟。

边令诚仍然跪在石冰曼陀罗之前，一把鼻涕一把泪地哭着。明珠之死对他打击至大，现在红玉又遭受这种无妄之灾，简直是对他人生的最大打击。他再也不听任何劝说，一刻不离地守护着石冰，跟红玉说着话，将他学到的法术演练给红玉看。

不过红玉有没有被封起来，对他来说差别也不是很大。本来红玉就不言不动，又丑又死。

李玄叹了口气，对苏犹怜道："你回去歇歇吧，我必须到一个地方去。"

苏犹怜欲言又止，看着他没入了茫茫丛林中。

心中，九灵御魔镜缓缓旋转着，透出淡淡的幽光。

李玄终于悠闲了一些，又开始哼起那首歌来。

"人生得一只鸡啊……人生得一只鸡……"

不知什么时候，这首歌已经彻底地从"一知己"变成了"一只鸡"。这也许是天才对笨蛋的妥协，或是历史的发展，总是走着平民化、通俗化的道路。

李玄来到红月崖前，沿着古藤坠下去，对着狂啸着的雷絷遮罗做尽了鬼脸，嘲笑了一大顿，然后才慢腾腾地向前走去。

反正这倒霉的龙王被天雷禁制住了，也没法出潭追击。

他去的地方，是雪隐上人跟他相见之处。就在毒龙潭旁边。

才离开毒龙潭几步，李玄的心便沉了下去。

他感受到了那刺骨的冷，他抬头，这本是青翠欲滴的山谷，已变成了白茫茫的一片。他向前走着，竟然看到了积雪。再走几步，积雪已然深达数尺。

雪隐上人坐在那个小桌边，桌上有小小的一壶茶，他手中握了个小小的杯子，杯中热气蒸腾，嫩绿的茶叶在清澈的水中悬浮着，在冰天雪地中，看上去特别诱人。

杯子有两个，石椅也有两个。杯中还是满的。

李玄毫不客气地坐了下来，拿起另一杯茶，一口饮尽，笑道："老头，你在等人吗？"

雪隐上人抬起头，他身上也仿佛落满了雪，让他看起来有些臃肿："我就在等你。"

李玄冷笑道："等我来质问你吗？你派出胡突干，并不是为了杀我，而是为了禁制有道行的妖物，借它们之力，助你移来大雪山吗？"

雪隐上人缓缓倒了杯水，送到唇边："不错，大雪山太过庞大，虽然有神珠之助，但仍不是我独力能移来的，我需要别的力量。"

李玄道："你难道真要一意孤行，一定要消灭这附近所有的生灵才罢休？如果我没有料错，此时大雪山已有一角进入了此山谷中，那万年玄寒之气已然将此谷中所有生灵全都杀死了，对也不对？"

雪隐上人颔首道："不错，再有九日，大雪山便会完全显形。只是我不知道还来不来得及。"

李玄怒道："老头！难道你不怕遭天谴吗？"

雪隐上人目中精光一闪，冷然道："我不怕遭天谴，我只怕你

再惹出什么事来，破坏了我的计划！所以我故意命胡突干当着你的面将道尸、雪蛋化为胎藏冰华。我知道你一定会找到这里来！第三朵冰花，就是为你准备的！"

他倏然站起，那矮小的身材竟如万年冰峰一般，傲然不可比攀。他一个字一个字地道："我要封住你。"

说着，他一抬手，一阵刺目的雪光涌了过来。

冰冷彻骨的气流疾旋冲至，夹杂着点点翔舞的冷光。那是能冻住人的灵魂的无垠极光，向李玄包围而下！

李玄顿时慌了手脚，他没有料到，雪隐上人竟然说动手就动手！

无垠极光乃是雪隐上人的法宝，取北极上空浮动的万年不变的极光与九重天上的星屑相合，化为实质后，经百年玄功锻炼，以及千佛珠的点化，渐渐与雪隐上人的心灵融合，变化由心，威力无穷。

一旦施展出来，宛如洒了一天繁星，每颗星辰都带了北天极光瑰丽的华彩，一遇到人体，便将灵魂冻住，再经雪隐上人运用，将人灵魂散去，灭于三界六道之外，永劫不复，实是世间第一等的法宝。

面对李玄这个后辈小子，雪隐上人一出手就是无垠极光，可见他这次乃是下了决心，绝不容李玄逃走！

李玄慌了手脚，他甚至来不及做任何动作，光华闪动，已将他完全包围住。

猛地，凝绕在终南山顶的紫气之上响起了一阵苍茫的龙吟，那隐伏在天空背后的四极真龙的模样，忽然无比清晰地闪现出来。

四条无限长大的龙身矫健翔舞在空中，神威掩映中，是那一抹湛蓝的眼眸。

这一抹蓝色，似乎比青天都还深沉，穿透神龙翔舞的躯体，直刺无垠极光。

妙用无穷的无垠极光，忽然止住！

雪隐上人惊恐地抬起头，正看到了那抹蓝眸。

雪隐上人的身躯剧震，再也无法控制无垠极光，轰然声响中，极光爆散，将李玄远远弹了出去。雪隐上人那仿佛雪山不变的声音，也有了一丝颤动："石星御？"

那垂天而立的人影并不回答，嘴角斜斜挑起，他玉石般的面容上宛如刀刻般显出了一丝微笑。

杀人的微笑。

然后他的手抬起，向下一指。

他的指甲上浮动着淡淡的蓝光，一如他的眼眸。蓝色长发飞卷在他身后，仿佛曼舞的妖姬，在他身上缠绵厮磨。他却全然不顾，仿佛明堂宴罢的帝王，在指夸着墙上的绮画。

但奇变便在这一刻发生！

大地本来被银白皎洁的雪覆盖，白雪皑皑，几乎充满了整个山谷，将终南山的这一隅点缀得银装素裹、娇娆多姿。飞雪犹在漫漫飞舞着，上穷苍宇，一片茫茫。

一指之后，这一切全都变了。

下落的雪忽然变成了蓝色，纷纷扬扬，都是一片幽蓝的诡秘之光，一落到地面上，那地面立即也染上了一层淡淡的蓝光。

天与地，山与泽，刹那间全都变成蓝光莹莹，就跟那空中静立的人影一模一样。

那蓝色妖娆至极，又诡异至极，仿佛并不存在于这个世界，而由九万里外的虚空度来一般。就连雪隐上人散出的无垠极光，也变成了纯净的蓝色！

极光缓缓上升，摆脱了雪隐上人的控制，散布到无边天幕之上，成为纯粹的点缀。

李玄长舒了一口气，心里却一点都不觉得轻松。半空中那蓝色的人影，散发出无边的压力，压得他几乎跪倒在地上，低头膜拜。

他骇然问道："这就是四极龙神石星御？"

雪隐上人缓缓点了点头，他脸色有些苍白，映在无边的积雪上，也泛着淡淡的蓝光。方才石星御一指之后，他的周身元气大震，用以封住李玄的无垠极光在瞬间就脱离了控制，竟和二十年前石国一战一模一样。

星御龙神一出，所有的力量都将为他所用。这是他身为地水火风四大神龙之长的骄傲。

难道禁制了这么多年之后，这魔头的神通竟然没有丝毫减弱吗？

熟悉的恐惧自他心头升起。便在此时，石星御那纤长的手指再度抬起，又是凌空一指！

雷霆在山谷中轰响，毒龙潭中的积水因这力量而轰然暴涌，一蹿就是十几丈高！雷拏遮罗的身形显现，但它却不敢再像原先那么嚣张，瑟瑟伏在水潭最低处，不住地发抖！这骄傲的龙王似乎见到了自己的天敌，完全不敢做任何挣扎。

但石星御的这一指，并不是指向它，那只不过是因为它在一里之内受到波及而已。

这一指，笔直指向雪隐上人。

李玄大惊，眼见雪隐上人陷入了惊惧之中，一动不动，不由得使劲推他，大叫道："老头，快躲开！"

他这一推，雪隐岿然不动。这是毫无疑问的，雪隐上人乃是雪域尊王，就算没有御使神通，护身法力仍非同小可，岂是李玄所能撼动的？

蓝光宛如天幕低垂，笼罩在雪隐上人身上。忽地，李玄眼前一花，似乎有了奇怪的错觉。

雪隐上人似乎不是一个人，而是一座巍峨的高山，布满积雪的高山。

大雪山！

第十三章　北落明星动光彩

　　蓝光骤然明亮，宛如无比巨大的光华，围绕在雪隐上人周身，恍惚之间，那蓝光变成无数身躯巨大的龙形，围着雪隐一阵威猛至极的咆哮冲撞！

　　雪隐上人一声闷哼，他的身子终于晃了晃。

　　他身中那大雪山的幻影，也跟着晃了几晃。

　　整座终南山仿佛受到巨灵冲撞一般，轰然巨响声中，跟着晃了几晃！

　　那简直就是天崩地裂，万里灾变！

　　蓝光越来越明亮，那狂猛至极的蓝色巨龙再度膨胀，仿佛没有止境一般！

　　李玄禁不住地心慌，因为他看到雪隐上人的眼眸中闪过一丝蓝光！

　　那是不是石星御的法力侵入雪隐身体的征兆？

　　若是雪隐败了，死了，他施展了一半的大雪山召唤之术，大有可能会失去控制。那时会发生什么事，可就难料了。石星御虽然神功无双，看上去魔威滔天，但想必不会替他解决这个麻烦的。

　　所以，雪隐上人不能死！起码不能死在这个时候。但又如何救他呢？

他一摸，摸出一枚金钗来，那是敲诈龙薇儿的。这个是女人的东西，能有用吗？

他再摸，摸出一堆情书来，怎么……怎么还没丢掉这些东西？

他再摸！这下不错，摸出的是天书爷爷，无所不知、无所不晓的天书爷爷。天书爷爷不愧为太初四宝之首，一出现，就紧紧盯住威压空中的石星御，封面上满是肃然！

这肃然让李玄看到了一线生机，他急忙问道："天书爷爷，有没有什么办法对付这家伙？"

天书爷爷封面无比郑重地说："有！"

李玄喜极而吼："快说！"

天书爷爷："投降！"

咦？李玄一拳击在他头上，将他打回了口袋！

再摸！这次，终于摸到了最后一件法宝，那股亲人一般的感觉，让他意识到，他这次摸到了一件可靠的东西。

定远刀！

击败云海雪蜃之后，李玄收拾了一下，三柄灵犀剑托苏犹怜带给了崔氏三姊妹，九灵御魔镜给了苏犹怜，（不给她也没办法，镜之真身已合到了人家心中，就算不想给，镜子也会自动飞过去。）那本《烽火刀法》李玄不想学，捐献给了图书馆。算来算去，就只剩下这柄定远刀了。

定远刀！这是他前生纵横天下、威震群魔的定远刀！

此刀施展出烽火刀法，心魔曾夸说是天下无敌的！

敌不敌得过这个四极龙神呢？

李玄仰头，一声大喝。

咦？那个火烈的人影怎么没有出现？红光怎么没有从刀身上迸发，将自己包围住？那种恍惚之中宛如化身高手的感觉，怎么没有了呢？

难道需要什么手势？法诀？还是要佩戴一根遗骨在身上？

他自然不知道，要使用这道力量，必须要苏犹怜施展九灵御魔镜才行。

他更不知道，苏犹怜每次施展这力量，都必须在他前生的痛苦中煎熬，九灵御魔镜乃是以灵为力，御使天下灵兽。镜中九灵在魔宫一战中尽皆陨落，现在驱动神镜的，便是苏犹怜那颗纯净的雪妖之心。她以心为灵，寄镜生力，才能催发定远侯寄存在刀身中的力量。

没有苏犹怜，他只不过是个一事无成的无赖而已。

倏地，一人大笑道："你在做什么？要猴儿吗？"

李玄抬头，就见胡突干身躯凌空，一朵巨大的曼陀罗围在他周身，将他凭虚托起。那曼陀罗光影变幻着，不停落下、消失，看上去极为绚丽。可见在追寻美这一方面，胡突干的确下了苦功，有了巨大的成就。

可是那张脸……

虽然顶了银盔，做了发型，但面对着这张脸，李玄仍然无法消受这不言之大美。他拼命使劲，扭过头去。

一声尖锐的响声过后，金刚刀自行跳起，立在胡突干之前。金刚刀刀尖指向石星御，胡突干冷笑道："你就是四极龙神吗？我听师父说起过你。看你的样子，马马虎虎可以做我的对手。但你要知道，我乃降世明王转世，一会儿被我打了，可不要哭鼻子！"

曼陀罗倏然疾旋起来，金刚刀霍然舞动，化成一道激烈的刀光，布散在胡突干周身。胡突干双手握住金刚刀，一飞冲天，宛如一只巨大的鹰隼，凌空扑下，大喝道："我胡大老爷来了！"

李玄不忍地闭上眼睛，就算他没有觉悟前生的力量，也知道这一招很威、很霸、很狂，但要跟四极龙神比威、比霸、比狂，那一定会败得很惨。

果然，就听空中一声轰然暴响，胡突干重重摔倒在李玄身边。

李玄抬头，就见四极龙神根本连手指都没动。

单是护身之法，就将胡突干击出了吗？

此胡突干，可非摩云大会时的胡突干啊！那可是一招就封住红玉跟云海雪蜃的胡突干，是被雪隐上人当作得意弟子的胡突干！

但在四极龙神看来，却连一根手指都不值得动。

胡突干奋力跳了起来，大叫道："好小子，有点门道。我胡大老爷喜欢你！我喜欢死你了！我要让你死！"

他突然冲天飞起，金刚刃中的曼陀罗晕光不断飞舞而出，梵唱声布满整个山谷，胡突干面露前所未有的肃穆，全力将神通修为贯注到金刚刃中。

雪隐门下双宝之一便是这金刚刃。它所受戒加持的力量，便是宇宙两大元力之一的金刚曼陀罗之力。在这一刻，它开始发挥出真正的威能。

朵朵大如盆盂的光之曼陀罗，在刃尖上结成，落下，一落在空中，立即浮开。然后，缓缓闭合，成为一朵曼陀罗的花蕾，散发出幽幽淡淡的光芒。胡突干嘶吼连连，脸上青筋暴显，全力驱动金刚刃，费了半个多时辰的工夫，方才结出六朵曼陀罗花蕾。

四极龙神静静悬立空中，并不打断他施法。胡突干如此倾尽全力的施为，似乎根本没放在他的眼里！

胡突干大口大口喘着气，方才的动作似乎耗尽了他全部的力量，甚至连金刚刃都提不起来了。无垠极光忽然腾起，落在胡突干的身上。这极光不但能杀人，而且能救人，完全随雪隐心意而动。

胡突干身上立即暴起一阵七彩之光，瞬间变得神采奕奕！

雪隐上人转头对李玄道："我跟徒儿会尽力拖住石星御的，趁这个机会，快去找紫极！"

李玄心念一动，是啊，也许紫极老人会有办法！

雪隐上人道："若是我被杀死，召唤了一半的大雪山就会立即崩塌，方圆百里之内，将全化为洪荒冰原，无人能够幸存！"

李玄脸上变色，急忙向山上奔去。耳听胡突干大笑道："小子，尝尝我胡大老爷这最美的一招！"

胡突干跟雪隐上人同时吸了口气，漫天极光乍现，胡突干猛地一刀劈出！

他劈的不是四极龙神，而是悬浮在他周身的六朵曼陀罗花蕾。刀光一分为六，倏然没入蕾中，胡突干的力量仿佛全都被刀光吸蚀掉，身子再也无法悬在空中，笔直摔落。

而同时，那六朵花蕾，却缓缓打开，盛放。

每朵花的正中间，盘膝端坐着一尊佛陀。

花开见佛。

佛陀闭目，睁眼，合十，诵咒。

梵唱缭绕，无边祥和。

李玄的心动了动，这梵唱纯正平和，乃是最正宗的禅宗降魔大法，雪隐上人号称雪域禅王，坐镇乐胜伦宫，这等曼陀罗降魔大法施展出来，自然威力无穷，最适合降服石星御这样的魔头。

六尊佛陀一齐破颜，微笑。

他们的身形缓缓站起来，俯首，参拜。

六佛同拜，拜的是四极龙神。

谁有此无上之福，能够承受佛陀之拜？

何况是六佛同拜？

威压天下的石星御，深沉的蓝色眼眸中，终于露出了一丝郑重。

这一招，动天地之隐秘，参造化之玄机，乃雪隐上人静中参悟，以心为佛的降魔大法。雪隐修习密宗铁塔典籍，千余年来功行精进，几臻圆满。他三年前于大雪山顶苦行，天显佛光，直耀于心，他霍然若有所悟，于是创下了此招，实是他毕生修为的精华，只传给了胡突干一人。

此时，由师徒两人一齐施展出来，果然，佛陀毫光冲天，将石星

御的无相蓝芒压了下去。

雪隐上人大喜，这也是他第一次施展花开见佛之术，连他都不知道威力究竟有多高。如果此术能够克制石星御，那便天上地下再无他的对手，就连君千殇的轮回之剑，也大有可能挡得住！

就见半空中的石星御倏然也是破颜，微笑。

他说出了他现身以来的第一句话："我即是佛。"

雪隐脸色大变，急道："退！"

六佛脸上的微笑倏然变了，那笑容中竟充满了忧伤。

紫金织就的佛陀袈裟，褪去了颜色。

摩佛陀之顶的华冠，被风吹落。

环绕在他们周身的曼陀罗之光，开始枯萎、凋谢。

那忧伤，沾满了这片大地，沾满了光，沾满了花，沾满了世人。

佛寿垂尽时，天人五衰。

雪隐上人面若死灰，无垠极光再现。他知道，花开见佛之术困不住石星御，他只想救下胡突干，保住这个徒儿的性命。

无上魔威尽数化作佛陀那天上天下唯我独尊的巨大庄严，凌空压了下来。

李玄吓了个胆战心惊，哪里还敢停留观战？急忙手忙脚乱地爬上红月崖，心急火燎地向睡庐奔去。

他一脚踹开睡庐的大门，大叫道："臭老头，不得了了！四极龙神出世了！他正在跟雪隐师徒打架，马上就要杀了他俩！大雪山要压在我们山顶上了！百里之内都会化为……"

他的声音忽然噎住，因为他发现，紫极老人缩在仙游榻上，脸色竟是那么苍白！

他急忙冲过去，道："臭老头，你怎么了？"

紫极老人缓缓睁开双目，道："没想到四极龙神冲出禁制后，魔威竟然更长了。心神意形体不全的他，竟然还能御使如此强的力量，实在是我失算……"

李玄奇道："失算？你本来在算计什么？"

紫极老人道："不要管这些了，你听着，现在只有靠你们才能除去这大魔头，你们要好好努力。"

李玄道："什么靠我们？你赶紧将君千殇叫出来！"

紫极老人虚弱道："君千殇已施展不出轮回之剑了，就算他出来，也斗不过此时的四极龙神。何况，他万万不能离开的。"

李玄听得心中疑窦丛生，但现在不是询问的时候，他继续道："谢云石呢？他也可以抵挡一阵子的！"

紫极老人道："临近中秋，云石请假了。"

请假？这关键的时刻他请假了？李玄气了个一佛出世，二佛升天。他怒道："那将玄冥、龙烟、常在等人给我叫出来！魔头欺上门来，他们岂能坐视？"

紫极老人有气无力地道："他们被我派去镇守书院重地太皓天元鼎了。若是太皓鼎被石星御破坏，那摩云书院就算真正地完了。"

李玄怔住了。君千殇不在，谢云石请假，常傅老怪物们缩在了鼎里。

那就是说……

紫极老人叹了口气，道："不错，现在就只剩下你们这届生徒了。你是大师兄，理所当然，应该由你率领他们去对抗四极龙神。"

我？大师兄？率领他们？

率领谁？

石紫凝？她会揍死我的！

苏犹怜？我率领她？她率领我还差不多！

龙薇儿？十万黄金啊，我是她的奴隶……

郑百年？这家伙因为一件衣服跟我仇深似海！

卢家兄弟？崔氏姊妹？封常青？边令诚？算来算去也就只有这几

个人还勉强能支使得动。但凭这几个人去斗四极龙神？想一想就觉得跟直接自杀差不了多少！

李玄彻底悲哀了。有谁做大师兄像他这么失败吗？

他咬了咬牙，心中有了决断。虽然石紫凝跟郑百年见了他多半会狠狠揍他一顿，但他仍然要说服这两人共同作战。这两人都是刻苦努力型，武功是书院中最好的，得他们两人之助，才会有那么一丝的希望。

他有了点信心！

紫极老人脸色互变，道："不好！郑百年挑战四极龙神去了！"

李玄十分震惊，道："什……什么？"

紫极老人大叫道："快！快去！要不你就失去了一个好帮手！"

李玄火烧屁股一般冲了出去。

紫极老人凝目望着紫气上面悬浮的巨大黑影，他的力量全都用在了维持这座山的紫气上。他知道，若黑影将紫气压下，整座终南山，也离崩坏不远了。

这紫气是大唐国乃至天下的屏障，隔绝了灭世妖物，隔绝了太上浩劫。

但现在，这紫气却受到了前所未有的冲击。

千殇……若不是你一时的任性，又岂会出现这种局面……

紫极老人轻轻叹了口气，躺回了仙游椷。巨大黑影仿佛就盘旋在他的心头，凌压冲击着他。

这一次，就让孩子们来解决吧。雪隐上人由魔入佛，但居然还是不能看破，难怪要受此魔劫。不过，若自己不小心点，等那最后的屏障破去后，可就真的会有大灾难了……

紫极老人皱起了眉头。

第十四章　纵横逸气走风雷

李玄冲下终南山，正看见郑百年拖曳长剑，在空中划出一条长长的火花。

他已取回了那把乌沉沉的剑，这并不是他不守信诺，而是崔翩然亲手将剑塞给他的。没有这柄剑，只怕他还没有信心对决四极龙神。但现在，他一剑在手，却是天不怕地不怕！

郑百年又穿上了那件破破烂烂的衣服，显然，他极为看重挑战四极龙神这一机会。

这笨蛋，难道他以为是朝圣吗？

李玄见识过四极龙神的威力，知道稍有不慎，就会被他灭成齑粉。最好的情况，也跟现在的雪隐上人、胡突干差不多。

雪隐上人身上结满了冰屑，那是蓝色的，带着死亡颜色的冰屑，似乎已透入了他的身躯，侵蚀着他的灵魂。胡突干的样子稍微好一点，全身破破烂烂的，没有一处完整。他身子哆哆嗦嗦，连金刚刃都握不住了。原来多么华丽的银盔银甲啊，多么华丽的金刚刃啊，现在通通失去了风采，变得跟郑百年身上衣、手中剑一模一样。

有人要收集他这一身，估计要出个好价钱了。

但这一切都无法影响郑百年。他目光郑重无比，紧紧盯住四极龙

130

神。乌剑咝咝划动，电光缭绕，他的力量在不停地升腾着。

李玄知道他特别钟情于剑，修的是剑术中的剑实。招数全无花巧，全凭一股强猛无比的力量将敌人摧毁。

但跟四极龙神比力量？李玄就算毫无半点想象力，也可以猜得出，他一定会被揍得很惨地摔下来。

郑百年提气，吞吐，乌剑倏然散发出一阵光芒。一点精光自剑柄透出，迅速布满了整个剑身。那柄剑竟变得晶莹通透起来。隐隐只见剑身上充满了无数奇异的花纹，似是巍巍高山之像。

郑百年剑尖斜抬，指向四极龙神。

四极龙神也望向他，脸上只有蓝色的光芒妖异闪烁着。

如果摈弃敌我立场的话，四极龙神实在是个如神明般清俊的男子——如果他肯稍微合一下眼。

那双蓝色的眼眸实在太过妖异，仿佛蕴含了九天十地无尽的岁月，芸芸众生永远的梦魇。无论是人、神，还是魔灵，只要被这蓝眸一照，灵魂都会被勾走、焚灭，化为灰土。

李玄急得都快晕过去了，连雪隐上人都挡不住四极龙神一招，郑百年这家伙居然敢提剑挑战？他提的不是剑，是自己的人头啊！

但郑百年却凛然不惧，宝剑莹莹闪光，扬声道："石星御，认得这把五岳神剑吗？"

四极龙神不答。

郑百年道："二十年前，我叔父郑长风为制止你肆意屠杀，与你决战于忘情谷，被你一剑连人带剑斩成两段。你斩的就是这柄五岳神剑！我叔父若不是想用仁心感化你，又岂会死得这么惨？石星御，今日郑家后人前来向你讨还这一剑！"

郑百年一声长啸，乌沉沉的五岳神剑被他举过头顶，笔直指向青天。那剑身中的隐隐光纹倏然胀大腾起，在他周身化成五座巍峨的高山。

青翠之气透下，郑百年一声大喝，五座高山倏然化为霹雳怒震，闪电般向东南西北投去，转瞬不见了踪影。天空中却有巨大的雷霆在隐隐怒震着，李玄觉得整个终南山似乎都在轻微颤抖。

雪隐上人要将大雪山移来，难道这柄五岳神剑竟能将五岳移来吗？完了，五岳和大雪山，无论哪个都可以将小小终南山压成齑粉啊！

忽地，遥远的天际显出五个彩点，赤、白、金、蓝、绿，五种颜色，缤纷相映，向这边急投过来。倏忽之间，奔到了郑百年的面前，化成五道巨大的彩色剑光，围绕着五岳神剑疾旋起来。

郑百年喝道："泰、华、衡、恒、嵩，五岳上各有祭天神坛，收集天下元气。我荥阳郑氏为大唐祭天使，获先王恩准，可使用这些天地元气。这柄五岳神剑就有如此神通。石星御，你就算邪威通天，难道真能强过天地吗？受死吧！"

他长剑横指，那五道彩光星飞电跃，暴雷般的一声响，聚合成一个极大的彩轮。赤、白、金、蓝、绿五道先天五行真气纠结在一起，互相激荡冲撞，顿时在中间汇聚出象征天地原始的阴阳二气光团。黑如夜，白如昼，纠缠在一起，天地顿时为之变色。这阴阳五行五岳宝轮乃蕴蓄在五岳深处的先天五行真气所成，威力至刚至大，可以说是荡平邪魔的至宝。荥阳郑氏名列大唐七姓十族之翘楚，得此宝之助力极大。

但要动用五岳之中的先天真气，代价极大，需耗费一柄五岳神剑。而要铸成一柄五岳神剑，必要一名铸剑高手十年苦功方成。荥阳郑氏是有名的大族，也不过藏了七柄五岳神剑。郑百年一出手就是阴阳五行五岳宝轮，显然，他绝不敢有半点看轻四极龙神。

宝轮才出现，郑百年手中的五岳神剑立即炸开，溅成漫天碎玉。他的右臂也受到波及，血洒长空。

郑百年咬牙忍痛，剩余的一只左手法诀连招，将右臂爆出的血肉纳入五岳宝轮中，那宝轮立即急速地旋转起来，将天幕划开，向石星御电般射去！

这一招威力极盛，损耗也极大，郑百年竟无暇为自己止血。

这一招，悍然如死，有去无回！

石星御淡淡地抬起了眼眸，那威力无匹的阴阳五行五岳宝轮，忽然就染上了一抹蓝光。

李玄心沉了沉，他知道，这一招已无法打倒石星御！

石星御手指抬起，向前一指。

他指尖是淡淡的蓝芒，射向的并不是郑百年，也不是五岳宝轮，而是雪隐上人。

雪隐上人脸色变了变，倏忽之间，他的周围显出了无限冰晶雪雾，被那点淡淡的蓝芒射中，立即变成了湛湛蓝色。整个天空都颤抖起来！

郑百年身躯剧烈颤抖着，忽然哇的一声，一口鲜血喷出。五岳宝轮倏然脱离了他的控制，飞旋向雪隐上人！

石星御这一指，竟生生让五岳宝轮大了十倍有余！

雪隐上人大吃一惊，漫天光华错乱，无垠极光轰然怒发而出，将整个天幕布满！

危急关头，雪隐上人终于出动了全力，浩浩天宇，亮起了一道万丈长的极光，炫彩丽变，耀日生辉，熠熠翔舞，光动九天。乱星闪电纷纷如雨，从极光上不住坠落，拖曳着极长的芒尾，将长天划开。

那无垠极光既能攻敌，又能守御，无限光芒散下来，将雪隐上人的身躯护住，落雨纷纷，向四极龙神罩下。

蓝光腾耀，与漫天极光映在一起，惊天动地般地震开。刹那间满空都是极光化成的雷霆，终南山上，就宛如末世浩劫来临一般，日色完全被蔽住，纷光如雨，焦雷怒震。

美到了极处，却也恐怖到了极处。

石星御的面容仍然是淡淡的，双目中的蓝芒更深了些。他的手又是凌空一指。

雪隐上人脸色大变，急叫道："不好！"

漫天极光的彩色猛地一亮，跟着，又是一暗。等光华再度亮起来时，已变成了莹莹的蓝色。

蓝色的无垠极光，蓝色的阴阳五行五岳宝轮。

所有的光芒都以这妖异的蓝芒为底蕴，随着石星御又一指，漫天光芒，忽然全都隐去。

无垠极光不见了，五岳宝轮也不见了！

雪隐上人一口鲜血喷出，他的身体内忽然灼出了一团灿烂至极的蓝色光团。雪隐上人一声悲啸，似乎痛苦至极，猛地，那团蓝光拉出极长的芒尾，向天空飞去。

雪隐上人被带着凌空激飞，轰然砸在天幕上。

天空中一无所有，雪隐上人却被砸得满身是血。

郑百年怒道："魔头，你休想肆虐！"

他方才右臂爆散，五岳宝轮又被夺，元气大伤。但郑家男子什么时候畏缩害怕过？哧的一声响，他仅存的左臂上腾起一道光芒，形成一柄剑的样子。郑百年身子飞纵而起，一剑向石星御斩了过去！

他练功极为刻苦，不亚于石紫凝，这时敌忾之心大盛，气剑全力砍出，一剑之威，大有裂土崩石之势。

石星御身形不动，只是淡淡看了他一眼。

他忽然想起，逃回的叔父郑长翎所说，叔父郑长风被斩之时，石星御也并未出剑，只是看了他一眼。

只是一眼而已，郑长风就剑折身断，死于非命。

而现在，也是淡淡的一眼。

郑百年一声怒吼，就觉一道锐利的嘶风从天而降，向自己吹了过来。他甚至能够清楚地看到，那道风是蓝色的。但他无法阻挡，无法躲闪，无法逃避，无法拒绝！

他只能等待，等待着这道风将他斩成两截。

他的生命，他的轮回，似乎就只是为这一剑而存在的，他人生最终的意义，就为了被这一剑斩灭。

荥阳郑家的威严何在？他郑百年天才的称号何在？郑百年发出一声痛苦的嘶啸，他不甘心！但他只能眼睁睁地看着这道蓝色剑风落下。

倏地，四道剑光飞腾而起，在空中结成一个巨大的光环，将郑百年护在中间。郑百年低头，就见卢家四兄弟各自手中拿着一柄奇形宝剑，笑道："下次十族大会时，要记得你们郑家欠我们卢家一个人情。"

光环缭绕，上腾而为一柄巨大的宝剑，直指石星御。郑百年知道卢家四兄弟修的是阵法与剑势，却没领教过他们的功夫。此时一见，四人合力，纯粹深厚，未必在自己之下，不由得微有遗憾。

自己如此苦练，竟也不能出类拔萃吗？他剑诀急引，左手剑光倏然胀大，跟卢家兄弟聚合成的无形巨剑合而为一，向那道蓝色剑风上迎去。

虚无中似乎有一阵破碎的声音传来，那道剑风本是无形无相，却突然变成实质，蓝光一闪，郑百年飞在空中的身形猛地一震摔了下来，而同时，卢家四兄弟身形都是一矮。

他们四人，双脚同时陷入了地面！

跟着，哇的一声，四人都是一口鲜血喷出！

五人合力，同接四极龙神这一剑，竟然全都被斩成了重伤！

而同时，雪隐上人也是一口鲜血喷出，身上蓝色光团宛如烈日一般明亮起来！

李玄大吃一惊，石星御一面对付着雪隐上人，一面还能将郑百年与卢家兄弟轻易地斩成重伤，难道他真的是无敌吗？

若是没有雪隐上人的牵制，那他不是可以随便就将郑百年与卢家四兄弟斩到死得不能再死?

这是何等的修为,这是何等的邪威!

蓝色光团耀日生辉,越闪越大。忽然一阵蓝色的雪花飘下,一座巍峨无比、连绵百里的巨大雪山,隐隐在天际尽头闪现。

那,是否就是大雪山?

雪隐上人厉声道:"不好!他要将大雪山硬拉过来!他要毁掉终南山!"

李玄脸色骤变,若是本用作对付石星御的大雪山被他控制住,那后果可能会极为可怕!

终南山百里之内,只怕马上就会变成一片死亡的雪原!

如此,则长安何在?

普天之下最伟大的都城,也将在这一刻化为炼狱。

大唐帝国,受此重创,只怕盛世立即就会结束,陷入前所未有的灾劫中。

而郑百年跟卢家兄弟都重伤倒地,雪隐上人又被他控制住,这下可如何是好?

李玄心急如焚,却束手无策!

雪隐上人的声音倏然在他耳边响起:"我会拼尽所有的力量,启用千佛珠,跟大雪山相合,借太初四宝的无上威力,将他困住。但以他这等修为,只怕也只能困住七个时辰。在他突破宝珠之前,你一定要找到打倒他的办法!"

说着,雪隐上人猛地发出一声惨厉的长啸,一道烈白的光华从他身上腾起。那天幕上隐隐显露的大雪山倏然清晰起来,光华宛如一抹淡黛,抹在大雪山之上,大雪山轰然震动!

整个天宇都在剧烈地震动着!

大片大片的雪花飞舞而下,将雪隐上人的身形盖满。他忽然消失在这漫天的飞雪中。飞雪倏然加急,向石星御卷了过去。

石星御眼中闪过一道激烈的蓝芒，却在瞬息之间就被飞雪吞没。大雪山的影子渐渐变淡，漫天飞雪越来越大，越来越急，从虚无中来，又落到虚无中去，没有一片沾到地上。

　　雪隐上人跟石星御立在空中，都被纷纷白雪掩住，两人都不见了踪影。

　　烈日当空，只是那轮烈日不知从何时起，已变成了深深的蓝色，看上去是那么妖异，那么诡秘。

第十五章　长云河车载玉女

李玄狠狠跺了跺脚，他拉起郑百年跟卢家兄弟五人便向学院而去。

这五个人实在太重，他只好用藤条将他们捆起来，背在身上。这些天奇变迭生，他奔来跑去的，力气增长了很多，倒也勉强能够背动。

将五人扔到了他们的床上，李玄才意识到他们伤得有多重。他们的身上结了一层蓝色的薄晶，看上去只有一张纸那么厚，但只要稍稍碰到，五人立即痛得死去活来。要想让他们痊愈，看来只有一个办法，那就是打倒四极龙神了。

但要如何打败这邪威惊天的大魔头？

他只是指了几下，雪域尊主雪隐上人就被逼得舍命相抗，九死一生。

自己又如何对抗？

他忽然想起了紫极老人的话，揭开摩云书院三大禁地之谜的话，也许能找到对付四极龙神的力量！

如今，天之链堑之谜已被他揭开，他因此能偶尔施展前世定远侯的无敌力量。那种力量，若是能全部施为，连妖湖魔宫魔王都能打败，未始不是石星御的对手。唯一的缺憾，就是自己不能自由运用。

若是揭开其他两个禁地之谜呢？

李玄怦然心动，也许，这是对抗石星御的唯一办法！

只是以他一人之力，是万万无法揭开这秘密的，他必须寻找帮手。

封常青？太胆小。边令诚？他守着红玉死活不肯离开。苏犹怜？李玄大力摇了摇头，不知怎的，他暂时不愿意再面对那张美丽的脸。

那就只剩下这么几个人。

石紫凝，龙薇儿，崔家三姊妹。

李玄不想让龙薇儿涉险，选择就只剩下两个，崔家姊妹，还有石紫凝。石紫凝剑术极高，很有可能犹在郑百年之上，乃是强助。崔家姊妹虽然弱一些，但是一上场就是三个，加上灵犀剑有神秘莫测之力，灵活运用的话，也可奏奇功。李玄精神一振，马上向凤庐走去。

若是有可能，他真想狠狠揍紫极老人一顿。这么强的敌人出现，六大常傅竟连一点忙都帮不上，要他这个有名无实的大师兄来操心！

他很快就见到了崔家三姊妹，因为她们正一身劲装，向外走去。李玄还未开口，崔蔼然道："时势危急，我们女儿当自强！"

崔嫣然道："只有我们下山搬来救兵，摩云书院才有可能得救！"

崔翩然道："救兵如救火，我们要赶紧行动！"

三姊妹一阵风般冲下山去，李玄并没有阻拦。

崔家姊妹说得不错，若是能搬来救兵，那也是不错的主意。

但这三姊妹真能搬得来救兵吗？李玄连一点把握都没有。

于是选择就只剩下一个，石紫凝。

也好，本来石紫凝就是他的第一选择。

石紫凝正在练剑。

外面打得天翻地覆的，石紫凝却在练剑。她练得很辛苦。李玄还没开始说话，冷森森的剑芒直指他的面门，将他所有的话都封在喉间。

石紫凝碧森森的眼眸盯住他，道："你若是再出手对付我族龙神，我就先杀了你！"

李玄哑然，他忽然想起，石星御乃是石紫凝的先祖，是他们石国的龙皇，也是石紫凝舍命要复活的人！

四极龙神，本就是石国唯一的希望。他又怎能冀望石紫凝帮助他？

李玄闷不作声地退出去，他的肩膀忽然被人拍了一下。

他转头，就见到了龙薇儿。

他实在没有想到会在此时见到龙薇儿，不由得怔了怔。

龙薇儿满脸笑容，她的笑，让李玄觉得有些苦涩。因为他知道，龙薇儿已习惯用甜甜的笑脸，来掩盖自己的痛苦。她不愿意让别人看到自己的痛苦，她只愿意每个人都看到一个活泼的、给别人带来欢乐的龙薇儿。

她却没有想过，这对她自己会是多么残忍。

李玄很想告诉她，不要这样，她想哭就哭，想笑就笑。他以后都将保护她，不让她受到任何伤害，他也会帮助她完成任何心愿，直到她获得真正的幸福为止。

虽然，他还不知道要如何面对前世的情缘。

但这次，龙薇儿的高兴似乎是真实的。

她笑道："我找到打败四极龙神的办法了！我们能够解救书院！"

嗯，说什么？李玄一怔，就见龙薇儿扬起了手，道："答案就在这里！"

她手中是一幅古老的发黄的地图。李玄猛然想起，摩云书院的第二大禁地，便是一座号称从没人到过的，由君千殇亲自镇守的魔舍。

这幅地图，是不是就是通往魔舍的地图？

龙薇儿似乎知道他的疑问，点点头，道："不错，这就是摩云书院第二大禁地的藏宝图，我从谢哥哥那里得来的！"

谢云石？他怎么会有这幅藏宝图？

龙薇儿笑道："原来谢哥哥早就知道四极龙神要出世的消息，他

费尽千辛万苦，才找到这幅藏宝图，本来循着它的指引，便可找到第二大禁地中的魔舍，破解这一谜团。就算得不到魔舍中禁锁的异宝，也可以找到君千殇，劝他出来对战石星御。可惜……"

她叹了口气，道："可惜谢哥哥好像有什么要事，急着要走，都没来得及好好研究一下。他虽然将藏宝图混在一大堆图卷之中，但仍然给我偷来了！"

她做了个可爱的鬼脸，冲着李玄扬了扬藏宝图："你要不要来？"

傻子才不来呢！这简直是瞌睡鬼碰到了枕头啊！

李玄急忙一迭声地道："来！来！来！一定来！"

龙薇儿道："不过你要记住，这藏宝图是我发现的，你是我的奴隶，所以，这次是我带你去做大事，你要听我的话。要不，我就不带你了。"

李玄立即一副谄媚之样，就差没有摇尾巴了："主人，请您一定要带上小人！"

龙薇儿满意地点头："嗯，但是你要很乖才行。"

李玄笑道："我一向很乖很乖的。"

他抬头，看了一眼那深蓝的烈日。那似乎象征着四极龙神无边的威压，让每一道看到它的目光颤抖、避开。不过龙薇儿这一闹，让他恐惧紧张的心稍稍放松了一些。

他不禁忆起了自己的前生，那时，他也是跟承香公主横刀天涯，一起历过千难万险的。

而现在，定远刀在手，龙薇儿在侧。前生那欢喜悲伤的岁月，就在这幅藏宝图中。就算这之中有着千艰万难，他也一定会追随龙薇儿而去，守护着她那幼稚天真的笑容。

他没有忘记他许下的诺言，他要给她最大的幸福。

藏宝图上显示的宝物所在之处，是在太皓天元鼎中。

进太皓天元鼎对李玄来说是常事了，但这次却有些困难，因为他无法打开入鼎的大门。

那七颗九仙瑶星是要用自身修为贯入才能打开的，李玄别的都好，就是没有真功夫，所以，这本来最简单的一关，却难坏了他。他呆呆地立在太皓鼎之前，苦思冥想，想来想去，觉得在大家重伤的现在，只有石紫凝才有这个力量了。

但石紫凝是绝不会帮他的。

龙薇儿道："你怎么还不进去？"

李玄还没答话，龙薇儿仰头道："元尊，我要去第八洞天。"

咯的一声响，太皓天元鼎的龙钮上腾起一道碧光，将两人包住，倏然就钻入了鼎身中。等到他们眼前恢复光明之后，李玄发现自己置身在一片深山密林中。

咦？难道元尊竟会听龙薇儿的话？李玄忍不住问道："现在不需要通过九仙瑶星的考验就能进太皓鼎吗？"

龙薇儿笑道："我不知道啊，反正每次我来的时候，想要去哪个洞天，只要跟元尊说一声就行了。"

李玄疑惑道："洞天？"

龙薇儿道："你不知道吗？太皓天元鼎中一共分为九大洞天，分别为蓬玄洞天、朱陵洞天、虚陵洞天、洞灵洞天、玄真洞天、太乐洞天、阳观洞天、太元洞天、丹霞洞天。我们学习天文地理的地方，是第一重洞天蓬玄洞天，现在我们在的，是第八重洞天太元洞天。我们找的秘宝，也就在其中。"

李玄这才明白了一些。龙薇儿歪着头看着他，道："这些都是常识啊，你怎会不知道？难道你整天不学习吗？"

这句话问得李玄的脸立即臭起来了。人家学剑术学道术学阵法，学成一身本领，再不济也学成些见识，可恶的臭老头每次都将我往轮回之境里一扔，真不知他是在教我呢，还是嫌我烦匆匆打发了事。

反正什么都没有学到这是既成事实了，李玄也就不再多说，拿出藏宝图来，皱眉看着上面。那藏宝图画得精致至极，上面密密麻麻标满了各种符号，每一折，每一弯，都极为详尽。但就是太详尽了，李玄根本看不过来啊！而且那些符号他多半不识，因为他就没有正经上过几节课！

龙薇儿奇道："你还不让藏宝图活过来，我们怎么找宝贝？"

让藏宝图活过来？李玄迅速明白，那又是自己所不知道的常识。他干脆将藏宝图恭恭敬敬地送到龙薇儿的面前。

龙薇儿伸出纤指，在藏宝图上点了点，一层晕光在图上闪现，光芒错乱，那藏宝图上忽然五彩缤纷，转瞬之间，变成了一座立体的映像。

那些符号全都活过来了，有的成为树木，有的成为大石。虽然极为微小，但一形一状，细致无比。一条闪着光的小路在它们中间穿梭着，在路的尽头，俨然坐落着一间小小的房子。

房门紧闭。

那，是否就是他们要寻找的魔舍，也就是摩云书院第二大禁地的锁藏地？

李玄兴奋起来，若是这样的藏宝图，那他就看得懂了！

龙薇儿歪着头看着他："你这也不会，那也不会，带你来究竟有什么用？"

李玄开始哀怨起来……

不过龙薇儿是个宽宏大量的人："反正也无法送你出去了，我们走吧！"

她拉住李玄的手，向前一指。她身上缠绕的红绫腾起一阵光，将周围都映上一层淡淡的红光。红光返映，将两人包围起来，李玄就觉得身子在一瞬间变得极为轻，与龙薇儿一起飞腾而起，极为迅捷地向前飞去。

龙薇儿纤指引处，两人越飞越快，沿着藏宝图上那立体映像中的闪亮小路向前纵去。

李玄忍不住喜道："你这法宝可真是好，叫什么名字？"

龙薇儿道："浑天绫。"

咦？好像是个很响亮的名字啊。李玄觉得有些熟悉，但苦思冥想，也没想出究竟在哪里听说过。他赞叹道："有了这么好的宝贝，可省劲多了！"

龙薇儿道："比起谢哥哥的逐日旭光舟可差多了。浑天绫只能贴地飞行，谢哥哥说等我神功初成，十二重楼完足之后，才能借浑天绫飞行空中。但逐日旭光舟就不同了，任何人都可以随意御使，高出天外。"

谢云石？

不知怎的，与龙薇儿手拉手翔舞太元洞天中时，听到这个名字，李玄的心中还真有点酸酸的。他默不作声，龙薇儿却没发觉他的异常，兴高采烈地道："昨日我们驾着逐日旭光舟潜入东海深处，游行海底，去看那些烛光鱼。那些小鱼可好玩了，身上一闪一闪的，就跟亮起来的烛火一般。谢哥哥说我下次过生日的时候，就带我到这里来，身边全都是烛光鱼，星星点点，包围住我，就跟身在天上一般……"

昨日？李玄苦涩地想，昨日自己身陷天之链堑，正在与心魔殊死搏斗呢。

龙薇儿道："上个月我同谢哥哥驾着逐日旭光舟，到了万丈地底，那里也很好玩，长着很多奇怪的生物，也都身染亮光，什么颜色的都有。它们很善良，我走出去跟它们玩了好久。我想带一只回来，谢哥哥说它们叫暗鹬，若是到了地面上，会受不了那么强烈的日光，马上就会盲掉死去的。我只好跟它们道别，约好下次再去看它们呢。"

上个月？上个月我与石紫凝于大漠洪荒中苦斗三刹鬼毒大摩天，舍生忘死，差点毙于绿洲血谷之中呢。

不过，这两次，却是我在轮回中看到了你身影的时候……现实之

144

中，你却跟别的男人卿卿我我，得意万分。

唉，难道轮回之后，所有的誓言都将化为风、化为尘吗？

但他却无法忘记妖湖中承香那静谧的眸子，无法忘记他的刀斩中她时的惊骇，也无法忘记那时她极力想宽慰自己的笑容。

那不是故事，不是传说，都是真真实实发生过的，虽然是发生在定远侯身上，却深深烙在李玄心底，连轮回都无法抹去。

龙薇儿高兴的神情也有些暗淡："不知为何，当我看到烛光鱼跟暗鹨的时候，我总觉得心里有些悲伤的感觉，似乎我什么时候见过它们……而与我一起去见它们的人，不是谢哥哥呢……"

李玄心里一震，那个人，会是谁？

龙薇儿转过头，恶狠狠地盯着他，道："昨天晚上我做了个梦，居然梦到跟我去看烛光鱼、暗鹨的，竟然是你！你说，你究竟对我施展了什么邪术？"

李玄讶然，为什么龙薇儿做梦会梦到自己？

龙薇儿恨恨道："这些日子，不知为什么，我做梦老是梦到你，你一定用什么邪术魇住我了，是不是？害得我和谢哥哥在一起的时候都恍恍惚惚的，把谢哥哥气走了！"

她小嘴扁了扁，都快哭出来了。

李玄笑道："紫极老人对我说了，谢云石是请假，不是被你气走的。你倒不必担心这个。"

是啊，该担心的是她为什么会梦到自己呢？难道她也觉悟到，两人的轮回是嵌合在一起的吗？

李玄不由得抬头，深深望向龙薇儿。

龙薇儿一接触到他的目光，不由得身子一颤。那是锁住层层轮回，前生今世的深情叠压在一起的目光。那是前世的愧歉、今世的缱绻依恋。

龙薇儿也不由得被他紧紧吸引住。

砰的一声响，李玄被她一脚从浑天绫上踢了下来。

龙薇儿吐了吐舌头，心有余悸地道："在梦中你就是用这种恶心的目光看着我，看得我毛骨悚然！咦？你跌到哪里去了？"

李玄的身影跌到了那参天巨树中间，忽然就消失了。

这里是个奇怪的世界，陡峭高峻的山峰支天而立，密密麻麻地挨挤着，它们中间，长满了几十丈高的巨大树木。那树木也紧紧挤在一起，彼此枝叶纠结生长着，树干全都挺得笔直。山与树连绵在一起，浓翠如墨，仿佛泼在这片大地上。李玄跌下去后，本应该挂在树梢上的，但龙薇儿指挥浑天绫来回寻了几遭，就是不见他的踪影。

第十六章　秀眉霜雪颜桃花

　　龙薇儿不由得着急起来，声音中带了几分哭音："你到哪里去了？快出来！你被怪物吃了吗？被妖怪草吞了吗？被大蜘蛛化为汁了吗？被老鼠精抢去做媳妇了吗？"

　　说到后来，她忍不住笑了起来。就听李玄没好气地回答道："你就不能盼望我点好吗？"

　　龙薇儿急忙停绫，却什么都看不见。她问道："你……是人是鬼？你在哪里？"

　　李玄怒道："我在这里！"

　　龙薇儿凝目仔细看，这才发现李玄的声音是从一株大树上发出的，但大树上却没有李玄！

　　难道……难道李玄被她踢到另一个世界去了吗？

　　这个念头让她很害怕，李玄的声音又响了起来："还不快救我出去？这东西黏糊糊的，太难受了！"

　　只见大树上一片叶子在使劲蠕动着，龙薇儿仔细瞧时，那哪是什么叶子啊，那是一只巨大的、绿色的茧，隐隐约约可见李玄被包在中间，正在奋力地挣扎着。

　　咦？他什么时候躲到这里面去了？龙薇儿指挥着浑天绫飞到绿茧

之前，蹲下来仔细查看。

绿茧是由粗长的绿丝包成的，密密麻麻的，将李玄围裹得极为紧密。幸好它是半透明的，还能看到李玄的样子。只见李玄双手双脚都被绿丝缚住，一动都不能动。看到龙薇儿还在奇怪地看着他，李玄吼道："快些将我救出去！"

龙薇儿答应一声，用手去扯那绿丝。但那绿丝极为坚韧，她扯了几下，绿丝纹丝不动。猛地，林中忽然亮起了几点绿光。

那是六只眼睛，碧绿如灯，左边三只，右边三只，形成"八"字的形状，就从两人头顶覆照下来。眼睛后面，是一只毛茸茸的巨大身体。

龙薇儿一声尖叫，倏然飞在了空中。

那怪物样子类似于蜘蛛，只是无比巨大，周身覆满了一尺多长的坚硬绿毛，更是又恶心又恐怖。绿丝不住地从它嘴里吐出，将李玄所在的茧围得越来越密实。绿丝延展开，渐渐整株树上都挂满了绿油油的蛛丝。

绿眼缓缓向李玄爬了过去，巨嘴中伸出六只粗长尖锐的钳牙，不住开合着。

李玄吓得肝胆俱裂，大叫道："救我！救我！"

女孩最怕的就是这种毛茸茸的怪虫，何况又这么大、这么狰狞。若不是有浑天绫，龙薇儿的脚都会软掉，直接掉下来，被绿眼怪虫裹成另一个茧。听李玄叫得那么凄惨，龙薇儿也有些慌忙，极力镇定住一颗恐惧的心，叫道："好，我来救你！"

忽地，绿气连绵，自下面的树林中腾起。龙薇儿吓得脸都白了，那不是绿气，而是浓密的绿丝！

每一株大树上都有绿丝腾起，光芒错乱，每一株大树上都亮起了六点绿光。

也就是说，每株树上都有一只绿眼怪虫！

龙薇儿急忙刹住浑天绫，差点哭了起来。万千只绿眼一起昂首看着她，它们的目光邪恶，让龙薇儿彻底失去了抗争的念头，她终于忍不住哭了起来："我……我不敢啊……"

李玄大叫道："你再不动手，我就要死了！"

他说得没错，那只绿眼怪虫已经爬到了他身边，六只巨大的眼睛几乎贴着他的头，正冷冷地注视着他。

他几乎失去了抵抗的勇气，喃喃道："我要死了……我要死了……"

龙薇儿哭着冲了下来，万千浓密的绿丝冲天而起，向她包围而去。浑天绫上忽然炸起一团粉红的电光，将龙薇儿护住。但绿丝上蕴含的强劲力量，却将她击得倒飞而回。

李玄苦笑看着再度拼命冲下的龙薇儿，他的心忽然感到了一丝安慰。

生死已不重要了，不是吗？

他喃喃道："只是欠你的无法还了啊……"

这声浩叹让龙薇儿身子一震，她的脸上忽然有了些欣喜之意，叫道："你还记得抢了我的那枚金钗吗？"

李玄怒道："什么抢？是你赔偿给我的！"

龙薇儿叫道："戴上它！戴上它你就会得救的！"

咦，还有这等事？李玄奋力地想抽出自己的手，可怜的是，他的手已被蛛丝缚得紧紧的，动都动不了。他大叫道："定远刀，救救我！"

他身上的定远刀忽然一声龙吟，刀光乍现，将绿丝斩开一小段缺口。这么小的缺口，转瞬就被补上了，但就这么瞬息的工夫，李玄已闪电般将金钗取出，插在头上！

绿眼怪物的耐心已到了尽头，也是一口向他的头颅狠狠咬去！

李玄大叫一声，闭上了眼睛，他甚至在想象自己的头颅被咬碎时会发出什么样的声音。

是咯的一声，还是嚓的一声？

他听到的是绿眼一声痛苦的嘶啸，身上的绿丝忽然全都消失了！

他惊讶地睁开眼睛，就见一道缤纷的光芒自他头顶垂照而下，万千若有若无的光之碎珠结成璎珞，将他全身护住。

他抬头，就见玉凤娇啼，盘旋在自己的头顶。

他认得那只玉凤，不就是雕在金钗上的图画吗？怎么、怎么变成真实的了？

他的身子缓缓腾起，玉凤双翅展动，带动他飞舞空中。绿眼惊恐地后退着，似乎他身上的光对它们是极大的伤害一般。

李玄看了看自己的身体，竟然毫发无损！

这金钗居然是这么好的宝贝？

为什么不早说！

龙薇儿笑道："我差点忘记了，这枚金钗中寄宿着参合玉凤的灵神，金钗入发之后，便会显出玉凤元身，化出参合凤冠，将佩戴之人全身护住，万邪不侵。"

万邪不侵？李玄问道："那能不能挡住云海雪蚕，挡住心魔？"

龙薇儿撇了撇嘴："就连雪域尊者雪隐上人，都无法轻易突破参合玉凤化成的凤冠之光。"

这么厉害？李玄简直觉得自己亏大了，早知道身上有这么好的宝贝，何必受云海雪蚕跟心魔的荼毒？在天之链堑中，他将金钗往头上一插，那就是无敌啊。他想象着心魔无法奈何他的样子，越想越亏，没法看到心魔那样的表情，实在是一大损失！

他忽然心里动了动，参合玉凤翔舞飞起，带着他向绿眼飞去。李玄靠近，绿眼急剧后退。李玄再靠近，绿眼没了退路，只好紧紧蜷伏着，用力缩小身躯，瑟瑟发抖。李玄再靠近，绿眼忽然吐出丝，将自己化成了一个小小的绿茧。

李玄哈哈大笑，畅快极了。

龙薇儿看着他，脸上表情有些古怪。李玄笑道："你看什么？"

龙薇儿："你……你戴着凤冠的样子可真有些……变态……"

咦？李玄手忙脚乱地将凤冠取下来。一取下来，那凤冠立即化成一枚金钗，而盘舞在他头顶的参合玉凤，也一声长啼，消散在空中。

龙薇儿伸手道："将金钗还我。"

这么好的宝贝，岂有归还之理？李玄慌忙藏到怀里，坚决道："十万黄金的欠条可以再签一次，想要金钗，那是门儿都没有！"

有了这金钗，说不定连四极龙神石星御都奈何不了自己，想一想简直就让人兴奋得发疯啊！虽然没有早些知道，失去了一次威风的机会，但只要还有机会，那就不算晚！

开心，李玄太开心了！

龙薇儿叹道："你不给我也没用，参合金钗跟五岳神剑一样，只能用一次。"

只能用一次？李玄差点从空中摔下去。

龙薇儿点头道："用完之后，就要请兰姐姐再施展一次凤仪之术，才能再将参合玉凤禁制进金钗。"

李玄道："兰姐姐是谁？"

龙薇儿道："兰姐姐就是兰姐姐。快些将金钗还我吧！"

李玄道："不行！下次我跟你一起去找兰姐姐，你让她当面施展凤仪之术，施展完之后再交给我！气死我了，要是我知道金钗只能施展一次，打死我都不会用在这只笨妖怪身上！"

他越想越恨，提起定远刀来，就想将绿眼斩成十七八段。但没了参合玉凤护身后，绿眼已不再怕他。万千呆滞而邪恶的眼睛直勾勾地盯着李玄。李玄鼓了好几次勇气，终于一跺脚，道："走吧！寻宝要紧！"

浑天绫飞舞，两人越过这片巨大而恐怖的森林，向藏宝图中指示的小屋飞去。

眼前群山嵯峨,犹如狼牙,直指向天,看去险恶至极。李玄觉得有些不太妙,他将龙薇儿拉了拉,道:"你还有什么宝贝没有?"

龙薇儿想了想,道:"我进摩云书院的时候,兰姐姐说书院里很危险,给了我三十六件宝贝。"

李玄大喜:"在哪里?快拿出来!"

龙薇儿道:"都放在宿舍里了。身上的就只有浑天绫一件啊。"

李玄的面容立即呆滞。

龙薇儿却毫不在意,道:"我跟谢哥哥经常出去玩的,去过的地方比这里险恶多了,不是一点事都没有?"

李玄苦笑,有谢云石在,群魔慑服,当然不敢出来作乱。但现在就只有他们俩而已,群魔只怕都会垂涎吧?

他拉住龙薇儿,郑重道:"一会儿若是发现有什么不对,你就运用浑天绫,飞出太皓天元鼎,能多快就多快,知道吗?"

龙薇儿眨着太大清澈的眼睛,道:"那你呢?"

李玄笑道:"我要写一篇关于妖怪习性的论文,是紫极老人布置的,所以要跟妖怪一起生活一段时间。你要是看到我被妖怪捉住了什么的,那是我装的,是我为了写论文而迷惑妖怪的。我让你跑,你就赶紧飞走,一定不要回头,一直飞出太皓天元鼎,去找谢哥哥,以免妖怪起疑心,知道吗?"

龙薇儿眨巴眨巴眼睛,道:"哦,那寻宝怎么办?"

李玄笑道:"我们这次要是失败了,你就赶紧找谢云石和你一起继续寻宝,等我写完论文之后,再来和你们会合。"

龙薇儿点点头,道:"哦,是这个样子啊。那你可要记得欠我一个人情哦。"

李玄点头。

是的,我欠你一个人情,一个生生世世永远还不完的人情。

两人裹在浑天绫中，向山峰密处行去。

幸好，藏宝图里指示，越过这几座山峰，就会到达寻宝的尽头，那座魔舍，就坐落在群山的正中央。

李玄凝视着藏宝图，皱起了眉头。

他忽然发现，在藏宝图的映像中，围绕着那神秘终点的山峰，竟组成了一个巨大的八卦。

那是否为了困住某个巨大的力量而设立的阵法？

这力量究竟是善的还是邪恶的？他们打开这个禁制，到底是对的，还是错误的？

李玄的心中隐隐泛起了一阵不安，浑天绫飞行迅速，眨眼之间就穿过重重山峦，来到了藏宝图上所标注的终点。

那是一个巨大的山谷，一片平原镶嵌在群山的正中间。山谷虽大，但身在空中的他们，能望见四周的尽头。

藏宝图闪亮的小路，到此便是终结。

但，没有魔舍。

平原上一片绿色，生满了极为细小的苔藓似的植物，连一尺以上的草木都没有。

绝没有任何房子。

除了那些苔藓似的植物，平原上什么都没有！

李玄与龙薇儿呆住了，这，怎么可能！

难道，摩云书院的第二大禁地谜团，已经被别人破解了吗？

得到三大禁地的力量，就可以击败石星御，保卫摩云书院甚至天下，那若得不到呢？是不是就再也无法对付这个魔王了？

李玄的心渐渐沉了下去。

龙薇儿小嘴一扁，满脸都是不高兴。显然，这个寻宝图最后的结果居然是这样，让她很是扫兴。她高兴而来，却只能败兴而归。

她那神情看在李玄眼中，不由得心里一痛。李玄忽然生出一种熟悉的感觉，似乎自己来过这个地方。他心念急速地转动着，努力地思索自己为什么会有这样的感觉。

终于，他想起来了，在某次紫极老人的课程中，他陷身的轮回之境，跟这里极为相似。他对龙薇儿道："咱们下去吧。"

龙薇儿嘟着嘴，很不高兴地指挥着浑天绫落在地上。李玄蹲下来，仔细地看着这片大地。他的手按在地面上，可以清楚地感觉到，那地面极为坚硬。李玄小心地拂拭着地上的青苔，大地似乎是石质的，极为平整。

他清理了一阵子，一大片青苔被他清完，露出地面来。一条浅浅的沟也露了出来。李玄小心地沿着那条沟清理着，将沟里的青苔全都拔去，不再理别的地方。

龙薇儿本不太高兴，见李玄在做这么无聊而又奇怪的事情，她不由得又产生了一点兴趣，蹲下来，道："你在做什么？"

李玄挠头道："你有没有发觉，这条小沟似乎是种很特别的纹路？"

他这么一说，龙薇儿的眼睛不由得亮了起来。的确，石质的大地极为坚硬，而这条沟又实在太浅，不像是自然形成的。沟棱角平整，似乎是有人凿成的。

难道……难道摩云书院第二大禁地的秘密，就隐藏在这纹路中吗？

龙薇儿立即高兴起来，跟李玄一块儿使劲拔着青苔。终于，两人用了一个多时辰，将全部的沟清理干净。

李玄道："好啦，咱们可以飞到高处，看看究竟是什么样子吧！"

浑天绫托着两人缓缓升起，大地的形状在他们面前渐渐清晰。

龙薇儿突然咦了一声，道："这……这是什么花纹？"

小沟似是一条很粗的线条，在大地上纵横来去，铺成了一块块五边形的块状，紧密地挨挤在一起。那并不是文字或者符咒，龙薇儿完全看不出，这里面会蕴含着什么奇怪的秘密。

李玄笑了，这跟他在轮回之境中看到的景象一模一样。不同的

是，在那空旷没有一人的轮回之境中，他整整费了一天的时间爬到了山顶上，才看全这一幕景象的。

他有把握肯定，第二大禁地的秘密也如轮回之境的出口一样，正藏在这花纹中间。

他大叫道："你没看出来吗？这是龟背的花纹啊！"

龙薇儿莫名其妙："龟背的花纹？"

她仔细又看了一遍，回想起自己用过的玳瑁饰品，似乎龟背的文饰的确就是这样紧密挨着的五边形。她数着："一、二、三……"

果然，整整齐齐的，一共十三块五边形，龙薇儿惊讶地叫道："果然是个大龟背！你怎么知道的？"

我怎么知道的？李玄苦笑，若不是经受了紫极那么多非人的课程，我又怎会在这么短时间内看穿这个秘密？他叹了口气，道："不要再提我的伤心往事了，可以肯定，藏宝图并没有错，我们所找寻的秘宝，只怕就在这只龟的肚子里。"

龙薇儿吃了一惊，道："你是说这真的是一只龟？活的龟？"

她应该吃惊，因为那龟背实在太大了，方圆几里地，他们飞到了高空，才能将它的背看完全。

这若真是一只龟，那该有多大啊！

李玄搔了搔头，道："也许称它为龟并不恰当，应该叫它鳌？书上说过：神鳌欲钓吴牛饵，汉帝听传越女香。钓鳌都要用牛做饵，想来的确是很大了。藏宝图指示秘宝的尽头就是这里，而这里又有这么大的一只神鳌，若是这秘宝还跟它无关，鬼才会相信呢！"

龙薇儿高兴得娇靥一片嫣红："那我们赶紧下去，把这只鳌叫醒，让它把秘宝交出来！"

叫醒这只鳌？好像……好像不太容易啊！

在轮回之境中，李玄看破了这个秘密之后，就通过了课程的考核，并没有再向下深究。现在想想，要惊醒有着这么大背壳的神鳌，可的确是一件困难的事情。

若是能用觉醒的定远侯力量，一刀下去，只怕能将背壳斩裂，它想不醒都不行。

可是……他却不知道觉醒的方法。

若是参合玉凤金钗还能使用，叫出威力那么强大的玉凤，只怕也能惊醒神鳌。

可是……玉凤居然被用来对付那么衰的怪物。见识过雪隐上人、心魔、四极龙神等大魔头之后，李玄简直没将绿眼放在心上——虽然，就是这样的妖物，也绝不是他能够对付的。

该怎么办呢？

第十七章　白波连山倒蓬壶

龙薇儿忽闪忽闪着大眼睛，突然道："我有办法了！"

李玄喜道："快说快说！"

龙薇儿道："你是我的奴隶，你负责叫醒它！"

李玄的脸立即衰了下去："这就是你的办法？"

龙薇儿道："我们也来钓神鳌好不好？你来做饵，神鳌肯定喜欢吃！"

李玄吃了一惊，道："不行！"

龙薇儿扁了扁嘴，道："为什么不行？昔日任公子东海之上饵牛钓大鳌，千古传为佳话，今日我龙小姐太皓鼎中饵人钓大鳌，想必也会青史留名，你就奉献一次吧！"

李玄坚决道："绝不奉献！"

龙薇儿笑道："我会很小心不让神鳌吃了你的，若是再烤烤，烤出香味来，神鳌估计立时就能醒过来！"

这念头简直要让李玄晕过去了。

龙薇儿道："早就知道你不肯答应了，所以，我带了这个来。"

她打开口袋，忽然一阵绿光闪过，地上多了一只巨大的绿茧。

李玄惊讶道："你什么时候将绿眼怪逮起来了？"

龙薇儿笑道："我觉得它挺好玩的，就趁着你用凤冠逼住它的时候，将它装在了百宝囊中。我再说一遍，你戴着凤冠扮女人的样子实在太丑了。"

说着，她哈哈大笑起来。李玄更加哀怨……

龙薇儿笑了一阵，从百宝囊中拿出一丸红丹来，道："你站开些。"

李玄道："危险的事情我来。"说着，将红丹抢了过来。龙薇儿大惊："不要！"

"轰"的一声暴响，一团烈火自李玄掌心蹿了起来，一怒而成三丈余高，威烈无比地燃烧起来。李玄怪叫一声，带着那团烈火四处奔逃着。

那火好猛啊，青苔燃烧起来……绿茧燃烧起来……大地的石质也燃烧起来……

龙薇儿大惊，急忙掏出一丸绿丹，叫道："不要动！"

李玄急忙忍痛站住，龙薇儿一抖手，绿丹化作一道阴森森的冷气，在李玄的头顶炸开，倾盆大雨倏忽出现，将李玄浇了个落汤鸡。

火熄了。

李玄的头被炸成了火烧鸡窝，身子被烧成了黑炭样，还冒着丝丝烟气，真是要多狼狈有多狼狈。

龙薇儿急忙跑过去，抱怨道："你怎的那么毛手毛脚的？先天火雷是能随便拿的吗？它沾了人气，立即就会爆炸的！"

李玄哀怨道："为什么你拿着就没事呢？"

龙薇儿道："因为我手上戴着冰蚕丝手套啊！"

李玄一把拉起她的手，果然，这双玉白可爱粉嫩娇柔的小手上，笼了一层淡淡的云气——这就是水火不侵、刀枪不入的冰蚕丝？

就在此时，一声巨啸冲天响起，两人脚下的大地一阵轰然震动，晃得两人立足不定。李玄一把抱住龙薇儿，将她挡在身后。龙薇儿纤手指处，浑天绫激出一团柔和的红光，将两人围在中间，冉冉升起。

浑天绫的确是罕见的神物，这层红光腾起后，外面的碎石落木全都被挡住，冲不进来。但那番天翻地覆的惊动，却让两人头晕眼花，一时不知道发生了什么祸事！

浑天绫感受到危险，不断上升，一直高出山峰之后，才缓缓停住。两人周身云气缭绕，向下看去，只见那片谷底平原正缓缓抬起，四周山峰纷纷崩塌，被那片大地一阵晃荡，顿时粉碎。

无边碧气托着那片大地，一寸寸上升。

一只硕大无朋的脑袋，自山峰深处昂起来，绿光旋绕在碧气深处，直透苍天！

那碧气渐渐化虚凝实，两人眼前一阵恍惚，碧气竟然化成无边的海涛，激绕在山峰之间。

顿时，碧气化为巨涛，瞬息漫过大地，那些耸立的山峰，也化成一座座小岛，悬浮在浩然海洋之中。顷刻的工夫，整个第八重天仿佛全都化成了水之汪洋，漫漫看不到边际。

海涛蔽天，水天相连，龙薇儿和李玄都是从未到过海滨之人，此时不由得顿觉胸襟辽阔，大感畅然。

猛地，海涛涌动，那只硕大的头颅自海波中扬起，两道直贯苍天的绿光自它的额头发出，似是它的眼睛。但那头颅实在太过巨大，比起海中悬浮的小岛，也小不了多少。

只听一个巨声回响在浩大的空中："人类，为何用元天火雷惊醒我的睡梦？"

李玄惊讶得说不出话来。龙薇儿的态度倒还比较平和，没有被这么巨大的神鳌吓倒。

难道可爱的女孩子不用害怕怪物吗?

她笑嘻嘻地道："你是谁啊？"

那巨大的声音道："我是元枢镇海神鳌，为紫尊隶役。等我长大之后，便可脱去飞升。"

龙薇儿也惊讶地张大了嘴："你这么庞大，居然还没长大？"

镇海神鳌的声音中露出了一丝笑意："还早着呢，至少差一千年，我才能潜入元海，承担大地的重任。再一千年之后，就可功行圆满，负载大地之功化为功德，我才可脱去这身躯壳，化仙飞升。"

龙薇儿哦了一声，道："那时候你该有多大？"

神鳌道："我记得见过我的爸爸妈妈，它们的头颅大概有我的身子这么大。"

仅仅头颅就有身子这么大？李玄、龙薇儿两人一齐睁大了眼睛，惊讶地互相望着天，那它们的身子将会多么雄伟！

这……这样的怪物还是不要得罪为好！李玄心念飞转，瞬间确定了这一原则。

哪知那只巨大的神鳌转过头来说道："方才是你放火烧我的背吗？"

李玄一下子呆住了！神鳌两簇绿光犀利地照耀在他身上，他知道，在修为如此高的神鳌面前，他是无法说谎的！他期期艾艾道："那个……我……只是……"

神鳌道："我很感激你，我沉睡了这么多年，身上长满青苔，又痒又难受，你这一把火，让我舒服多了。我决定要好好报答你们，说吧，你们来这里有什么事？"

咦，竟然还有这样的好事？李玄张大了嘴巴，这次不是因为吃惊，而是高兴！如果这么大一只神鳌肯帮自己，那破解第二大禁地谜团就有可能了！

他笑道："你既然知道紫尊，当然也知道摩云书院了？"

神鳌点了点那硕大的头。

李玄道："你既然知道摩云书院，当然也就知道摩云书院的三大禁地了？"

神鳌又点了点头："我起码知道一个。"

160

李玄笑了："那就将你知道的那个说给我们听！"

神鳌道："我有一个朋友，这个秘密是他告诉我的。我只说给你们两个人听，你们可千万不要告诉别人哦。"

李玄大喜，这个朋友，是不是就是紫极老人？还是君千殇？无论是谁，都有足够的理由知道这个秘密！他忙不迭地催促道："快说！快说！我肯定不会告诉别人！"

神鳌道："我的那个朋友叫小云……"

李玄的心一下子就凉了："小云？难道它是云海雪蜃？"

神鳌大喜，道："就是小云！你认识它？"

何止认识？差点就将它斩死了呢！难道神鳌所知道的禁地之秘，就是天之链坨？

那还用说吗！

李玄还不死心，问道："你知不知道你所在的这个地方藏着摩云书院的第二大禁地？"

神鳌茫然摇了摇头，道："不知道。这里有第二大禁地吗？没有人告诉过我啊！"

李玄扬了扬手中的藏宝图，道："可这上面明明说秘宝就藏在这里的！"

神鳌道："哪里？"

李玄凑了上去，指着藏宝图，道："这里！"

神鳌道："哪里？"

李玄再凑近了一点："这里！就是这里！"

他用力指点着藏宝图的中心，神鳌一把将藏宝图抢了过来，仔细看了一遍，笑道："你们受骗了，这不是藏宝图。"

李玄道："不是藏宝图？"

神鳌笑道："我有个朋友，他想造一个能飞行天际的神舟，拜托我给他一块龟壳。要知道我的壳很宝贵的，一小块就可以让他的神舟具有飞翔能力！我看在彼此的交情上，就挖了小小的一块给他。他还不放心，跟我说万一神舟坏了怎么办？我就大度地画了一张图给他，说，你要是再需要我的龟壳，就按照这张图来找我吧！所以，这张图不是摩云书院三大禁地的藏宝图，而是寻找飞天神龟的地图。"

龙薇儿道："这不是揭开禁地之谜的藏宝图？"

神鳌叹道："我也很想帮你们，你知道，我为朋友两肋插刀，最是仗义的，所以我的朋友遍天下，你去打听一下神鳌阿暗那，那可是鼎鼎有名的啊！你看，我并没有骗你们。"

海涛涌动，它浮起巨大的身躯，果然，在靠近尾巴的地方，龟甲的边缘断了小小的一块。

难道谢云石的逐日旭光舟，就是用镇海神鳌的壳铸造的吗？

这可大有可能。

龙薇儿问道："你那个朋友姓谢吗？"

神鳌阿暗那道："记不太清了，已经很多很多年了。好像是叫谢玄？谢石？嗯，我的朋友太多太多，送出去的宝贝也太多太多，多到我这么年轻就得了健忘症，几乎都记不得了！"

龙薇儿有点头昏脑涨，难道自己悄悄偷走的这张，并不是传说中的藏宝图吗？

她还要问什么，神鳌阿暗那竖起一根手指，（这可真是难以想象……）强调道："不过他们都是大人物！跟我阿暗那结交的，都是大人物！"

李玄诣媚地凑上来："那你能不能给我一件宝物呢？"

神鳌逼视着他，那两蓬绿光凛然生威，似乎能穿透李玄的内心。

但李玄是何等人？对眼神功之外，厚颜神功那也是天下无双啊！

看着他那双真诚的眼，神鳌大力点了点头，道："既然你如此诚意地要求，我就将我最后一件宝贝送给你！"

李玄大喜，急忙答谢。神鳌又竖起一根手指："这是我珍藏多

162

年，历遍万千朋友都没给他们的宝物中的宝物！"

李玄大喜。

"奇珍中的奇珍！"

李玄狂喜。

"神器中的神器！"

李玄暴喜。

"我现在将它传承给你，希望你能将它用在正途，发扬光大！"

李玄拼命点头。

神鳌伸出手来，那上面一个黑乎乎的东西。神鳌双目中的绿光变成了七色华彩："这是我拼了一千年的力量，才凝结出来的，说它代表了我这千年的修为，也不为过！"

李玄跟龙薇儿呆呆地看着它手中的黑物，难……难道这是神鳌的内丹？

才第一次见面，神鳌就送这么重的礼物，果然是朋友遍天下，义薄云天啊！

李玄声泪俱下，握住了神鳌的手。

神鳌道："我这一千年来，只凝结出这么一块石头，这次郑重地将它送给你！"

石头？

李玄看着自己手上沾上的黑色的、黏糊糊的东西，突然垂直倒了下去。

神鳌很不满："什么？难道他居然敢嫌弃如此喜欢交朋友的我？你要知道我跟很多大人物都谈笑风生，我跟他们聊得很开心！那么多大人物，我都只送给他们普通的宝物，没有送这么贵重的，他居然敢嫌弃我？"

海涛汹涌鼓动，似乎随着神鳌的愤怒变得不羁起来。

龙薇儿忙道："不！不是的！他最喜欢这东西了，他……他可能是欢喜得晕过去了。你不知道，他平常就拿这东西当武器，被誉为天下第一锋芒，无人能挡！"

神鳌的眼睛立即瞪圆了，他用力握着李玄的手："知音啊！"

这么大的一只神鳌，泪如雨下。

伯牙琴音虽好，还得子期来听不是？

神鳌的千年石头虽好，还得李玄来用不是？

那是寂寞了千年的一颗石头，是否在李玄的手中，才能绽放出它应有的光彩？

那必将照耀整个历史！

神鳌双手合十，眼睛亮晶晶的，充满了期待。

遥想李玄威风凛凛，杀气腾腾，手中握着它这颗石头……

那一定是见神杀神，见佛杀佛！

神鳌虔诚地将手中之物送到了李玄的身前。李玄突然一声尖叫醒来，一跳就跳到了龙薇儿的身后。

神鳌："这颗石头……"

李玄："唔！唔！今天天气不错。"

神鳌："这颗石头……"

李玄："嗯！嗯！这里风景挺好。"

神鳌："这颗石头……"

李玄一把拉住龙薇儿："咦，我好像看到那边有些不对，我们去那里看看！"

说着，他拉着龙薇儿的手，慌忙向前奔去。一直奔出去了好几里，李玄这才停住，大大喘了口气。龙薇儿从未见李玄这么仓皇过，不过她更多的是惊奇："你为什么不接受神鳌的礼物？"

李玄臭着一张脸吼道："你要是喜欢你就接受好了，不要拉着我！"

龙薇儿跺足道："你要是早说不要，我就要了！真是气死人了！"

李玄奇道："你不是最恨这玩意儿的吗，怎会又有兴趣了呢？

你……你不是想拿来对付我的吧？"

龙薇儿道："你是真不知道还是假不知道？"

李玄奇道："知道什么？"

龙薇儿道："咱们上的算学课奇禽异兽篇中不是学过吗，定乾镇海神鳌千年所凝之石头，便是息壤吗？"

李玄一下子睁大了眼睛："息……息壤？"

龙薇儿道："对啊！海波澹荡，不断冲刷神鳌负着的大地，天帝便赋予了神鳌一项神奇的力量，可以集聚千年元气，化为息壤，补大块之流逝。那是天下一等一的宝物，一块息壤在手，无论什么地水火风都可挡住。怎么，你从来不读书吗？"

李玄的脸色刹那间变得极为好看，似是哭，又似是笑，千奇百怪，筋肉扭曲，他不断重复道："息壤……息壤……息壤……"

突然，他拽起龙薇儿，火速飞到了神鳌身边，叫道："花费了这么多时间，不看到你英俊的面容，我终于平复了激动的心情！现在，我做好准备了，把息壤给我吧！"

神鳌摇了摇头，道："没有息壤了。"

李玄怪叫道："为什么没有息壤了？"

绿波浩荡，神鳌再度翘起了它的丰臀："我见你不要，就用它补了壳。你看，完整了的背壳，是不是更加英俊了？"

李玄的脸色刹那间又好看起来，悔恨、自责、痛楚、悲伤……以及那永远不能离开他的哀怨……

神鳌道："不过你若是喜欢，我可以现场炮制一颗给你。也许你不喜欢息壤这样味轻的，喜欢那种自然的风味？我会满足你的。"

李玄大叫道："不用了！"

他的泪都快流下来了。两件秘宝啊！一件是参合玉凤，一件是息壤，居然就在这两个时辰之内，跟他失之交臂。这种心痛，可有人能理解？

所以，三大禁地中的第二大，是绝对绝对不能再失去了！

李玄伸手，道："把藏宝图还给我。"

神鳌道："都说这不是藏宝图了，是寻我图，你还要它做什么？"

李玄不答，伸手探了探海水，试了试，沉思片刻，道："你知道吗，我曾经在很多很多轮回之境中待过，粗略估计一下，怎么也都有十七八个吧。每个轮回之境中都有一个精心设计的漏洞，我只有找出那个漏洞来，才能从其中解脱。"

神鳌不屑道："轮回之境算什么？那是假的。这片幻海乃是我的心外灵台，是我的千年修为所化，是真实的！"

李玄点头道："我方才试一下，就是为了确定这个。我的看法跟你稍微有点不同，那就是，这藏宝图所标识的，的确是第二大禁地所在。"

神鳌冷笑道："幻海之水无处不在，就算有秘宝，也早被海水冲跑了！"

李玄慢慢点头，道："第二大禁地，据说是个神秘的小屋，那的确不能被你的灵台幻海之水冲走。所以，只能有一个答案。"

他本有些无赖、散漫、轻佻的目光突显锐利，紧紧盯着神鳌阿暗那，不知怎的，神鳌被他看得有些不自然。

李玄一个字一个字地道："在你体内。"

第十八章　巨鳌莫戴三山去

千年神鳌的皮极厚，看不出什么颜色变化来。

他仰天打了个哈哈，道："太可笑了，你体内会藏着个房子？"

李玄微笑道："既然有心外灵台，想必也会有身内幻境吧？何况神鳌兄既然能够孕育息壤，那在息壤中建一座小屋，也不是什么难事吧？"

神鳌又仰天打了个哈哈，道："今日幸会，良兴不浅，他日再当别叙。我要沉睡了，就此别过！"

说着，它庞大的头颅鳬在水里，向下潜去。

李玄大叫道："老龟！被我看破了你就想跑？"

神鳌的头突然抬出水面，大声道："我是小龟！我才只有一千二百多岁，还有一千三百多年，才能称为大龟，然后过七千五百年，万年之后壳不再长了，老龟的名号才能落到我头上！现在叫你称为老龟了，谁还肯跟我交朋友？"

李玄道："老龟！"

神鳌怒哼哼地盯着李玄，李玄气势磅礴地盯着它。

李玄的对眼神功已运起，他决定要用自己最拿手的功夫来制伏这只神鳌，让它乖乖地吐露体内的秘密。

眼睛中会射绿光很了不起吗?

我的对眼神功天下无敌!

神鳌脸上浮起一丝笑容,那是胜利的笑容!

李玄的心禁不住一紧,猛地,无边无垠的幻海忽然就变了。

一只无限巨大的眼睛铺天盖地化生出来,幻海有多大,那眼睛就有多大!碧蓝的眼眸宛如噬魂的怨鬼,紧紧盯住李玄,李玄发现自己的眼神竟然无法移开!

神鳌慢慢潜下,冷笑道:"敢跟我玩对眼?你还嫩着呢!罚你跟我这只幻眼对视三天,看你还敢不敢欺负我这么可爱的小朋友。"

李玄一惊,要对眼三天?他拼尽了全部力量,但就是无法从那只幻眼上移开目光!

这简直就是对眼神功的天敌啊!

我的命为什么这么苦,老是遇到这种怪事?

神鳌冷笑着慢慢潜入水中,忽然,就听龙薇儿悠悠笑道:"我有一口锅。"

神鳌的耳朵立即竖了起来!

龙薇儿从百宝囊中拿出一口锅。

"从前有个勤劳的孩子叫海生,他有一口纺花仙女送的锅……"

龙薇儿架起这口锅。

"他从东海里舀了一瓢水……"

龙薇儿从幻海中舀了一瓢水。

"煮啊煮……"

龙薇儿开始点火。

"整个海都沸腾了,龙王耐不住热烫,就从海中跳出来求海生不要再煮了……"

神鳌阿暗那一声惨叫,整个庞大的身躯从幻海中直蹦起来,厉声道:"不要再说了!你们想做什么就做什么,只求千万不要煮我的幻海水！"

龙薇儿很可爱地笑了："也许这只是口普通的锅，在市上花三钱银子就能买到呢？"

神鳌脸色复杂地看了那锅一眼，龙薇儿越是这么说，它就越是笃定地认为，这是一切海妖的天敌：煮海锅。

它不敢冒这个险，因为它既不能杀龙薇儿，又不能杀李玄。他还不能抢他们的东西！

紫尊真是太可恶了。

神鳌只能屈服。它闭上眼睛，叹息道："不错，魔舍就在我身体中。但是，正是由于在我身体中，所以我无法带你们去。你们若是能找到，就只管去吧。"

龙薇儿笑道："你至少应该把他放开！"她指的是被幻海所困的李玄。

神鳌回答得很干脆："没问题。"

它打了个响指，那只幻眼立即消失，李玄喘着气，差点昏倒在地。只是对眼了这么一小会儿，他就有种虚脱的感觉。但他看上去却有种奇异的兴奋："老龟！放开我是你最大的错误！"

神鳌不耐烦地道："小龟！可爱的小龟！"

李玄大笑道："老龟！我已经知道魔舍的所在了！"

神鳌激愤地抗议道："小龟！人见人爱的小龟！"

李玄的笑声绝不止歇："老龟！你这幻海，我这就给你烧干！"

说着，他向煮海锅扑去。神鳌顾不得再辩解老龟小龟的问题，惨叫一声，它的心外灵台幻海忽然急速收缩，向它体内倒灌而去！

李玄一把拉住龙薇儿的纤手，叫道："就是现在！"

两人投入了幻海那滚滚洪涛中，水波浩荡，刹那间将两人吞没，一起涌进了神鳌那庞大无比的身躯中！

心外灵台，在心内是何？

亦是灵台。

无论人还是妖，修行到了一定程度后，灵台外映，便会化为心外灵台。心中浩然之气纠结先天后天自然之气，引动地水火风四大元素，或成神鳌的幻之海，或成君千殇的花之洋。那并不是幻境，而是由灵台主人所控制的世界。

在这个世界中，他便是主宰。

但天下能施展出心外灵台者，不过是寥寥几人而已。那都是当世绝顶高手。神鳌阿暗那修行千余年，也不过是才通此境，所以才怕煮海锅。若是让它再修行百年，幻海中水便是水非水，化为天一神水，再无锅可煮了。

现在，阿暗那拿着这口被龙薇儿仓皇遗失的煮海锅，仰天大笑。

这是它唯一的克星，而这个克星，已归它所有了！

它太高兴了，甚至都没有在意李玄跟龙薇儿去了哪里。

它的体内，李玄也在仰天大笑！

灵台之海。

那是一片浩渺到无极限的海洋，没有鸥鸟，没有鱼虾，没有风，没有天，只是一片海洋，充塞着整个天地。

李玄跟龙薇儿所立足处，只怕是这片海洋中唯一的一个小岛。

小岛极为荒凉，是由黑沉的岩石组成的。李玄俯下身来，摸了摸。这难道就是他失之交臂的至宝息壤？

他抬头，大笑无法止歇，连失去息壤的伤痛也一扫而空。

因为，岛的正中间立着一个很小的茅屋。

也因为，那茅屋门上写着几个大字——三生秘境。

毫无疑问，这一定是摩云书院三大禁地中的第二个。

魔舍。

也许该叫作秘境之屋？

李玄与龙薇儿兴奋地相互击掌，他们是配合最默契、最有前途的寻宝冒险组合！

高兴完了之后，李玄这才与龙薇儿手拉手，向三生秘境之屋走去。

这第二大秘密，马上就要在他面前展开了。那无尽而神秘的力量，也将马上就属于他了！

他兴奋地冲到门前，刚要一脚将房门踹开，忽然咦了一声，停下脚步来。

恍惚之中，他似乎觉得门上有什么东西一闪而过。

那闪过的东西，让他很是挂念，他禁不住迟疑起来，忽然龙薇儿惊叫道："这……这是三生石啊！"

三生石？

李玄循着她的纤手指处看去，只见她指的，正是小屋门上的那几个字。映着海水的波光，那些字隐隐也发出淡柔的光来。李玄禁不住想凑近些，看得清楚些。

刚才那让他迟疑的东西再度一晃，这次他看清楚了，那是一些杂乱的影像，从那几个字中浮现出来的。这些影像牵挂着李玄的心，让他有些烦躁，他无法遏制想看得更清楚一些的心情。但组成字的石块实在太琐碎，每个影像都极小，无论如何都看不清。

一瞬之间，大漠黄沙、妖湖魔宫、长河落日、侠骨柔情，一齐涌上心头，李玄禁不住一阵怅惘。

三生石上，难道会印着前生后世的轮回吗？

龙薇儿点头道："不错！传说人在三生石上照的时候，就能看到自己的前世、后世的样子。你想不想看看自己的前生？"

想，不过我更想看到的，是你的前生。

这句话，李玄没有说出来，他忽然想起了那个数度看见但总觉得没有看清楚的承香公主。那真的是龙薇儿，抑或只是长得像龙薇儿？

他的前生，究竟是如何爱着这位公主的，他们经历了怎样的岁月呢？他为何刀斩公主的魂魄？他隐约感觉到自己犯下的更大罪孽，究竟是什么？

李玄心头忽然涌起了一阵强烈的冲动，他一定要看清楚！

他一咬牙，用力推开了门！

他预料着会看到一片深沉的黑暗，或者无比宏大的宫殿，或者人间仙境，或者深渊魔窟，但门后的景象却平平无奇，这只是一间很普通的茅屋而已，并没有他所经历的轮回之境那么神奇。

但李玄却震惊地睁大了眼睛，骇然道："君……君千殇？"

茅屋正中间，盘膝坐着一个人，飞扬的白发覆在他的躯体上，宛如苍穹中流泻的天河。

他的脸也与那发一样苍白。

这从没有人见过的一张脸，现在毫无遮掩地呈现在两人的面前。

没有人见过他的真面目，但李玄仍然清楚地知道，这就是君千殇。

因为当日摩云大会中，君千殇御使他的身体，惊退雪隐、大日至，李玄对他的气息印象极深，一见便认了出来。

那无时无刻不笼罩着他的炽烈光芒已经消隐，也许是因为在这个茅屋中，这些都是没用的。他的十二对隐现翔舞的光翼，也完全看不见了。

能看见的，只是一袭麻衣如雪，盖住他的身躯。

他静默地端坐着，仿佛在沉思这个世界的苦难。

他身下，是一块巨大的青色之石，那石上散布着无穷无尽的晕光，仿佛整个天地都在其中。

那，是否就是三生石？

果然如苏犹怜之言，镇守这三生秘境之屋的，竟然是君千殇！

天下无敌，操纵轮回之力，一剑就将四极龙神斩入轮回的君千殇？

那个傲然君临天下，雪隐上人、大日至尊者望风披靡的君千殇？

李玄跟龙薇儿惊骇地互相对望了一眼，心中充满了无限的挫败感！虽然他们早就预料到了这一可能，但当可能变为现实之后，他们仍无法接受。

无论他们的运气有多好，无论龙薇儿百宝囊中还有多少未施展的宝贝，在君千殇面前，全都无用。

他们，就只能止步于此了。

哀怨啊……为什么会如此？

李玄放开龙薇儿的手，悄悄向三生石走去，他仍然不死心，他想从三生石中看清楚他的前生，他想看清楚前生所发生的一切，而不是断断续续在脑中出现的碎片！

但他才靠近三生石一丈之内，君千殇紧闭的眼睛突然睁开。

李玄惨叫一声，甚至没看清楚这双眼睛究竟长成什么样子，就连滚带爬地向外逃窜。

他见识过君千殇的力量，那是无懈可击无坚不摧的力量，就算他出动阿拉神雷跟对眼神功都无用。

君千殇便是这个世界的王，这毫无疑问！

然而，君千殇的眸子中却有着无比深远的空旷，这空旷映在这袭麻衣的身躯上，显得有些寂寥。

李玄叫道："我们马上走！这就走！不过……"

他嬉皮笑脸地道："我们同是大师兄，你能不能让我看一眼三生石？就看一眼！"

君千殇不答，他的身子一阵摇晃，忽然，轰然倒地！

李玄跟龙薇儿张大了嘴巴，不知道发生了什么事。

良久，就见君千殇面如淡金，一动不动。

他……他是走火入魔，还是死了？

龙薇儿紧紧皱起眉来，她心中兴起了一丝不妥的念头。李玄心中也有这种念头，但更强的是那股冲动，他无法解释自己怎会有这么强的冲动，一定要看一眼三生石！

他一个箭步冲过去，跨过君千殇，冲到了三生石之前。

三生石上的晕光忽然平整起来，就在他目光的映照下，那七彩碎屑忽然就组成了一幅影像。

那是个人。

那是个女人。

那是个美丽的女人。

那是个美丽的女人的脸。

脸渐渐清晰，李玄的心狂跳起来。

他没有失望，那张脸终于清晰起来。

那是龙薇儿的脸。

亦是承香公主的脸。

他所爱着的人的前生后世重叠在了一起，深深凝望着他。那双眼睛中神光离合，有着灼灼情波，缱绻情丝。她似嗔似喜，又娇又媚。

我在这里等你千年了呵，你为何还不过来？

李玄变得茫然起来，那双眸子告诉他，只要跨过去，深深捧起这张脸，他前世犯下的错，那为万千生灵而舍弃公主的罪孽，那杀掉公主的大错，都将一笔勾销。

从此，他所爱的女子将原谅他，跟他幸福地生活在一起，直到永远。

这，不就是李玄梦寐以求的吗？他不需要再疑惑，也不需要再挣扎、选择。

李玄的心充满了欢喜，他一步步向三生石走去。

他能感受到，承香公主正在柔声呼唤着他，而他，正一点点化成那个大漠荒国中的定远侯，满载着一百年的爱怜，望着近在咫尺的情人。

魔宫中，他们是这样对视着，中间隔了一个魔王与万千生灵。

轮回中，他们是这样对视着，中间隔了一个誓言与万千时光。

但现在，他们离得已不再遥远，他们只隔着一个笑容的距离，只要轻轻一握手，柔声说一句，他们就会永远在一起。

再不分开？

再不分开！

李玄的心迷惑了，但他觉得自己不再迷惑。

那是他的爱啊！

他走向了自己的轮回。

突然，他被一个人狠狠地拉住了，他猛回头。

轮回忽然粉碎。

这一回头，他看到了龙薇儿。

这一回头，万千影像与柔情忽然都消失，变得冰冷。

龙薇儿讶然道："你……你做什么？"

李玄心头一震，他自己在做什么？他只是看了三生石一眼，为何就变成了这个样子？难道……

他禁不住拉着龙薇儿退后数步，再度向三生石上看去。

那石上的晕光仍未消淡，仍然组成一张娇靥。那是酷似龙薇儿的娇靥，不同的是，有着龙薇儿所没有的娇媚。

那更似是苏犹怜的媚。

这张脸，看上去是那么真实。龙薇儿皱眉道："她是谁？"

李玄身子又是一震，她是谁？

那晕光组成的影像忽然银铃般地一笑："我是谁？"

李玄身子再度一震，虽然他不明白三生石的传说究竟怎样，但也清楚，这个女子，绝非是他前世情人的影像。

因为，这女子是真实存在的，而她，绝无善意！

李玄握着龙薇儿的手，一步步后退，他的心中仍然有一个声音，在柔柔地呼唤着，他深切地感到，只要自己走过去，他就会永远沉入幸福的旋涡，再无遗憾。

若不是他还握着龙薇儿的手，他一定毫不犹豫地跨过去！

然而，现在他知道，他们已深陷在巨大的危险中。

他深深看了龙薇儿一眼，至少，她不应该卷入其中。前世的她为自己付出太多，这一世，他不能再让她受到任何伤害。

他装出一副兴奋的样子，对龙薇儿道："终于出现妖怪了！你记住我方才对你说的话没有？这是我的课题，是我的论文，你快走吧，千万不要跟我抢！"

龙薇儿撇了撇嘴，道："小气鬼！谁会跟你抢！"

两人说话之间，三生石上的晕光点点袅袅自石上升了起来。那块偌大的石头忽然变得暗淡至极，点点晕光却刹那间无比明亮，那张脸也更加妖娆美丽，逐渐在空中浮现。

那是个无比美丽的身影，有龙薇儿的纯真，也有苏犹怜的妩媚。

她是仙子与恶魔的混合，看着她，仿佛看到了那无尽的夜空。那是最灿烂的眩美，也是深沉的黑暗，诱人深陷的魔渊。

李玄呆呆地注视着这个慢慢显出全身的女子，一时无法明白眼前发生的一切。

她究竟是谁？

第十九章　云想衣裳花想容

那女子轻轻柔柔地笑了："我也不知道自己是谁，不过他总叫我九灵儿，你也叫我九灵儿吧。"

九灵儿？李玄苦苦思索着，他没有听过这个名字。

九灵儿裹在一袭狐裘之中，她不再看李玄，盈盈眼波垂下，看着那块已完全失去光华的三生石，面上突然浮起一阵感伤："三生石上写三生……写的，究竟是谁的三生？"

她的伤感似是风一般吹过三生秘境，刹那间天地一齐黯然。

她袖子一拂，三生石无声地裂成了碎片。

九灵儿目光再度抬起，却又变成了能媚惑天下的妖娆："一百年了，没人跟我说话。小哥哥，你肯陪奴家说说话吗？"

奴……奴家？这个词语不知为何让李玄忽然想起了苏犹怜的"郎君"，不会又有个加强版的苏犹怜出现吧，或者加强版的瑶儿？无论哪一个，都非常非常不好！

李玄笑道："我们……我们还有事，不过你可以跟他好好聊一聊。"

他指的是君千殇。这个九灵儿，想必是被君千殇困在此处的，想必她会怕君千殇。

虽然现在的君千殇看上去只有任人宰割的份儿。

九灵儿笑了："我可以跟你打一文钱的赌，他绝对不会醒过来。因为……"

她笑得像个孩子，恶作剧的孩子："因为他中了奴家的九灵惑心术，他让奴家沉睡了一百年，人家多少也要让他也沉睡个十天半月的。"

九灵惑心术？李玄似乎听说过这个名字。久没露面的天书爷爷忽然探出头来，笑道："九灵儿，想不到在这里见到你了！"

李玄惊讶道："你们认识？"

九灵儿很开心地一拍手，道："天书爷爷，原来你现在跟随了这个小毛头！我们何止是认识，简直……"

天书爷爷骄傲地挺起了书脊："当年我牵动天上九曜星辰，驱动天雷地火，将她一招击成重伤，再借助君千殇的轮回之力，将她的前生后世封锁在三生石中。何止是认识，简直就是仇敌啊！"

李玄脸都黄了！

九灵儿笑道："不错，天书爷爷说得一点儿都不错。太初四宝的威力果然非同小可，我一件都对抗不了。不过，在这个小毛头的手上，天书爷爷还能封禁我吗？"

她的面容忽然一冷，漫天白光闪现，化作九条冲天而起的白芒，在她身后炸开，她那双妖媚至极的眸子中，全是杀机！

李玄一把掐住天书爷爷，大叫道："快牵动九曜星辰！快驱动天雷地火！快将她击成重伤！"

天书爷爷挣扎着喘过一口气来，大叫道："在你这个废物手中，我怎么能施展出这么高明的法术来？你赶紧逃命吧！"

李玄大笑道："我逃命？我李玄一身法宝，岂能逃命？"

他一抖手，手中显出一枚金钗，他冷笑道："九灵儿，你认识这枚金钗吗？"

九灵儿脸上神色变了变，道："参合凤仪钗？"

李玄道："此钗能够召来参合玉凤，你修为虽然高，但也未必能胜得过参合玉凤吧？"

九灵儿打了个哈欠，道："这钗子已经用过一次了，等于废物，我为什么要怕？"

李玄一下子就呆住了。她……她居然能看出来？

天书爷爷好心地提醒他道："九灵儿的本身是只九尾天狐，最善制造各种幻境，当然也就擅长识破诸般幻疑了。你可不要妄想骗她，她一定能看破的！"

李玄大叫道："那她是想逼我出最后的宝贝了！"

他掏出一物，厉声道："这是镇海神鳌方才送我的息壤，神鳌一千年才凝结出来的宝物，你想必知道有何妙用了！"

咦？方才他不是没接受神鳌的礼物吗？为什么还能拿出息壤来？

天书爷爷与龙薇儿满脸迷惑地看着李玄，他们发现，九灵儿的脸色在一瞬间变得极为难看。

她……她居然相信了李玄的话！

九灵儿冷然道："息壤？你手中居然会有息壤？"

李玄小心捧着这一团黑乎乎的东西，傲然而笑，虽然他不知道息壤究竟有何用处，但见九灵儿如此害怕，不禁心底松了口气。

九灵儿狠狠一跺脚，李玄急忙拉着龙薇儿，浑天绫迸出一团赤光，冲天而起，恍惚之间，已然到了镇海神鳌的体外。但见群山崩塌，神鳌的行踪已然消失，看来又陷入沉睡了。

李玄顾不得停留，急忙对龙薇儿道："快逃，能有多快就逃多快！"

龙薇儿也知道情况紧急，全力驱动浑天绫。

天书爷爷忍不住问道："你究竟拿的是什么东西，竟让九灵儿也认错了？"

李玄一笑，道："阿拉神雷！"

的确没人分辨得出，毕竟，谁能够没事研究这两者的分别呢？

又有谁会想到，李玄没事会带这么一块东西在身上？

龙薇儿脸色苍白，想到又一次靠这种方法化险为夷，真是想死的心都有。幸好前面天光大亮，他们已经来到第八重天的出口。浑天绫扶摇直上，向着天上一颗晶亮的星辰射去。那里，就是出口所在。

李玄松了口气，心头不禁稍有遗憾，这第二禁地的秘密，还是没能解得开！

忽然，他们眼前一阵白光闪动，数条白色巨龙横在空中，挡住了浑天绫的去路。

李玄脸色骤变，只见九灵儿笑晏晏地坐在一条巨龙的头上，正悠然看着他们。

为什么？为什么她突然不怕息壤了呢？

李玄擎着那颗阿拉神雷，厉声道："你再不让开，我就发动息壤了！"

九灵儿笑道："原来你不知道息壤怎么用。息壤是水中的法宝，现在身在天际，又有何用？"

李玄呆住了，他没有想到这一点！

天狐柔声道："我在三生石中睡了一百年，这百年来，我有个心愿，就是让我见到的每个人，都享一享我这份福气。你就是第一个，好不好？"

她说得虽然轻松，但李玄知道，那滋味必定非常不好受！

天狐冷冽的目光已经显露出一个答案，那就是她已经动了杀机！

李玄心念飞转，想着脱逃的办法，但却一点办法都想不出来！

天狐乘着白色巨龙，冷然逼了过来！

李玄心头大急，天书爷爷吼道："快变成定远侯！只要变成定远侯，就能胜过她！"

李玄那个苦啊，他岂不知道变成定远侯就能胜过天狐？但是他又如何变呢？

他大叫道："我们能不能打个赌？"

天狐道："等我将你封在三生石中后，我会陪着你，那时你想打什么赌，我就跟你打什么赌。"

李玄心急如焚："冤有头，债有主，你不去封禁你的君千殇，为什么找上我了？"

天狐悠然道："因为我妒忌。你跟这位小妹妹甜甜蜜蜜的，我却只能独个儿被封在三生石中。受三恶生的煎熬。那滋味可难受得紧。"

她身影忽然晃动，刹那间变成了九只天狐，全都凌空浮立，妖娆动人："看，有这么多我陪着你，岂不比那小姑娘好多了？来吧，跟我到三生的轮回中去吧。"

李玄无可奈何，只好道："我跟你去，但你要放了她。"

天狐脸上浮起了一丝柔柔的笑意："你倒是情深义重啊。但那是不可能的，因为只有一个人受苦，是非常非常不公平的。"

白影晃动，她向两人欺了过来。

李玄低声道："切记，千万不要干涉了我的论文！"

他突然猛地一把将龙薇儿向出口推去，同时，冷洌的刀光一闪！

定远刀，出鞘！

这一刀，非李玄之力，搅动的，是定远刀中本就蕴蓄的力量。定远刀是神刀，自行就可吸摄力量，化为刀中烽火。

这一刀，虽然不足败高手，但猝不及防施展出来，也足以让天狐大吃一惊！

烽火怒炸而成一朵红云，在李玄摧送之下，红云如奔马般掣走，向九只天狐幻影上卷去！

天狐一时大意，立即身陷烽火之中！

而龙薇儿所着的浑天绫，已然蹿出了第八重天！

天狐狂怒，一声尖锐的怒啸，九条白色巨龙向烽火怒拍而下！

李玄一声大叫，手中定远刀脱手飞出，直贯天际。他双手虎口震开，一口鲜血喷出，再也无法在虚空停留，重重摔在地上。这一下摔了个几乎晕死，脑中昏天黑地的，半天没缓过来。

猛地，胸口一痛，一只精致的绣花鞋踩在了他胸脯上。那鞋头绣着一只颤巍巍的蝴蝶，鞋身上绣满了各种各样的鲜花，连一点儿泥都不沾，尚有微微的香气透出，也不知是鞋上花香，还是鞋中足香。

浅弓一痕，趁着那只纤足盈盈一握，宛似月初的微月一钩。

但这一踩之力却重到了极点，李玄眼前一黑，差点晕了过去。

天狐娇笑道："哎呀呀，是我用力太过了，实在对不起得紧。"

她轻轻将纤足收回，却踏在了李玄的脚上。

李玄一声痛呼，天狐微笑道："今天我这是怎么了，老是做坏事呢。"

李玄苦笑道："姑奶奶，反正我落在你手上了，你要打要罚，也只能由你。"

天狐俯下身来，一双柔滑的小手抚着他的脸，李玄忽然一阵脸红心跳。

天狐一族天生媚惑，被她们的肌体沾到一分一毫，都心旌摇动，不可自持。

李玄显然不是个心智坚定之人。

天狐一双明目中含情带怨："奴家倒是没想到，你居然如此重情重义，甘愿牺牲自己，救走你的小情人。想不到你无赖是无赖了一些，可却是个大情圣呢。"

李玄笑道："那也没什么，不就是被封起来睡十几年的觉吗？"

天狐的身子俯得更低了，她的笑容中仿佛有看透世情的揶揄："你的小情人就这么跑掉了，完全不管你，你是不是心中也有些难受呢？"

李玄大笑道："难受？我难受什么？这正是我求之不得的呢！"

天狐轻轻叹道："你瞒不过我的，一百年前，我也跟你一样，想着爱情多么伟大，我要为他牺牲，但……但最后如何？"

她说着，一阵怒气上涌，蝶恋花的绣鞋狠狠踩在李玄的腿上。

李玄痛得大叫，天狐怒气更增，一下下踩得更狠起来。

突然，所有的动作都静止了，因为她身后响起了一声压抑不住的抽泣。

李玄惊讶地奋力抬起身子，赫然看见龙薇儿娇怯怯地站在那里。

她脸上满是泪水，看着李玄，哭道："你骗我！"

李玄轰然倒在地上，愤怒地大叫道："你为什么要回来？你这个笨女人！"

龙薇儿哭道："我本来想去找谢哥哥来救你的，但我越想越不对，我觉得你现在一定很危险，就赶回来看看。你……"

去找谢云石不是最好的办法吗？只要出云剑在，天狐就算生了十八条尾巴，也不再可怕了。大不了祭起逐日旭光舟，三个人逃之夭夭就是了。为什么还转回来呢？

李玄简直死的心都有了。但是……

但是他的心底忽然好温暖。

他并不是个被遗弃的人，在危难面前，他不是弃子。

他忽然笑了，就算他死，又怎样呢？

死生契阔，与子成说。

龙薇儿突然扑了上来，护住李玄。她的目光炯炯，她嘴唇紧咬着，透出一丝娇柔的坚毅来："我不会让你伤害他的，放我们走，否则，你会后悔的！"

天狐看着龙薇儿，她的美眸中忽然涌出了一层深深的妒忌。

一百年前，她用自己的生命挡住那一柄柄剑的时候，她所爱的人为何没有动？

一百年后，她却目睹了两个人不顾艰难危险，一定要在一起。

为何有人有坚定站在身边的人，而她没有？

为何有人能生死相守，而她不能？

天狐脸上和双目中忽然闪过一阵冷光，她没有的，她就要粉碎它！

漫天的白光忽然散去，天晴得可怕。天狐脸上的笑容实在非常非常温暖，她俯身一躬，道："小妹妹，你就是一朵美丽的花。"

她的身影突然隐去，只剩下她的声音："但我必须摧折它！"

龙薇儿心中骤然兴起一种不祥的预感，她匆忙回头，已不见了李玄，也不见了九灵儿！

天地茫茫，仿佛只剩下了龙薇儿一个人。那天地是如此空阔，却又是那么孤独。

龙薇儿心中被恐惧占满，她不知道该怎么办。她无法找到天狐，无法救出李玄。

谢哥哥。

她心头只剩下了这个名字，找到谢哥哥，他会帮自己解决这所有的事情的。

想到谢云石的名字，龙薇儿心头忽然安定下来，纤手指舞浑天绫，蹿出了第八重洞天。

第二十章　抚心茫茫泪如珠

李玄被重重摔在岩石上，摔得头昏眼花。天狐那双凌厉的凤目狠狠盯着他，叉腰而立。

那双凤目本是极好看的，妖娆而美丽，黛眉浅浅一弯，笼在长长的睫毛上面，晨星一般的眸子炯炯有神，让每个看到的人都无法轻易忘记。

但现在，这双至美的眸子中却满含杀气，让李玄心头阵阵发冷。他刚想说点什么，天狐突然叫道："我恨你！我恨你！"

她提起脚来，狠狠踩在李玄腿上。她这绣花鞋比容小意的高跟蛮靴还要狠，一脚踩下，李玄就觉整条腿都断了！他慌忙向一边闪避，天狐更怒，突然，显出九个幻身来，围着李玄一阵猛踩。

可怜李玄哪里禁得住这么多天狐践踏？何况那九个幻身乃是天狐九条狐尾所化，每个幻身都有几百年的修为，绣花鞋踩在身上，一踩就是一个坑。

李玄被踩得眼冒金星，大叫道："我与你无冤无仇，你为何这样恨我？"

天狐冷笑道："无冤无仇？那为何我的良人舍我而去，而你的小妹子就会跑回来找你呢？"

这……这是什么奇怪理论啊？就是因为这种理论，自己就要挨踩吗？

李玄简直欲哭无泪了，他勉强道："也许是因为你们感情不好呢？"

天狐冷笑道："我们感情不好？你可知道他为了我不惜跟雪隐上人翻脸，不惜舍弃自己的国家，不惜舍弃一切！我们的感情不好？"

她越说越气，突然一口咬在李玄的胳膊上，李玄一声惨叫，天狐轻轻移开口，只见细细的两排齿印在他的衣袖上整齐地排着，血咕嘟咕嘟地冒了出来。

天狐温柔地抚摸着那些血迹，道："你小毛头知道什么，凭什么说我们的感情不好？"

她见了鲜血，忽然变得满脸温柔，动作轻柔至极，仿佛抚摸的是她的爱侣。

李玄都快晕过去了，急忙道："快！快给我止血！我不能流血的！"

天狐奇怪道："为什么？"

李玄额头上的汗水都渗了出来，满脸惊惶："我一流血，就会发生很可怕的事情！"

天狐眼中露出一丝惊奇，她仔细地看着李玄的胳膊，突然，李玄身上流出的血居然倒灌而回，天狐手指微一用力，将他的衣袖扯去，只见被她咬出的细细伤口渐渐合拢，平复如初，就连个牙印子都没有。

天狐惊讶地张大了小嘴，欢叫道："这就是很可怕的事情吗？很好玩啊！"

李玄痛苦地垂下了头，道："一定有什么可怕的事情，在遥远的、我不知道的地方发生着，因为我每次一受伤，心里就极为悲伤。"

天狐点点头，道："那种感觉我也承受过，的确不好受。"

她忽然用力，手指深深插入了李玄的胳膊里，李玄一声惨叫，她尖利的手指插出了五个血淋淋的伤口！

李玄痛得几乎要晕过去，天狐看着他，幽幽地叹息道："想不到

会有另一个人也承受这种痛苦，我的心好受多了。男人都是贱种，但偏偏有这么多女人为男人而牺牲自己。女人是不是很傻？"

她轻轻抚摸着李玄的脸，温柔地帮他擦去脸上渗出的冷汗。她仿佛是一位尽职尽责的妻子，在无微不至地伺候着自己的丈夫。但被迫扮演丈夫角色的李玄，却恨不得马上身化飞灰，被风吹离这个恶毒的女人。他紧紧咬住牙，不让自己叫出声来，因为他发现，天狐似乎很喜欢听他的惨叫。

她喜欢听每个被她摧残着的人的惨叫。

天狐柔声道："你现在还年轻，会为了你的小妹子舍弃自己。但等你年纪大一点，就会明白这世界上什么都难以得到，只有女人最容易得到，你就不会再爱你的小妹子，你就会恨不得甩开她，是不是？"

李玄紧紧咬住牙关，不去回答她。他胳膊上的伤口又开始慢慢收敛，但天狐将指甲插在他的伤口中，伤口每收敛一分，她就重新将伤口撕开。她并没有太专心于这件事，似乎觉得这只是很平常不过的消遣。她的心思，全都陷入了那沉睡良久的回忆中。

"那年，我还年轻，天狐一族是高傲的妖类，居住在禁天之峰上，不与一切人、妖来往。我一直修炼到能化形为人之后，才被获准下山。下山之前，族内长老告诫我，天狐乃最高贵的种族，绝不可爱上别的族类。我答应了，可我没料到，我才一下山，就破了这个戒律。你说，我是不是也是个傻女人？"

她的两根手指自李玄的伤口探进去，咔吧一声将他的臂骨折断，然后小心翼翼地将它们对接起来，等待它们复原。在她看来，李玄是一个很不错的玩具，她就像是对着一个玩具呓语。

李玄立即痛晕了过去，接着他又痛醒了，因为天狐将他另一只胳膊也给折断了，不同的是，这只胳膊她并没有对接在一起，她想看看，李玄的恢复能力究竟强到什么地步。

"天狐既是高贵的一族，也是最有价值的一族，因为我族的元丹可以助异类化身人形，是修真异类梦寐以求的宝物。我一下山，就遇到了几位修道五百年的妖类合击，本来我能够全身而退的，但那时的我很单纯，相信了它们的谎言，结果，被它们击成重伤，元丹差点被夺。若不是他……"

她陷入了沉思，幽幽道："他只出了一招，就将围攻我的异类尽皆诛灭，将我拉起。那时候，我就知道，我已经无可救药地爱上了他。我谎称自己是修真者，跟着他来到了人间。我进入了他的王国，跟他一起觐见他的父王，跟他一起视察他的臣子。他行军打仗，我跟随；他修习，我就跟着他一起修习。那是我最幸福的一段岁月……"

她扬起头，嘴角噙着一丝微笑，心被这段幸福浸满。但突然之间，她狠狠一脚踩下，李玄终于忍不住，一声惨叫，腿骨差点被她的绣花鞋踩断！

剧痛中，李玄只觉身上一凉，那是点点清泪挥洒在他身上，他震惊抬头，就见天狐盈盈的泪脸正凄楚无比地对着自己："为什么你那么狂傲？为什么你那么冷酷？"

"为什么！"

她不停地问着，每问一句，就狠狠踩李玄一脚。

但李玄却无法再对她心生恨意，她只是个可怜的女人，被她的男人抛弃了的可怜的女人。无论是天狐，禁天一族，只要有情，就难免可怜。

李玄挣扎着抬起手。

天狐冷笑道："你还想反击吗？"

这只手无比艰难地抬起着，他的臂骨才刚刚接好，不能剧烈运动，但这只手坚持抬起。

天狐怔怔地注视着他，一时忘了哭泣与践踏。就凭着这只残缺的手，也能伤得了他吗？他倒要看看，这个无赖又无能的人，能做出什么样的反击！

这只手没有做任何攻击，只轻轻落在了九灵儿的脸上，寸寸拂过。

他是在为九灵儿拭去泪水。

九灵儿惊讶地低下头，就见李玄正在奋力地微笑着，遍身的伤痛让他脸部的肌肉扭曲，但他仍然奋力微笑，安慰九灵儿。

他的童年，一样遭受着苦难，但他并没有恨任何人。当他实在痛得难受的时候，他就讲冷笑话给自己听，听得自己哈哈大笑，听得自己笑出泪来。

当他在魍魉魑魅的幻境中看到龙薇儿的人生时，他更坚信了这一点儿。

痛苦，绝不应该滋生复仇之念，就算整个世界都背叛了他，至少他还有笑容。

天狐浑身一阵战栗，她突然厉声道："你想感动我吗？你想让我不再凌辱你了，是不是？你这个奸人，到现在你仍然想欺骗我！"

她用力地踏着李玄，更狂暴地在他的身体上肆虐，但不知为何，她的泪水纷纷落下。

她突然大哭起来："你为什么要问我为何郁郁寡欢？你为何要我说出真相？你为何坚持要跟我上禁天之峰，向我的族人求婚？为什么？为什么天下所有的规矩都束缚不住你？"

"果然，在你冒着天之雷霆踏上禁天之峰时，四大长老的启示在圣母之石上闪现，命令你立即下山。经我死争，才获准让你在山上住一晚，等天一亮，就赶你下山。我伤心痛哭，你安慰我说，长老一定会同意我们的婚事的。第二天，果然圣母之石上的启示消除了，换成了鲜红的双喜字。我大喜抱住你哭，以为我们的诚心终于感动了长老。族人以为天意已回，就为我们操持喜事，洞房花烛，正在喜筵开到最盛的时候，有人闯进来，说，四大长老全死在峰顶！良人，你的爱为何如此霸道、如此残忍？"

她的手刺进肉中，却不是李玄的肉，而是她自己的。她的臂上显出无比的痛楚，而她的话，更让李玄大为震惊。

"族人伤愤欲死，围着想要杀死你，良人。我不顾一切地挡在他们面前，我不知道还该不该爱你，我只知道，尽我的全力，让你能少受一点伤害。你不说话，只是饮酒，冷冷地说了一句话，你说你爱我，若有人阻挡，就得死。你说四大长老死得很公平，他是在他们联手合击的时候杀了他们的。四大长老修为都在三千年以上，几乎天下无敌，而你一剑居然能将他们全都杀死，族人被你的威势镇住，皆带着仇恨退去。但良人，你不但不怕，反而要与我继续洞房花烛。我们吃完喜筵，饮罢交杯酒，我终于忍不住哭了。我很害怕，虽然我是媚惑天下的天狐，但我仍然会害怕，为了所爱的人而害怕。你柔声对我说，睡一觉吧，睡醒了就没事了。"

"真的是没事了，当我醒来时，偌大的禁天之峰上，就只剩下了我们两个活人。我的族人，怀着仇恨的我的族人，全都死在了你的剑下！你笑着对我说，我再也不必害怕！"

"那时，禁天之峰上落雪纷纷，良人，你的爱就如这漫天大雪，在我们之间无情狂舞。我始终不知道，我是该爱你，还是该恨你。"

"然后我仿佛失去了躯壳，随你游历天下，击败一位又一位强者。我的心渐渐舒放开了，因为我领悟到，我爱的是位神，而不是人。神是不会有人的感情的，所以你的爱才那么暴戾，那么残忍，不是吗？"

"但你，只要爱我就可以了。"

"然而你却不。你杀尽族人，你逆抗雪隐上人，你抛弃自己的国家，我本以为是为我，但当有一天，你仅仅淡淡看了我一眼，弃我如敝屣时，我才明白，你爱的不是我，是自己的爱情。"

"你看着我的时候，看的并不是深爱着你的女子，而是你的爱情。"

"良人，莫非你仅仅是将这份爱，看作一场修行？"

"为何在你的爱情里，我会如此寂寞，如此恐惧？"

190

"因为我忽然发现，你爱的不是我，不是任何一个人。"

"你爱着的是你自己的爱情。"

天狐伤痛地弯下身来，她的泪水沾湿了这片大地。李玄无言，他不知道该如何安慰这个伤心的女人。她赋予他的伤让他意识模糊，痛苦无垠，但他能感觉到，最深的痛苦，却在她心中。

那是无法触及，因而无法平复的伤痛。

他看着自己慢慢恢复的伤口，忽然觉得无比凄怆。他咬牙道："这个男人是谁？"

天狐带泪道："你问这个做什么？"

李玄咬牙道："以后我遇到了他，一定替你揍他一拳！"

天狐扑哧一声笑了，她满脸泪水，这一笑却如春花竞放，明艳无比。

"你想揍他？你再修炼十世，大概能配给他提鞋。"

李玄的脸立即红了，就算不配，你也不用这么羞辱我吧？

天狐见他生气，笑道："怎么，不愿意我这么说吗？那我不说就是了。不过，还真是谢谢你，你大概是个好人吧。"

她将袖大叫道："为了你是个好人，我本准备来折磨你的三十六道酷刑，就不再施展了！现在，我来为你疗伤。"

李玄咬牙道："那可真是谢谢你啊。"

天狐提起李玄的胳膊，有一只已经恢复如初了，而另一只特意没对在一起的就恢复得很慢。天狐道："你这种体质可真是特别，我还没见过复原得这么快的呢。"

她提起那两只没对在一起的臂骨，对接了一次，不对；又对接了一次，还是不对。

李玄简直痛晕了过去，大吼道："你到底会不会啊？"

天狐满脸歉意，道："对不起嘛，我比较会折磨人，不会救人。

要不一会儿我好好折磨你一顿，保准手法纯熟，绝无差错。"

李玄的冷汗一下子就下来了，叫道："算了！"

终于，伴随着李玄的一声惨叫，臂骨终于对好了。他的体质可真是奇异，一旦臂骨对接上了，立时就觉得疼痛减了一大半，受损的血肉也慢慢恢复起来。

唔，为什么心中有这么重的悲伤？李玄沉默着。

天狐的泪痕还留在脸上，慢慢在他身边坐下，叹了口气，道："跟我说说你的小妹子的事情吧。"

她怎么忽然想听这个？李玄看了天狐一眼，但只要天狐不再对虐待他发生兴趣，他便求之不得了，于是开始讲自己的故事。

但张开口，他忽然发现，自己无法讲出口来。

他无法将前世的爱情讲出来，虽然他那么深信定远侯就是自己，承香就是龙薇儿。他忽然发现，自己其实离这两个人很远很远，对这两个人知道得很少很少。

所有的记忆，都是那么恍惚而迷乱，他可以深深感觉到，但无法讲给另一个人听。

他只好从自己进入摩云书院开始，一直讲到现在的经历。他讲了如何遇到龙薇儿，讲了苏犹怜那危险无比的考验，讲了天之链堙中前生后世的轮回。

天狐突然盯住他，仔仔细细地看着。

李玄莫名其妙，道："你看什么？"

天狐笑了笑，她柔声道："原来你也是个可怜的孩子，你并不知道什么是爱情。"

李玄叹了口气，道："我若知道就好了。我现在都不知道该怎么做！"

这是他心底最深的疑惑，本来绝不会讲给第二个人听的，但现在，在这个虐待自己的天狐面前，李玄竟不由自主地和盘托出。也许天狐真的是魅心之族，不由自主地就让人放松心防。

天狐也叹了口气道："那个女孩子真可怜……"

她从怀里掏出一小块石头，交给李玄，道："你再见到苏犹怜的时候，将这块三生石交给她。"

三生石？能照出人前生后世的三生石？为什么要交给苏犹怜，而不是龙薇儿？

天狐淡淡道："她跟我一样，都是个可怜人，我只希望，这块石头能为她减少一点痛苦。"

她轻轻将石头放在李玄手中。这块三生石却与李玄在魔舍中见到的不同，黑黝黝的，没有半点光华。

李玄沉默接过，放在怀中，仍在思索天狐为什么要将此物送给苏犹怜。

就在天狐放开三生石的刹那，她脸色一沉，突然暴怒，一脚将李玄踢倒在地，厉声道："我恨你！我恨你！你就跟他一样，只知道欺负可怜的女子！"

李玄不明白她又在发什么疯，只好逆来顺受，抱头挨打。

就在此时，一个清朗但却愤怒至极的声音道："放开他！"

这个声音蕴含着极大的怒意，天狐闪电般转过身去，就见谢云石与龙薇儿携手而立，谢云石那风采俊朗的面容上，第一次出现了无法抑制的愤怒。

显然，他只看了李玄一眼，就看出李玄受了多大的痛苦折磨。同为摩云书院中人，见到弟子遭受如此不幸，他自然感同身受。

尤其，对手是天狐。

天狐乃魅心一族，名声并不好。尤其是百余年前，更出了一只为祸世间的天狐，无情无义，助纣为虐，不问情由杀人，让这一族的名声变得十分差。

所以，谢云石决心除恶！

一声清越的长吟响起，三人眼前忽然亮起了一道清冷的剑光。剑光直上云霄，宛如盈盈月华，自九天之上贯入谢云石面前。

那是出云剑。

剑已不再是剑，由实而成虚，化作一道若有若无的影子，虚握在谢云石的手中。幻化成一道冷光，映在谢云石的身影上。

纵然已动了杀意，谢云石仍是那么飘然出尘，不带有半点俗世的尘污。

他本身亦是一束光，他的风采，便是这光的灵魂。

天狐娇媚的眸中闪过一丝郑重，因她已看出，这道光绝非表面看去那么华而不实，这道光通于九天，必然有它的妙用。

这妙用也许就是杀机。

谢云石轻轻叹了口气。

每次杀人之前，他都要叹息。虽然死在他手中的都是十恶不赦的坏人，但他觉得，人出生之时，本无善恶，但后来却有的成为好人，有的成为坏人，这本身就是件值得叹息的事。

所以他叹息。

所以这一剑即名叹息。

随着他的叹息才发，那道亘于天地间的清光，倏然起了变化。一道光影闪电般自清光中分出，它似乎是那道清光的影子，但却依旧那么明亮，化为一声洞穿三界的清幽叹息。

谢云石袍袖挥处，那道光芒在空中卷舒着，逐渐收缩，化为一柄巨大的光剑，向天狐刺了过来。

天狐柔媚地笑着，能够由君千殇亲自看押的妖物，修为当然绝非一般。

谢云石这一剑，或许能杀得了天下一等的高手，但只怕连天狐的裙角都砍不掉。

白光一闪，一条白色的蛟龙凭空出现，响亮的怒吼声冲天震起，

蛟龙凌空舞动，粗长的龙尾猛然向叹息之剑扫下。轰天震地的一声爆裂响起，那柄虚光凝成的叹息之剑，被白龙这狂猛一舞，击成了碎片，乱纷纷地落下。

天狐娇笑道："小伙子，你若想行侠仗义，可要拿出点真本事来。"

谢云石眉头皱了皱，显然，他并没有想到看上去娇怯怯的天狐，居然有如此修为。

他一声清啸，那散乱的剑光，猛然凝聚起来，光华就在碎片汇聚的瞬间改变，变成了赤血一样的红。

第二十一章　燕姬醉舞娇红烛

愤怒之剑！

若叹息已无用的时候，见不平而愤怒。

这是血性一剑！

赤血红潮怒涌，凛凛的红光将整片天地照满，而血红之中，一点白光贯天而出，是那么不染尘埃。

夫专诸之刺王僚也，彗星袭月；聂政之刺韩傀也，白虹贯日；要离之刺庆忌也，苍鹰击于殿上。此三子皆布衣之士也，怀怒未发，休祲降于天。

血潮如日，而白光如虹，凛然怒发，此为天之休祲。

这一剑若是修到极处，天云怒卷，连绵千里，日色为之昏暗。谢云石此剑虽然未到极处，但一剑横飞，布出了里许红云。

他衣袂飘摇，眉宇中已尽是锋芒！

嘹亮的剑鸣声响彻天地，那点白虹倏然变得灿烂起来，血潮更浓，两者相映，耀眼辉煌至极。谢云石突然厉啸道："咄！"

白虹化作一道剑般的雷霆，轰然怒击而下！漫天血涛，顿时化为无数的赤剑，凌光厉电，蔽天遮日般溅射而下！

这一击，天地变易，鬼神动容！

天狐再也笑不出来了，她显然也没想到，谦谦君子一般的谢云石，一出手竟然便是如此天威！

那只是因为，看到李玄所受的荼毒，谢云石已动了真怒。

这一剑，便是他的怒气所聚。越是不易动怒之人，一旦陷于怒火，便越是可怕。

白光燎烈，一声清越的狐啼声响起，众人都觉心旌一阵摇晃，耳边响起了千言万语，似乎有人在远处呼喊着自己的名字。

这呼喊是如此的亲密，没有人能忍住不回答，但内心深处，却又莫名地感觉到，若是一旦回答，便可能会沉入永劫，再也无法挣脱。所以只能拼尽全部的力量，来抵御这声声曼呼软语。

李玄跟龙薇儿修为较低，片刻之间，已然大汗淋漓。

狐啼盘旋而上，倏然飞散遍空。愤怒之剑竟被这一声狐啼激起阵阵涟漪，灿烂的剑华也变得暗淡起来。

谢云石不由得心下震动——他的修为极高，这等唤魂之术动不了他的魂魄，但究竟干扰了他对剑气的控制。

就在他心微微一分的刹那，满空白光倏然亮起，九条白龙蔽空飞腾，在空中激荡游弋，向怒剑赤光冲去。

漫天剑光竟然无法穿透这些白龙之躯，啼声震天，白龙忽然层层盘旋，将那道白虹紧密地包了起来。

谢云石周身一震，他的手倏地凌空一指。

天狐倏地一口鲜血喷出，剑光怒飞空际，竟将龙躯刺穿！天狐啼声倏然悲烈！

她充满媚意的眼眸中腾起了一道凌厉的杀意，但声音却腻到化不开，柔柔糯糯浅笑道：“这位公子，你可打痛奴家了，奴家要小小地咬你一口哦。”

白光倏然自怒剑上散开，她又是一声清越的长啼，九条白龙夭矫变化，渐渐化成九具跟天狐一模一样的形体，也都是花容含嗔，又怨又恨地看着谢云石。

刹那间，十重影像交会在一起，只听天狐轻笑道："我是不是有些孩子气，跟你这样的小辈打架，居然使出了真功夫？既然施展了，那就让它更真一些吧！"

十重形影同时舞动起来。每一个身姿都绝不相同，每一个舞姿都曼妙无比。李玄的眼睛都被晃花了，只觉每一支舞都那么好看。

春华。

秋月。

龙影。

凤仪。

星魅。

雪魂。

玉娆。

金坚。

平湖。

黛山。

十支舞。

十分精神。

十种要郎娇赞的心意。

十面埋伏。

春华如风，秋月如光。

龙影如雷，凤仪如电。

星魅如火，雪魂如水。

玉娆如地，金坚如石。

平湖如空，黛山如影。

曼舞越来越急，周围三里许的大地慢慢震动起来。光影错乱，地水火风四种先天元气被舞姿引动，尽数化成风、光、雷、电、空、影六种变化，将十个曼妙的身影围裹住。

长天漫漫，全都是激绕的妖电！

谢云石眸中闪过一丝惊意，他厉声道："你们两人躲开。"

他双手同时挥出，双手都是凌厉的剑光。那道清光忽然变得暗淡了，因为所有的光芒都集聚在他的身上。

他宛如天上降下的神祇，周身围绕在灿烂的光华中，凌空飞举，向天狐幻身造出的十种变相飞去。

他已然感受到，天狐这一招威力无穷无尽，若是任由她从容聚合力量，只怕连整个太皓天元鼎都有可能被击穿！所以他一定要先发制人！

天狐柔声笑道："等不及了吗？奴家的眉毛还没描好，你再多等一会儿嘛。"

她似是跟情郎软语温存，但周天光影却忽然起了变化，地水火风形成的裂电光芒，猛然交汇在一起，天狐幻身本身化成的十重身影，猛然投身到这重无比巨大的电光上，舞袖相接，围成一个巨大的圈子，猛地急速旋转起来。

风光雷电空影六种变化猛然被她激荡而起，化成一个巨大的旋涡，轰然怒转！

谢云石大惊，他从未见过如此变化！他隐隐感觉到，这一招威力无穷，一个应接不对，立时便会形神俱灭！

但谢家子弟又岂能退缩？

清光如电，在他掌心闪现，光芒并不强，却从谢云石的心中透发而出。

两股光芒，一股在他的心中，一股在他的掌中。

掌心的光芒如心，心中的光芒如剑。

天狐啧啧称赞道："真是个不错的小伙子，居然能够领悟身外灵台，幻出心剑来了。我修行了这么多年，还是未能窥其中三昧。你若是用这一招打败了奴家，奴家可输得心甘情愿之极了。"

她虽说得如此怯懦，但空中光影雷霆怒震，那重旋涡威势惊天动地，却是丝毫惧意都没有。

谢云石小心翼翼地托着掌心那点心形的光芒，将它举到头顶。他托着的仿佛是一点烛火，只要风稍微大一点，就会被吹熄。

然后，他的身子飘摇而起，向旋涡投去。

他破颜，脸上露出了一丝微笑。

这微笑，顿时让他恢复了无上的风华。

无叹，无怒。

谢家子弟剑术或者不会天下无双，但风采风华，却向来无人能比。

这一剑，是心剑，也是宽恕之剑。

是纵然面对大奸大恶，却也予人一条生路，也将他当作人来看待，要感化他，而非戮灭。

他的宽恕，是大胸怀，是大慈悲。

所以这一剑，本就应该不败。

谢云石的身体也化成了恕剑的一部分，心中剑光引动，掌中心光明灭，刹那间已冲到了旋涡近前。

天狐笑道："按道理来讲，没有修成身外灵台者，是绝对绝对无法战胜灵台已成之人，但天狐一族却是例外，因为我们的心太多，是永远无法修成灵台的，所以……"

她柔柔一笑："所以我才修成了九条灵尾，我倒想看看，是这灵尾厉害呢，还是你这微弱到可以忽略的身外灵台厉害。"

狐啼之声铺天盖地，那旋涡中心，仿佛撕裂了一般，慢慢陷出一个大洞来。万种毫光汇聚在旋涡上，那洞中却一片漆黑，什么都没有。

没有光，也没有影。

忽然，一声欢啼，那洞中忽然显出了一点亮光，那亮光是如此深邃，一旦出现，周围的所有光芒都暗淡下去，只有谢云石手中心上的那点灵光，还依旧照耀着。

谢云石并没有看到这点亮光，因为他的眼睛是闭着的。但他心头灵光笼罩着周围一切，已关注到了这点亮光。

他身子不由得一震。

亮光渐渐生长着，仿佛是个婴儿，在吸取着母乳，慢慢长大，逐渐显露出形状来。

那是一只小小的狐狸，乳白色的，纯洁无比的幼狐。它的双眼是那么纯真，背后拖着一条蓬松的长尾，点点柔和的白光不住从它体内渗出，溶解在浩瀚的旋涡中。它双眼灵动，好奇地看着这个世界。

然后，它看到了谢云石。

它一声欢啼，张开两只小小的前爪，向谢云石扑去。

它并没有敌意，仿佛是个婴孩，扑上去求大人抱它。但它的身形才一动，周天漫漫旋涡，一齐动了起来。

万千雷电激绕，早就改换了苍穹的颜色，仿佛是一泼无穷大的彩墨，将这个世界染尽。随着白色小狐一动，这万重电光暗影，忽然有了生命。

它们被赐予了生命，化成了一个虚暗的、巨大的狐形，随着小狐一齐扑了下来。

谢云石心光剑影仿佛经受了狂风怒吹，几乎把持不定，他睁开双眼，那是一双没有杀气的眸子，他仿佛不是在漫天魔威之下，而是在闲庭信步，吟花弄月。

他轻轻叹息一声。

那叹息并不是因为他即将败北，而是为天下苍生即将受到荼毒而伤感。

然后，掌中心形的光芒倏然化成一点精光，离手疾飞而出，而他心中那道剑影，却膨胀开来，将他全身护住，向那只乳白小狐迎去。

魔已现世，他将以身饲魔。

风云突变，地水火风先天元气仿佛被一只巨手搅动，猛然旋转起来。龙薇儿身上浑天绫闪过一阵红光，将两人护住。只见谢云石跟那只小狐刹那间撞在一起。

天际忽然变得一片黑暗，仿佛所有的光都逃离，只剩下一片深沉的漆黑。

巨大的恐惧无声地在这万重黑暗中震响，然后光倏然裂黑而出，顿时化成万千狂暴的雷电，在大地苍穹之中怒震而响。

龙薇儿一声娇哼，浑天绫化成的赤光气团竟然抵受不住这震荡的波动，猛地抛了起来。李玄跟龙薇儿摔在了一起，触动他刚愈合的伤口，顿时疼得龇牙咧嘴。

光暗缭绕，幻化出万千光景，但没有一个光景是真实的。

恍惚之间，他们仿佛历尽了千生万世，每一生每一世都是浩劫。

许久许久，那雷霆怒震之威才慢慢消解，两人惊惶地向四周察看着，一颗心才慢慢安定下来。

这一震虽然威力无穷，但波及之处并不是很大，连两人身前的大石都分毫未损。

谢云石跟天狐在空中静静对立，两人脸上都挂着微笑。

龙薇儿大大呼出一口气，这才放心下来。方才她好担心谢哥哥会受伤。

所幸没事。

一阵微风吹过。

忽然，飘起了漫天尘屑。他们面前的大石，忽然就化成了尘埃，随风散去。不单是大石、树木、山川、流云，甚至这片天、这片地，全都在风的吹拂下，化成了漫天尘埃。

尘埃还保留着本来的颜色，甚至还保留着这些静默之物的灵魂，化成各色各样的碎屑，搅在了一起。

那是空寂的繁华，是末世的荣光。

微风吹到谢云石身上，他护身的光华忽然也变成了尘埃，点点血迹在他洁白的衣衫上绽开，也化成红色的烟火，照红了这片日光。

唯一不变的，是他淡淡的笑容，高华的风采。

微风吹到天狐身上，她的笑容忽然淡了下来，秀眉森竖，无边的杀气自她细长的媚眼中闪出，她忽然伸手，谢云石的血光溅射到她指上，她轻轻舔着指尖上的这点嫣红，煞眸渐渐醉了，她缓缓闭上眼睛，柔声道："我要杀你。"

然后，她的身形忽然消失！

他们仿佛突然从九重天幻境中消失，来到了终南山上——四极龙神魔威肆虐、蓝雪飘摇的世界。

日光骤然变得明亮，点点光华自日中飘摇而下，却尽是碗大的雪花。那轮日色本就是靛蓝的，化为雪花之后，更显妖艳，顷刻间将整个天幕盖住。

天狐的啼声震天而起："禁天之峰的雪，是我最深的伤，你能承受吗？"

蓝雪飞舞，日色渐渐看不见了。一阵寒风吹来，天地间忽然一片肃杀。

谢云石的脸色骤变，厉喝道："你们快些离开！"

但第八重天的出口，却已被这重重蓝雪封住。

谢云石叹息一声，他知道天狐动了真怒，若是不将她打败，只怕没有人能出得了第八重天！

天狐一族本就以无情而名！

他的手指缓缓点在心头，那道清光再度闪现。

纷纷雪花打在清光上，谢云石的脸色越来越苍白。

他漆黑的长发散开，被寒风吹得猎猎作响，忽然一步跨出。

这风这雪，绝非寻常的风雪。

那是由天狐的伤痛所化。每一丝风，每一片雪花打在身上，天狐在禁天之峰上目睹自己的族人死在情人剑下的伤痛，便会灌满谢云石的心头，化作怒电雷霆，轰然震响。

他要承受的，是天狐这魅心一族的心灵之击。

谢云石残破的长袖飘飘，面上的笑容依旧闲淡，仿佛他并不是在恶斗强敌，而是身披鹤氅，雪夜访戴。

虽为良友，但不必相见，大雪相访，这本就是风雅。

是对弈千里之外，小儿辈遂已破贼的风流。

万物于我何加焉？

一步、两步……七步、八步……

天狐赫然发现，无论她的身形躲向何方，谢云石每踏出一步，他们之间的距离就缩小一步！

天下万物，有因就有果，有果就有因。因果相成，避无可避，上天入地，为因为果。

是以，此剑名因果。

伤绝九天的禁天之雪，似乎也无法阻隔他萧然的身影。

天狐狂怒，突然昂头向天，厉啸道："你那无敌的威严呢？借我一点！"

蓝色倏然变幻，大雪倏然止住！

谢云石一步抬起，竟无法跨出！

漫天都是大雪，冷冷的蓝芒将天地充满，他竟然无法找到天狐的心。

尤为让他惊惧的是，他的心头灵台，竟也渐渐变成了蓝色。

他心旌摇动，刹那间竟有些意乱情迷。

谢云石大惊，清啸震空："元尊，破魔！"

他也倏然失去了人影。

只有一道清光贯天而立，虚虚茫茫地化为了两道、三道……每分生出一道，那早就被遮蔽得严严实实的苍天，便亮起一颗星辰。星光下注，跟清光合在一起。一共有九颗星辰，释放出九道清光，宛如九颗巨大无比的钉子，紧紧将禁天之雪钉住。

整个天地，发出了隐隐的震动。

天狐那隐去的身形，在这清光照耀下，再也躲避不住，浮现了出来。

她明秀的面上，浮起了一丝惊惶。这是什么法术？竟然能引动苍天之威？

一声清啸自天垂落："这是我谢家最强的降魔九曜，当年苻坚威震天下，蛮荒九族图乱中原，还不是在这一招下败北？天狐，你不该自三生石中逃出来的！"

天狐冷笑："这一招又是你能驾驭的吗？你若施展出这一招来，我固然重伤，只怕你也在劫难逃！"

谢云石淡淡道："家国天下，何时有过身？我又有何顾忌？"

随着他的话音落下，九曜忽然炽烈地闪耀起来。

九道明亮到刺眼的光华沿着九道清光之柱狂涌而下，瞬间没入了地底。那片大地猛地鼓涌了起来，倏然九道赤红的岩流冲天而起！

地火！

那是大地深处万年不熄的元火，无论修行多高深的妖、人，只要沾到半点，便立即灰飞烟灭。天狐虽然功行深厚，若陷入其中，也会大大不利。她不由得惊惶起来。而那九曜闪耀的苍天，也猛地清亮了起来，变成了极度深邃的蓝。

那不是四极龙神幻化而出的蓝，而是天幕本来的颜色，不夹杂丝毫的尘埃。

自天地生化之后，这便是穹天最真实的颜色。

也是最真实的力量。

九道清光慢慢变成了跟这苍天蓝色一模一样的颜色，它们也开始簌簌震响起来。

天雷地火，九妖封魔阵。

谢家绝学，威震天下！

天狐的惊惶更加厉害，因为她发现这阵法一旦展开，她居然无法逃窜！阵法似乎已锁定了她的元神，将方圆五里尽数笼罩在内，无论她怎么逃，阵法都会将她的心灵震散！

谢云石怎能施展如此厉害的法术？

就在她惊讶之际，阵法忽然发生了变化，每颗曜星都快速地膨胀起来。天狐知道九曜封魔阵正从天幕中汲取力量，准备出击。

猛地，谢云石的身形在穹天中闪现，一口鲜血喷出。这封魔阵运转所需力量极大，他修为虽深，又有太皓天元鼎为助，但仍力有未逮，就在最后一击的关头，终于顿了顿。

那股禁制天狐身形的力量，立即涣散，天狐身形倏然化成一道白光，暴蹿而出。

谢云石啸道："哪里去？"

他涣散的身影幻入了天际中，雷霆纷乱，化为了光，勾动九重地阙下的地火，天芒地火，化作两团巨大的烈光，一上一下，向天狐合了过来。

光团每移一寸，谢云石就是一口鲜血喷出。但他绝不停留，因为他知道，绝不能让天狐逃逸，否则……那后果绝非他能想象！

天雷地火乃是人世间最纯的力量，天狐虽然精善幻化，但在这两股力量的照耀下，仍然无处遁身，一抹白光倏然托着她的身影出现，而在这时，谢云石手中控御的雷火双威，也交汇在一起，轰然震响！

恍惚之中，他似乎看到天狐双手张开，似乎是在守护着什么。

他心头一震，雷火双威倏然减下去。但就算失去了他心灵控制，天雷地火组成的九曜封魔阵，也绝非天狐一人所能抗御！

谢云石身子凭空摔落，他知道，经此一击，天狐只怕再也无法害人了。

他因而淡淡一笑，了却心中牵挂。

但在他最后一瞥时，他却骇然发现了天狐所守护的东西。

那是李玄跟龙薇儿。

九曜封魔阵威力实在太大，李玄重伤，龙薇儿又是个小姑娘，却哪里能够躲闪？

天狐就站在他们面前，白光缭乱，将他们护住。

九曜封魔阵宏大的力量将周围击得满目疮痍，但李玄跟龙薇儿周身三尺之内，却纹丝未动。

动的是天狐。她的面容苍白至极，甚至无法维持护身的白光，跟跄退后，跌坐在地上。

谢云石心头一震，妖邪的天狐，怎会为了这两个人而牺牲自己呢？

谢云石无暇多想，陡然撤力，阵法反噬之力扑面而来，他已完全无法抵挡，重重向下摔去。光芒闪烁，逐日旭光舟凭空出现，将他接住。

点点光芒自舟身上腾起，向他体内汇去，为他补足消耗过甚的元气。但他的伤势实在太重，想要追查这份疑惑，却是有心无力。

李玄急忙将天狐扶住，只见她遍身伤痕，气若游丝。想到她是为了救自己而甘愿受如此重伤，李玄不禁心下感动，道："你……你这又是何必？"

天狐浅浅一笑，道："突然之间，我试着去相信，这世上真的有真心人的存在，只不过我没有遇上而已……"

她的脸色越来越苍白，李玄心下痛楚，不知该说些什么。

天狐柔声道："记着你答应我的话，若见到了那负心人，替我狠狠揍他一顿。"

李玄咬牙道："好！我答应你！只要你告诉我他是谁，就算是神仙，我也要揍他一拳！"

天狐笑了笑，闭上眼睛，低低道："他有个很响亮的名字，叫四极龙神。"

四极龙神？

李玄一惊，天狐爱着的那个男子，那个冷酷而残忍的男子，竟然是四极龙神？

不过，除了他，又有谁能让天狐爱得如此重，伤得如此深？

他道："若是这个坏蛋，那就不必等了，我这就带你去揍他！"

天狐脸上闪过一阵惊喜："石星御？他就在外头？在摩云书院里？"

李玄缓缓点头，是的，若不是这个坏蛋，他也不用费尽心机去寻找第二大禁地的秘宝了，也就不必遇到天狐，听到那么悲伤的故事，还惨遭蹂躏。

蹂躏倒是不算什么，毕竟早就习惯了，可那个故事，让他对四极龙神无比愤怒。他从未这么恨过一个人。

尤其是当他看到天狐方才的脸色时，他知道，无论四极龙神怎么伤过她、害过她、抛弃她，她都无法真正地恨这个男子。

这，也许就是情孽。

但这也让李玄更加愤怒，因为他觉得这很不公平。情深如此的女人，为什么偏要遇到如此残忍的人，遭受如此残酷的命运？

他一定要替九灵儿揍石星御一拳，就算他是四极龙神，邪威震绝天下，也是一样！

他俯身抱起天狐，道："走，我们去打还这一拳。"

然后，他向第八重天上迈出。

他没有回头，也没有理龙薇儿，因为龙薇儿早就奔到谢云石的身边了。

这让他的心既苦涩又悲壮。

他知道，自己的今生跟前世之间，还隔了很远很远，至少隔着一个谢云石。

那几乎是无法逾越的障碍，比天之链堑还要宽、还要险。

第二十二章　相思为折三花树

太皓天元鼎外的世界，几乎让李玄认不出来了。

那轮泛着湛蓝色光芒的太阳，仍然虚空悬立着，似乎自从化为蓝色之后，就再没有动过，正正地钉在天幕的正中间。

那似乎并不是太阳，而是一只深蓝色的眸子，冷冷地盯着世人。

在蓝日周围，浮空悬满了无数佛像，每一尊都合十盘膝，闭目而坐。每一尊佛像都生着跟雪隐上人相同的脸，满身慈悲，密密麻麻的，想将蓝日遮住，但那轮日光却越来越强，穿透了他们的身躯，炙烤着整个大地。

万事万物，全都染上了一层深重的蓝芒。

万佛闭目，似是不忍见这等浩劫。然而，透过他们的长眉，隐约可见他们的双目中也隐现着一抹幽蓝。

难道，连佛都无法降魔吗？

倏然，那轮蓝日变得炽烈，万佛一齐睁目，那些慈悲的目中已尽是森森的蓝色，映照出万点蓝辉，宛如夜空的星星，被一刀刀刻在天幕上。

万佛做拈花状，却不能微笑。他们一齐叹息，那欢喜之容全都变成了悲伤。

然后，万佛尽隐。

只剩下一个身影，那是雪隐上人。他的长眉垂下，满脸都是萧索。在他的面前，那轮蓝日缓缓凝出一个人形，立即，狂猛的威压充满了每个人的心。

四极龙神那傲岸的目光，无论在何时，都仿如最尖锐的剑，斩透每个人的心。

李玄指着那个仿佛连青天都遮住的身影，道："那是不是就是伤你的人？"

天狐轻轻点头，她安详地闭上了眼睛。她的嘴角留着一丝微笑，似乎在回味着那段美好的岁月。

岁月无情，伤心如昨。又怎能恨起来？

依旧是那逆天的威严，依旧是那无情的眼眸，依旧是那个人。

百年被锁在三生石中，百年被锁在与他的生死情缘中，一遍遍生受煎熬。

若不是心中有情，三生石又怎能困住她？

她伸出手，似是想触摸这个虚凌空中的身影。

李玄咬了咬牙，道："天书爷爷，帮帮忙。"

天书爷爷叹了口气，道："年轻人就是年轻人，自己的性命都不当回事。"

它摇着封面，但仍然念动咒语，一个"羽"字出现，向着李玄晃了晃。大片的羽毛如雪一般散落在李玄身上，组合成一双巨大的翅膀。

翅膀扇动，李玄慢慢飞起，向石星御飞了过去。

石星御淡蓝的眸子看着他，一眼看到他怀中的天狐，他那冷傲如天的眸子，忽然变了。

显然，他没有想到，会在这里见到她。

天狐笑了，无论如何，他心中总还是有她的。爱也罢，不爱也罢，她终究在他的心中占有一席之位。

她是否该满足呢？

忽然，石星御那笼罩苍穹的身影痛苦地颤抖起来，散发着炽烈蓝芒的日光猛地晃起来，整个天空仿佛都在晃动。

慢慢地，蓝芒在退却，日光恢复了原来的金黄色，天下万物也都从那妖异的蓝光中解脱出来，恢复了本来的模样。

山是青的，草是绿的，花是红的。

所有的蓝芒，都会聚在石星御的眸子中，他的眸子，是如此耀眼，虽然紧紧闭着，但仍如双悬日月，灼亮着这个世界。

他紧紧抱住自己的肩，仿佛在经受着极大的痛苦。

李玄冷笑道："你何必做这样的姿态？难道你也有良心？"

他握紧了拳头："就算你能将我碎尸万段，我也要打你一拳！"

他挥动拳头，向石星御击去。他这一拳，是为九灵儿挥的！

下面忽然传来一声惊叫："不要！"

李玄低头，就见苏犹怜满脸惊惶，正指挥赤蚺火霾的元丹，向自己奔了过来。

李玄心中暖了暖，终究还是有人关心自己的嘛。

但他一定要挥出这一拳，否则，这世界上还有什么侠义？

他冲着苏犹怜笑了笑，一拳向石星御挥去！

就算眼前之人是无人能敌的魔头又怎样？就算他的力量威压天下又怎样？只要他是个该揍之人，李玄就要挥出这一拳！

尽管他只是个小混混，尽管他平时无赖至极。

但他也有血性。

他挺身而出！

天狐热泪盈眶，她紧紧闭上眼睛，感受着在李玄怀中的那份温暖。

这个少年，受了她那么重的折磨，却固守着对她的承诺，一定要挥出那一拳！

前尘后世，她遇到的，为什么不是他？

苏犹怜似乎受了重伤，行动极为迟缓，她刚刚飞起几丈，李玄的拳头已经挥到了石星御的面前。

两道灿烂的蓝芒倏然自石星御的眸中绽放，他的双目睁开了！

一股宏大的力量磅礴而出，李玄的身体骤然被笼罩住，一动也不能动！

妖异的蓝色卷舞在石星御的眸中，衬着他一头幽蓝的长发，冷玉一般的面容，显得他整个人魅惑而妖异，隐隐透出一种惊心动魄的美。

美到极处，却也冷到极处，残酷到极处。

他淡淡开口，声音也宛如泛着蓝光的玄冰。

"我感悟到，你是我的魔劫！"

他抬手，一指。

一道蓝芒自他的指尖灼显，笔直向李玄透了过来。

李玄完全无法躲闪，那宏大的力量超过了他的修为千倍、万倍，已控制了他的肌肉、他的神经、他的灵魂！

他只能眼睁睁地看着这道蓝芒裂空而来，却毫无办法！

他愤怒无比，为什么自己只能任石星御宰割？

为什么自己连揍他一拳，满足九灵儿的愿望的力量都没有？

突然，李玄感受到有什么东西轻轻在他额头上一吻，天狐那柔媚的声音轻声道："谢谢你，你已经替我实现愿望了。"

倏然，那抹蓝芒消失不见了。

一股巨大的悲伤自李玄心底涌起，他的双目死死睁到最大，赫然看清，那蓝芒并不是真正地消失，而是没入了天狐的身躯。

蓝芒横空，将天狐的娇躯挑起。

砰然一声裂响，电光沿着蓝芒炸开，将天狐的心洞穿！

鲜血如花，洒了一空。但天狐仿佛感觉不到这无人能忍的痛楚，她脸上带着甜蜜的笑容，轻轻道："良人，我终于死在你手上了……"

她奋力移动着身子，向石星御挪去。蓝芒贯体，烧灼着她的肉体，她的灵魂。她的修为被这力量吞噬，变得虚弱无比。但她仍然挣扎着，颤抖着伸出手，想要触摸石星御的脸。

那张脸宛如天神精心雕刻的石像，一动不动。

蓝芒不但不减弱，反而缓缓蔓延。

天狐的笑容终于凝结，化成一个凝固的波纹，在她的脸上停驻。她的手指也随之僵住，再也不能前进。

就只差一分，一寸，一毫，她就能触摸到这张脸。

这张生生死死都不能忘怀的脸。

但她就死在这一刻，死在三生石的情孽中。

石星御面容冰冷。

九灵儿笑靥柔和。

她幸福吗？

她痛苦吗？

其实，又有谁不是爱着自己的爱情？

李玄发出一声极为压抑的怒吼，他的心被一股极大的悲痛与愤懑充塞着，连石星御的压制都几乎禁锁不住他！

他仰头，怒啸！

如果他有力量，他要杀了这魔头！他要杀了这魔头！他要杀了这魔头！

他再也不想凭着计谋，凭着头脑取胜，他再也不想碌碌无为，这一刻，他只想挥起手中的刀，将这个恶心的面孔斩得七零八落！

力量！力量在哪里？

他痛楚无比，用力撺着自己的头。

大地悲恸。

石星御的头猛然抬起，蓝幽幽的目光紧紧盯住李玄。

他能感受到，李玄的身体倏然起了变化。

红光暴显，旋绕在李玄的体周，化成一个巨大的火烈人影，将李玄的身形包住。那人影是如此狂傲，逼射出不可一世的威严，让每个站立在他面前的人不由自主地战栗。那人影贯穿在李玄的血脉中、精神里，就宛如他本身一般。

人影与李玄一齐抬手，遗失在太皓天元鼎中的定远刀出现在他手中。

他抬头，漫天烽火乍现，旋绕在他的身际。

他望去，火红的目光跟石星御碰在一起，天空中倏然响起了一阵无声的碎裂！

这两个不同时代的绝狂绝傲的高手，竟以这种奇异的方式碰撞在了一起。

李玄只感到身体越来越热，随着他的愤怒越来越强烈，那个火烈的人影也似乎越来越清晰，定远刀中的烽火灼亮了整个天际，将那湛蓝妖异的颜色压了下去。他的目光炽烈无比，充满了无穷恨意。

定远刀斜指，一个字一个字地道："我要杀你！"

一言既出，空中忽然没有了他的身影！

漫天烽火倏然消散，日光陡然一暗！

整个天地间仿佛只剩了一道光，刀光！

刀光炽烈无比，闪电般飙射四极龙神。

石星御手一抖，将天狐向刀光上抛去。李玄的身影倏然闪现，刀光碎裂。他接住天狐的尸体，满头长发随着炸开，怒吼道："你这无情无义的禽兽，我要将你碎尸万段！"

李玄将天狐缓缓放下，定远刀朝天指出。

定远刀在火烈人影的舞动下，挥出一连串诡秘的弧线。

那轮红日猛地一震，一道天火自日中落下，轰然将李玄罩在中间。李玄的怒气似乎传达到了火烈人影之中，只见他伸指在定远刀上一弹，那天火猛地迸发，化成亩许大的一团烽火，隐隐然刀兵怒形，杀伐之声四起，人影一刀横斩，烽火遍天，向四极龙神漫卷而下。

苏犹怜一口鲜血喷出，九灵御魔镜在她的心中激烈翻转着，将定远刀中封锁的前世力量源源不断地发出。那个火烈的人影，与其说是为李玄的怒火驱动，不如说是被心中灵镜所激发。

定远刀上激发出的力量有多大，她所受到的痛苦就有多大。

但，这不过是补偿，是为了李玄注定要死在她手中的补偿。

透过九灵御魔镜，她能够真切地感受到李玄心中的愤怒，那不是为了自己的愤怒，而是为了一个几乎完全陌生的女人。

第一次，她看到李玄抛去嬉皮笑脸的无赖相，那么真切地想做成一件事。

那就助他完成吧，在他死之前，能让他多完成一个心愿。

天狐的身躯被放在地上，苏犹怜默默走过去，抱起了她。

她忽然发现，天狐的眼睛中仍有一丝生机。这双眼睛怔怔地看着苏犹怜，气若游丝。

天狐喃喃道："你就是苏犹怜？"

苏犹怜点了点头。

天狐笑了："知道吗？我们俩是这么相似……"

她伸出那早就残缺不全的手，按在苏犹怜的心口，柔声道："相信自己的心，替我活下去。"

"替我看着，这一切的终结。"

"替我埋葬，这所有的因缘。"

一股淡淡的暖意自天狐的手心传进了苏犹怜的躯体内，这让她体内流动的痛楚稍微缓和了一点。但天狐的身躯却僵硬、冰冷，消失了最后一丝生机。

一滴泪自她的眼角溢出，缓缓流过她妖媚无比的脸。

她的一生，就只剩下这滴泪，坠落在尘埃中。

苏犹怜的心，忽然感受到一阵强烈的悲伤。她本是一片雪，不会有任何人世的感情。但这一刻，她的心却如沉潭落石般，泛起点点涟漪。

她紧紧抱着天狐的残躯，扬起头，看着漫天烽火中的李玄。

烽火蓊天，倏然扩展开，附着在李玄的身上，仿佛两只怒张的羽翼。

羽翼如火，冲天炽烈。

火影双掌飞舞，控御着烽火中的每一丝变化，将满空烽火压制成一团明亮的火日，被李玄擎在手中，向石星御悍然攻下。

定远刀闪电般在那团烈日中疾旋着，这之中有李玄全部的愤怒，它已不再是刀，而是他的形、他的命。

是他纵横西域时的三十六铁卫，也是他饮马黄河时的千军万马。

一声嘹亮的号角响起，遍空忽然都是战鼓之声，战鼓敲击成杀伐！

白刃交兮宝刀折，两军蹙兮生死决。

李玄仿佛是指点江山、运筹帷幄的名将，引领着这千万雷霆怒兵，向着石星御冲杀而至！他的愤怒，已经烧毁了他的理智，他已不再是李玄，只是一个怒到了极点的人。这恰恰让寄托在他灵魂深处的定远侯能恣意奔发，将烽火刀法的威力发挥到了八成。

石星御就是一座孤城。

一座凭借着巍峨的高峰而铸造的孤城。

这是一座蓝色的城池，通体都用蓝玉铸成，梦幻、空灵，若不是那一双眸子中透出的妖异，这就是人们梦想中的天堂：优雅、尊贵、沉静、强大。

本不会有人觉得这座城池罪恶。

石星御仿佛一位王者，正冷冷地看着城前的万千兵马。

他不屑用兵，甚至不屑出手，仿佛有着绝对的自信，那些兵马是无法攻下这座天险之城的！

烽火怒卷，却在接近石星御的瞬间，皓烈烽火的边缘，忽然染上

了一层诡异的蓝芒！

定远刀锐声嘶震，倏然在空中定住，滔天烽火布成了一座墙，耸天而立，却再也无法前进一步。

石星御的面前就仿佛筑起了一座真正的城墙，烽火虽然猛烈，却也无法破墙而入。

石星御的眸子没有丝毫的改变，似乎早就料到这样的结果。

李玄烽火双翼舒卷，身子缓缓降了下来。

他自苏犹怜怀中接过九灵儿的躯体，那已是一具冰冷的尸体了，但李玄的面容极为郑重，他将九灵儿抱在怀中，他的手握着九灵儿的手，定远刀，就在他的手中，也在九灵儿的手中。

"你一定很想亲自砍这负心人一刀吧？虽然你最后还不知道自己是恨他还是爱他。"

烽火双翼冲天飞起，一刀横空，闪起明亮的光芒，向石星御射去。

这一刀才出，苏犹怜的脸色立即雪白，踉跄后退！

李玄的愤怒竟在这一刻完全控制住了漫天烽火，潜藏在定远刀中的力量已不再为九灵御魔镜驱使，而如奔马般浩浩涌出。

这巨力的作用如铁锤般砸向苏犹怜的胸口，但她却只是缓缓闭上眼睛，忍住了心头的那口热血。

石星御的眸中忽然闪过一丝茫然，刀光瞬间突破了无形之城墙，轰然击在了石星御的额头上！

虚冥中传出叮的一声轻响，仿佛是什么东西破碎了。

李玄仰天狂笑，他并不是得意自己击中了石星御，而是因为他终于完成了九灵儿的心愿。

石星御，该杀！

天地动摇。

一蓬冷冷的蓝芒自石星御的双眸中炸出，这承载天地之威的一刀，竟然无法撼动他分毫！

他的目光炽烈地凝视着李玄，李玄心中忽然一震，这目光，竟是那么熟悉！

石星御傲然抬头，冰冷地道："天下无敌的滋味，悲伤吗？"

李玄心又是一震，他的心忽然揪痛起来！

石星御手指伸出，李玄的目光忍不住顺着他的手指看去，却看到苏犹怜的脸，她的脸色是如此苍白。

一轮镜光自她的心中闪出，镜中正有一个赤发的狂傲身形，在持刀怒对着暗狱里的魔王。

李玄的心再度一震，难道……难道他觉醒力量，会对苏犹怜造成极大的伤害吗？

石星御冷冷一笑，道："心痛吗？只要你心中有痛，便无法击败我……"

漫天蓝芒一闪，李玄的身影忽然消失！

大蓬的蓝光自石星御的眸中绽出，几乎比天上的太阳还要刺眼。这蓬蓝光中，隐隐约约可以看到李玄的身影，但随着石星御面容逐渐冷凝，李玄的身影随着那蓬蓝光慢慢缩回了他的目中。

石星御傲然一笑，他的目光转而投向终南山。

雪隐上人已败，定远侯化身被他禁制住，还有谁是他的敌手？

他抬头，四条神龙化成的虚影高高凌驾在终南紫气之上，几乎将紫气压到了终南山头。

也许，是该杀紫极这老头子的时候了。

他的身形忽然闪动，穿越了层层时空，忽然出现在了睡庐中。

然后他看到了紫极。

紫极老人仍然坐在仙游榻上，双目似闭非闭，似是在养神，又似在喘息，更似已对这种景况无能为力。

石星御淡淡道："紫极，你现在还能阻止我吗？"

紫极老人抬起头，注视着他。

石星御忽然觉得一阵错愕。

他有种感觉，紫极老人根本不害怕他！

但这怎么可能？跟紫极老人齐名的雪隐上人，不是被他打得落花流水，几乎连太初四宝的千佛珠都被他生生打散？觉悟了定远侯力量的李玄，还不是被他用灵台幻境封住了？

紫极老人为什么不怕他呢？

既然不怕他，紫极老人又怎会这么虚弱？

紫极老人仿佛看透了他心中所想，淡淡道："我怕四极龙神。"

石星御不答话，等着他说下去。

紫极老人果然接了下去："但我并不怕你。"

石星御的脸色倏然变了！

紫极老人叹了口气，道："三百年前，我就告诫雪隐，躲避天劫的唯一办法，就是修心。想不到他修了这么多年，却仍拥有一颗不完整的心，才被自己的恐惧打败。"

石星御冷冷道："只要心有恐惧，就没人能击败我！"

紫极老人淡淡道："我没有恐惧。"

石星御脸色又变了变，紫极老人道："但我不会出手的，因为击败你的人，马上就来了！"

他一语方罢，石星御眸中忽然透出了一丝火光。

那是烽火的光芒。

难道他最擅长的灵台幻境竟然困不住李玄？这怎么可能？

石星御淡淡笑了笑，道："这又如何？"

他的身躯忽然剧烈地摇晃了起来，猛地，一个赤色的影子从他身体中分离，虚空悬立在空中。若是李玄还在这里，只怕会大吃一惊，因为这个影子就跟他一模一样。

与他觉醒了定远侯力量时，一模一样。

石星御冷笑，猛然握拳，大蓬的蓝色碎屑溅射而出。

那是否也意味着，李玄的神识已被完全消灭？

石星御盯着紫极老人，悠悠道："这又如何？"

紫极老人缓缓靠在仙游椅上："我说过，击败你的人，马上就来了！"

第二十三章　倾城独立世所稀

李玄战败被擒！

苏犹怜重伤！

谢云石重伤！

郑百年重伤！

卢家兄弟重伤！

石紫凝失踪！

崔家姊妹求救失踪！

六大常傅镇守重地，不敢离开！

这重重噩耗，几乎击溃摩云书院中每个人的信心。

当然，摩云书院也没剩下几个人了。屈指使劲数啊数，大概只能数出这么两个来。

挑水的阿长跟扫地的泰伯。封常青跟边令诚完全被忽略！

所以，小玉叽叽喳喳地围着这两个人大呼小叫，引经据典地呼吁这两个人赶紧冲出去，去跟大魔王石星御战斗。

但阿长跟泰伯能做得了什么？

阿长说："如果石星御被打败了，我可以像挑一担水一样，把他挑到山下扔掉！"

泰伯说："如果石星御被打输了，我可以像扫太辰院的地一样，把他扫出山门！"

但怎样才能打败打输石星御呢？阿长跟泰伯全都沉默了。

小玉心急火燎，使劲扑扇着翅膀。

不过也不是没有办法。

阿长拍了拍它的左肩："不要担心这么多了，好好吃上一顿，蒙头就睡，你就当这一切都没有发生过，不是很好？"

泰伯拍拍它的右肩："人生苦短，何必自寻烦恼？你要像我这样喝上两壶，立即就会忘却所有的烦恼的。"

事实上，阿长已经吃饱了，而泰伯已经喝醉了。他们说完之后，就再也支持不住，一个睡左床，一个睡右炕，片刻就呼呼地不省人事了。

小玉悲愤地大叫着，它终于意识到，危急关头，跟人类商量解决办法，是件多么愚蠢的事情。这些笨人类，只知道剽窃伟大鸟类的智慧，想让他们做成什么事都不要指望！

凡事都要靠自己！小玉心中燃起了无比的斗志，它决定要亲自指挥这场战斗。

代号叫作宠物作战计划！

人类通通都不可靠，可靠的唯有我们宠物一族！

小玉骄傲地吟起了诗句："风云际会唯宠物，天下英雄看小玉。"

它不禁感慨，被李玄这厮逼着不吟诗之后，它的诗才大大减退了。

这哪里是诗？简直就是顺口溜嘛。

不过大多数人类作的诗，连顺口溜都不如呢。小玉嘿嘿笑着，翅膀扑扇扑扇，开始实施它的宠物作战计划。

它第一个去找的，也是它寄希望最厚的，最老成持重，也最有实力的——太皓元尊。

但它被严重鄙视了，因为一道碧色的闪电自太皓天元鼎龙钮发出，一下将它击得头昏眼花。元尊的怒吼差点让它魂飞魄散："我不是宠物！"

不是宠物就了不起了吗？当年在平阙山上，若不是我打破了头，还做不到主人的宠物呢！你到这把年纪还不明白做宠物的妙处，活该在这里守着这座破鼎，无法飞升九天。

小玉拍着翅膀，一顿乱骂。太皓元尊气得头昏眼花，一顿乱雷劈了下来。小玉的身子又小又灵活，左闪、右闪、上闪、下闪、前闪、后闪，咦？为什么劈不着？

最后元尊干脆一霹雳把自己劈昏了过去，眼不见为净。

小玉这才悻悻地拍着翅膀飞走，去寻找那第二选择。

第二选择是凤头鹭瑶儿。连天尊都不敢得罪的"鸟物"，岂是平常？若不是瑶儿玩心太重，小孩子脾气太大，那简直要排为第一选择，太皓元尊还要列在后面呢。

但现在没办法了，只有硬着头皮上了。

瑶儿刚吃完饭，睡完觉……不是，是修炼完，在擦嘴角的口水。听完小玉那慷慨激昂的作战计划，瑶儿一点兴趣都没有。

它不喜欢打来打去，它只喜欢看悲天动地、哭哭啼啼的爱情大悲剧。什么婆媳关系南北问题城乡差异都让它无比感兴趣，就是对打架啊救人啊什么的一点热情都没有。那是属于脏兮兮的男孩子的游戏是吧？咱们瑶儿是淑女呢。

小玉没有理会瑶儿的表情，依旧在口沫四溅地大放厥词。瑶儿突然道："讲个故事吧。"

小玉一下子没反应过来，瑶儿不耐烦地道："我最喜欢听故事了，只要你能讲我喜欢听的故事，我就帮你这次忙。"

小玉跳了起来："不是帮我的忙，是解救天下！"

瑶儿两只爪子刨了刨窝，让自己趴得更舒服了。显然，它对解救天下什么的，没有半点兴趣。反正等它长成大鹏之后，天下对它来说就太小了。

小玉无奈地开始说故事。刚说了三句，瑶儿打断道："这个我听过了，说个新鲜的！"

小玉又开始说另一个，刚说了两句，瑶儿打断道："这个我比你说得还好听！"

小玉怒了，恶狠狠地开始说第三个，瑶儿打断道："这个一点儿都不新鲜。"

说毕，它抬起头来，眼泪哗哗的："李玄！你竟然已经给我讲了这么多故事！我好怀念你啊！"

李玄？我伟大聪明的鸟类竟然会输给这个笨人类？小玉燃烧起了熊熊的斗志！就算它小玉能输，也绝不能输给这个无赖！

它脑中忽然灵光一闪，嘿嘿笑道："我接下要说的这个故事，你一定一定没有听过！"

它凑到瑶儿耳边，叽叽咕咕地低声说着。瑶儿的耳朵嗖地就竖了起来，越听精神便越是振奋。小玉忽然住口不讲，瑶儿使劲扑扇着大翅膀，急道："讲下去！讲下去！"

小玉傲慢地道："等你帮我完成了这个作战计划，我就全部讲给你听！"

瑶儿不假思索地道："好！不过，你现在先说一小段，就一小段先给我听。"

小玉没法，只好又说了一小段。它实在太低估瑶儿撒娇的功夫了，等瑶儿带着旺盛的好奇心跟听故事的欲望跟它飞出天秀峰时，它已经足足讲了一个时辰。

不过这时瑶儿对它俯首帖耳，唯命是从。小玉没有说谎，它讲的故事太精彩了，简直是瑶儿听过的最好听的故事！

不过仅有瑶儿还大大不够，小玉又去找另一个宠物。

咕噜还躺在李玄的床上，做梦梦见李玄抱了好多好多的云泥跟猫罐头过来。它好高兴啊，先吃一个猫罐头，再吃一阵云泥，再吃一个猫罐头，然后又吃一阵云泥。后来它实在吃不动了，就躺在一大堆的云泥跟猫罐头上，心满意足地睡去。

只是吃了这么多东西，为什么还是觉得肚肚饿呢？咕噜百思不得其解。它突然一伸爪，咦？好像抓到了只小鸟！

小玉被咕噜这一爪子拍得几乎背过气去，瑶儿却从门口伸出巨大的头颅，愤怒地一口狠狠啄在咕噜的手背上。

咕噜咪呜一声惨叫，陡然醒了过来。

它一眼看到小玉跟瑶儿，大叫道："你……你们是来给我送吃的吗？我可不吃活物哦，你们要想让我吃，得先将自己烤熟了！"

它啰里啰唆地诉说道："我也不吃整只的东西，要将自己切碎，洗干净，做熟了，装进瓶子里冰冻了再送给我……"

它哀伤地叹了口气，道："我想我还是适合吃猫罐头……"

小玉大叫道："你的主人有危险了！"

咕噜的六只眼睛一齐瞪圆了："你说什么？"

小玉一下子打开了话匣子，滔滔不绝地说了下去。它才说了两句，咕噜咪呜一声大叫，跳了起来："我们去救他！"

小玉大喜。于是，威力无比的宠物军团就组成了，他们这就出发，去战胜邪恶的四极龙神，救出它们的主人！

这就是小玉天才的宠物作战计划！嘿嘿，饱含着人类没有的智慧吧？

三宠斗志昂扬，冲了出去。

瑶儿拍着咕噜的头，道："你有没有去过麒麟山獬豸洞？你有没有抢过金圣宫娘娘？"

咕噜表示疑问。

瑶儿继续兴奋地憧憬道："你若是有九只头，你会不会改名叫九灵元圣？"

咕噜摇了摇头，这个名字可真土。

瑶儿叹息道："你可真没劲。"

突然，一个怯怯的声音道："能不能带上我？"

小玉转头看去，就见参娃娃站在路边，正歪头看着它们。

小玉道："你是谁的宠物？我们只跟正宗的宠物组队。"

参娃娃道："我是石紫凝的宠物。"

小玉道："好吧，你可以加入！"

瑶儿打量着参娃娃，非常仔细地打量着，突然道："你究竟是宠物还是私生子？"

小玉慌忙一把捂住它的嘴，叫道："快走快走！"

四极龙神那魔威无边的身影，出现在它们面前。

那束蓝芒仍是那么耀眼，聚敛在四极龙神的周身，他已变得比青天更深邃，比烈日更灿烂。

他映在九天之上，就仿佛是这个世界的核心，万事万物都围绕着他旋转，带着深深的恐惧和敬畏。

小玉不安地扇动着翅膀，叫道："宠物作战计划开始！"

李玄觉得自己的身子陡然被一股极强的力量旋起，跟着便被摔入了一个无边广大的世界中。

那是一片雪白的世界，白得铺天盖地，白得无边无垠，白得一无所有。

一个通体雪白的小女孩站在天地的正中央，她的眸子是那么纯洁，也仿佛这片天地，没有半点渣滓。

她在注视着这片白，一如注视着自己的心。

她的心也是完全洁白的，不曾受着半点污染。

这女孩是谁？李玄心中涌起了一阵疑惑。自己又怎会在这里？

突然，一个衣衫褴褛的小男孩出现，甜甜地笑道："雪妖，我们一起来玩吧。"

小女孩也笑了，笑得一样甜。

小男孩跟她一起滑冰，堆雪人，还带来一小包糖，撒在雪里，将雪捏实了，做成冰糖葫芦的样子。他做了两个，雪妖一个，他一个。

"雪妖，我们一起吃冰糖葫芦。"

小男孩甜甜地笑着，雪妖也甜甜地笑着。她觉得很幸福，因为从来没人对她这么好。

"雪妖，听说你的眼泪会化成珍珠，你能给我一滴泪吗？我妈妈病得很厉害，我没钱抓药。"

雪妖摇了摇头，她不知道怎么哭。

"雪妖，我将这包粉撒进你的眼里，你就会哭的。雪妖，我妈妈很惨，快死了。"

他手中是一包胡椒粉。雪妖不知道什么是胡椒，就点了点头。一整包胡椒粉都撒进了她的眼中，她觉得好痛好痛，但她并没有流泪。

雪妖不知道该怎么流泪。胡椒粉只让她痛，却教不会她怎么流泪。她看着小男孩失望的表情，忽然心中酸楚，滴下了一滴泪。

那滴泪水，化成了一颗晶莹的珍珠，滚在雪地里。小男孩大喜，抢起珍珠，跑了。

雪妖的眼睛红得跟桃子一样，她跟着小男孩。

因为她不知道该去哪里，这个世界中，她只认识他。

小男孩越跑越快，人越来越多，雪妖的身子越来越淡，她越来越难受。小男孩将珍珠换了很多钱，买了很多很多的东西，大吃大喝。

他没有给他的妈妈买药。

等所有的钱都花完之后，他走到药店里，问："什么药比胡椒粉还能催泪？"

雪妖的泪水，无声滴落，化成的却不是珍珠，而是雪。

李玄心中一痛。

一百年过去了，风雪漫天，大地又变成了一片荒芜，仍然只有雪妖一个人站在那里，不过，她好像长大了一些。

一个满身是毛的小孩跑过来，甜甜地笑道："雪妖，我们一起来玩吧。"

雪妖也甜甜地笑了，她跟毛小孩手拉手，在雪地上玩耍着。毛小孩会变出很多东西，而且他的手会发出光，让雪妖觉得很温暖。

后来毛小孩搭了一个茅屋，跟雪妖坐在里面。

"雪妖，你的眼睛能增长一百年的修为，你能不能送我一只？你们雪妖体质很奇特，过两年就又会长出一只眼睛来。"

毛小孩满脸期盼地看着雪妖，雪妖不忍心让他失望，但她不知道如何取下自己的眼睛。

毛小孩拿出一柄刀。

"雪妖，你忍着点痛，等我修为增长了之后，我会保护你，不让别人欺负你。"

刀子剜进雪妖的眼眶里，将眼珠挑出来。那是一颗无瑕的宝珠，里面仿佛有着北极的极光，无时无刻不在旋转着。

雪妖很痛，但她很高兴，因为毛小孩是她唯一的朋友。

毛小孩捧着宝珠跑走了。

雪妖在雪地里寂寞地等待着。一年，两年，三年……

她的眼珠果然渐渐再生了出来，虽然不再那么明亮。毛小孩却再也没有出现。

直到有一天，他再度出现了，但他的手中，却拿着一把无比锋利的大刀。

"雪妖，你的眼珠子果然是好东西，我吃了之后修为增加了好几倍。现在你不是我的对手了，我要将你抓起来，养在地牢里。我以后不用再辛苦修炼了，只用挖你的眼珠子吃就可以了。"

雪妖看着他贪婪而残暴的笑容，怔怔流下泪来。

泪水落在空中，并没有化成晶莹的珍珠，而是化成了漫天风雪，将一切全都搅住。

风雪散尽，依旧是那片大地，依旧是那个身影。

又是一百年过去，雪妖的身影又长大了些，出落成了绝美的人儿，但大地却那么荒凉。

一个高大英俊的年轻人走了过来。

"雪妖，你就是我的仙子。"

年轻人的柔情蜜意让雪妖脸红，她不知道自己的心为什么跳得这么快，但她却很喜欢这种感觉。

年轻人柔情款款，让这片雪地温暖起来。

"雪妖，你嫁给我好吗？"

雪妖点点头，她不知道什么叫作"嫁"，只要年轻人喜欢，她就欢喜。年轻人也很高兴，他携着雪妖的手，说要一辈子对她好，要她做天下最幸福的妻子。

他要带她回家。

他的家在一个村落里，家富丽堂皇，张灯结彩，满堂宾客在等着他们。只是洞房花烛的时候，进来的却不是那个年轻人，而是一个丑陋肥胖的老头。

他开始猥亵地攻击雪妖。

雪妖的泪落下，一切绯红尽数化为雪白，飘满这个无情的世界。

所有的丑陋跟猥琐全都被雪笼盖。

那个村落化为荒原，尸横遍野，男女老少，无所孑余。

雪妖冷冷看着那些冻僵的尸体。

这是她第一次杀人，却将整个村落屠杀殆尽。

或者，其中也有无辜的人吧。

但这些人脸上分明写满了贪婪、愚蠢、冷漠。

因缘之中，谁又能无辜？

只剩下她一身白衣，站在寂寞里。

她知道，这个世界上没有真心对她好的人，只有对她身体的图谋。

她给自己取了个名字，叫雪城。

冰冷如雪，倾国倾城。她可以魅惑天下，却高高在世人之上，不再相信任何人。

也不再相信温情与真情。她那双洞悉九幽的目光看去，人世只有漫漫洁白，就跟雪一模一样。

人心也如雪。

之后的数百年中，雪城，成为一个可怕的魔女的名字，魅惑天下，杀人无数。

她不要财富，不要权势，只是单纯地剥夺着世人罪恶的生命。

她穿上各色的衣服，以各色的性情，或娇，或柔，或媚，或纯，显身在红尘中，纵情地绽放着美丽。

而后，所有觊觎她美丽的男子，都将化为寒冰，立于雪原之上。

人心，哪一个没有罪恶，又有哪一个男子能不被她迷惑？

于是，雪原上的冰雕越来越多。

苍天震怒。

终于，君千殇找到了她，要将她一剑斩入轮回。是雪隐将她救走，又给了她一片最纯净的雪原，以做栖身之处。

她真心地感谢雪隐，因为她已太累、太倦。

所以，当她接到雪隐的命令，去杀死李玄时，她没有片刻的犹豫，她只是想将这个人戏耍够，再让他死在意外中。

所以她编造了故乡，她没有故乡，她的故乡就是雪原。

所以她设计了考验，这是戏耍，是意外。

唯一没有料到的，是这考验，考验的不仅仅是李玄，还有她的心。

那是一颗虽然已认尽世情，但仍愿意流尽眼泪，挖出眼珠，嫁入君门的心。那是一颗如雪的心。

无论被践踏过多少次，雪在落下时，却依旧是那么洁白，只是这颗心穿上了太多的衣服，绝不轻易见人。

这是一场虚伪的考验，出题的人怀着杀心，而做题的人，却是卑微的。

但这考验又是真诚的，因为雪城慢慢发现，接受考验的李玄，这个吊儿郎当的小无赖，从来没想着觊觎她任何东西。无论这考验多么艰险凶恶，李玄或许万般无奈，但都一一完成了。从第二重考验开始，也就是凤头鸳瑶儿，雪城隐隐发现，让李玄继续考验的，仅仅是他不想让自己失望。

不是自己绝世的容颜，也不是那颗天下独一无二的丹元。

那便是真诚的心。

所以考验也因而变得真诚，因为雪城的心也在慢慢改变着，考验变成了真的考验。

恍惚之间，她开始相信，在遥远的、永远走不到的天际，真的有一个地方，是她的故乡，在那里真有一种风俗，一个男子要想获得女子的芳心，就要为她赴汤蹈火，上天入地。在经过七重烈火般的考验后，两人便能得到真爱。

那是永远不会改变的爱，直到天荒地老。

所以，她愿意乘着凤头鸳，跟他翱翔在九天之上，愿意跟他一起踏入古墓，走进天之链垄。那考验并不仅是他的，也是她的。

七重考验，她也在一一承受。

看着遍历艰险的李玄，她觉得自己是幸福的，有哪位女子，能得郎君出生入死，降龙伏凤，只为博自己芳颜一笑？

雪城在黑暗中幽幽地笑着，虽然这笑容已凋零。

七重考验，必须完成，在那之前，绝没有人可以杀死李玄。她为了这个谎言，奉献了一颗承载九灵御魔镜的心。

这颗心已经决定，在七重考验完成后，将有第八重考验。

那是只属于她的考验。

第二十四章　凤凰初下紫泥诏

李玄震惊地看着双手合十，虔诚地跪倒在雪地中的女孩。

她现在已完全幻化成苏犹怜的模样，但她仍然是一片雪，一片不夹杂着任何渣滓的雪。这个世界纷繁芜杂，试图在这片雪上强加太多东西，但这片雪依旧晶莹、通透，随时都会化成泪。

李玄痛苦地走过去，他发觉苏犹怜在渐渐缩小。他伸出手，捧起了苏犹怜。她化成了一片雪，融进了他的掌心。

那点冰冷，一直沁入了他的心扉中。

他知道，不是她在伤害他，而是他在伤害她。

因为他无法爱。

他的爱全都留在前世了，没有一星半点遗放在这个躯壳里。他生命的意义便是变成前世的定远侯，寻觅已沉入妖湖的承香公主。

那是他早就注定的轮回。他必须信守诺言，不能再开启另外的因缘、爱上另一位女子，尽管他看到了另一份温暖。

他悲怆地仰天怒啸，心中忽然充满了愤怒。

为何轮回偏偏要做这样的安排？

无论九灵儿还是苏犹怜，都如雪般晶莹剔透，为何却要遭受这样的罪孽？

至少，他该完成九灵儿的心愿的！

他拔刀而起。无论这个白茫茫的世界是怎样的，他都要斩断它，就算这世间真有轮回，他也要一齐斩破！

烽火怒冲，贯满定远刀刀身，火劲冲放，鼓涌喷舞，形成一条粗长的火龙。火龙双翼卷天，如同蔽日旌旗般。李玄一刀斩出！

穿天大地立即变成昏暗一片，有火在其中燃烧着，那不仅仅是定远刀上的烽火，还有宛如妖魔眼眸般的烈烈地火。

燃过万年，从不熄灭的魔火。

咕噜与瑶儿都兴奋起来了。

宠物作战计划开始！它们就要勇斗大魔王四极龙神了！它们要救出李玄，救出这个世界！

喳喳，喳喳。

以后的人们，是不是就会讲我的故事了？

咪呜，咪呜。

天下所有的云泥，都归我了！嗯，还有猫罐头！

参娃娃脸色苍白，盯着天宇中那个蓝色的影子。只有它，感到了那无边的力量，那绝不是一个只会听故事、只会吃的小鸟小猫能战胜的。

这个宠物作战计划，还没开始就失败得一塌糊涂。

然后它低头，看到了地上蜷缩的天狐的尸体，它的身形一震，脸上露出了愤怒之色。

这个魔头，竟用这么残忍的手法杀了爱着自己的人。他，还值得宽恕吗？

小玉大叫着吩咐道："咕噜，你从下面跳跃式袭击；瑶儿，你从上面飞翔式袭击。我过去用对诗引开他的注意，我们三管齐下，保管打他个措手不及。"

瑶儿高兴地道："我还可以让我的太太太太祖母帮忙，从天上落下几道雷来！"

咕噜也兴高采烈地附和道："我的角一摆，就会喷冰喷火喷毒，他绝对受不了的！"

小玉满怀信心地大叫道："我们冲上去！"

参娃娃急忙道："慢些！"

它一手没拉住，三只伟大的宠物急如星火地冲了上去。参娃娃大急，这不是送死吗？只见灰影一闪，三只伟大宠物一齐退回来了。

瑶儿："这个……我听过的故事中都说，要谋定而后动……"

咕噜："不先讨论好作战步骤的猫咪，不是好猫咪……"

小玉："我忽然觉得，好像我还能想到一个更好的点子……"

参娃娃这才松了口气，它低声道："凭我们几只宠宠，拼力量是绝对拼不过他的。我们要靠头脑才行。"

小玉漫不经心地理着羽毛，道："头脑我最行了。人类的智慧，都是我们鸟类教给他的！"

参娃娃道："你们想一想，他最怕什么？"

这个问题好像很简单的样子。

瑶儿："他一定怕一个又长又枯燥的故事。"

咕噜："不，他肯定怕老鼠！我最怕老鼠了！"

小玉："你们说得都不对！那是你们的想法！还是听我的，我的最客观！他肯定怕他的主人，又敬又爱又怕！"

参娃娃的头都快被他们吵昏了，叫道："都闭嘴！他不怕这些！"

小玉不愿意了："我才是老大！"

咕噜一爪拍在它头上："我才是！"

瑶儿一爪拍在咕噜头上："我才是！"

参娃娃彻底被它们打败了，它终于忍不住大喝道："他修为这么高，怕的人只有一个，就是他自己！"

小玉、咕噜、瑶儿齐声道："废话！"

参娃娃目光闪动，道："我们可以给他造出个幻象来！"

它伏在三宠的耳边，低声说了一席话。

咕噜兴奋地举起了爪子："是件好玩的事情！"

瑶儿高兴地趴了下来："后人在写我的传奇的时候，一定会用上他们全部的溢美之词！"

小玉郁闷地道："为什么只有我的戏份最少？"

参娃娃安慰它道："但你那句台词是最重要的！"

小玉道："我能不能多说几句？"

参娃娃目中闪过一丝冷光，冷冷道："不行！多一个字少一个字都不行！就只能说这三个字！"

它那小小的、玉白可爱的身形忽然散发出一阵恐怖的力量，小玉吓得嗖地冲天飞起。纵然泡在天下最烫的温泉中仍然面不改色心不跳的它，居然流下了冷汗！

参娃娃淡淡道："开始吧！"

咕噜活蹦乱跳地跑了过去。它不会飞，只能跑到四极龙神的身下，三只头一齐昂起来，剧烈地摆动着。它浓密的毛发中隐着三只角，就在它的额头正中间。三只角分别闪烁着紫、白、青色炽烈光芒，随着咕噜大头摆动，冰、火、毒三种真息自三只角上漫漫发出，冰浸渍着毒，火炙烤着冰，化为三色混杂的浓雾，升腾而起，将四极龙神笼住。

这浓雾乃是咕噜毕生修为所凝聚，暗含了它三种先天灵能，妙用无穷。四极龙神虽然魔威震天，一时间，也被这层浓雾遮蔽，双目中的蓝芒，竟然无法清晰见物！

他眉头微皱，想要挥手突破这层浓雾，忽然，一双小小的眼睛出现在他面前，这双眼睛紧紧盯着他。

他竟然被这双眼睛吸引住，不由自主地停下了脚步。

也只有小玉这么聪慧的鸟，才能完美地模仿出李玄的对眼神功。

四极龙神的眼眸一被吸引，小玉立即一字一字地说出了下面这句话：

"你、是、谁？"

这是很普通的一句话，小玉完全不明白为什么要这样说，但此话才出口，四极龙神周身立即一震，双目中闪过一丝茫然。

便在这时，凤啼清响，一道青光缭乱而下，瞬间在四极龙神面前凝结，凝成一方广大的明镜。

四极龙神茫然的双目，立即盯在了这面镜子上。

镜中映出的，是四极龙神完完整整的身形。

他也在紧紧盯着他。

你是谁？这个巨大的声音在四极龙神的脑中轰响！

他忽然变得痛苦起来，双手紧紧抱着头，发出一声震裂心肺的狂啸。

整个终南山都在他无敌的力量下簌簌震动！

魔宫忽然崩塌，魔王、承香、苏犹怜的脸上都露出深重的悲伤，缓缓消失在虚无中。

李玄睁眼，他发觉自己已回到了终南山顶，凌空而立。而那个一切的罪魁祸首，魔震天下的四极龙神，正在痛苦地嘶啸着。

他一下子迷惑了，究竟是谁，竟能够将这魔头弄成这个样子？

是君千殇来了吗？

一阵翅膀扑扇声传来，小玉一下子就飞到了李玄面前，大叫道："是我！是我！"

小玉？李玄更加惊讶地睁大了眼睛。

小玉骄傲地道："只有我有台词，它们都是配角！"

什么乱七八糟的？

小玉拍了拍李玄的肩膀，叹了口气，道："你出来了就好，你出来了就好啊。"

李玄点点头，微笑道："不错。我已看清楚他的真面目了，我们不用再怕他。"

定远刀指出，遥射天空那滔天魔影，李玄冷冷道："你还准备装神弄鬼到什么时候？"

石星御的抽搐缓缓停住，他的眸子张开，蓝芒消失，竟变成了一片苍白。

他喃喃道："我是谁？我是谁？"

李玄哈哈一笑，道："你若是问别人，或许他们并不能回答你。但若问我，那你就问对了。你绝不是四极龙神石星御！"

此话才一出口，有伤的，无伤的，所有的人都齐齐大吃一惊。

这个人不是石星御？这怎么可能？

石星御仍然喃喃道："我是谁？"

李玄沉声道："虽然我不知道你的目的是什么，但……心魔，你究竟想躲藏到什么时候？"

心魔？！

空中那仿若无限的蓝光倏然暗了暗，一个巨大的石座出现在石星御面前。

魔威滔天的石星御，立即失去了生机，仿佛是一个影子，悬在这石座之后。

石座中，斜斜倚着一个消瘦的人影。苍白的脸，苍白的手，苍白的微笑。

重瞳。

世间的轮回仿佛全都蕴含在这阴阳相生的瞳仁中，无时无刻不在增生，然后幻灭。阴阳交替变化出千生万世，却是寂寂而来，默默而去。

他永远在观看着，没有一个轮回是他的。

心魔的眼眸中也显出了一丝迷惘："很好的作战计划，竟然能看出我心中唯一的迷惘来。不错，我虽然怀有无敌的力量，但我的确不知道我是谁……制订这个计划的人呢？能不能让我看一眼？"

他的眸子缓缓流转，仿佛一瞬间就照遍了整个大地。但却找不到参娃娃的踪迹。

它就仿佛在一瞬间失踪了，只为打败他，救出李玄而来。

李玄微笑道："我也不错是不？看出了你的真相。你不该用心魔幻影将我锁住的，我在天之链堑就见识过这一招。我虽然没见过石星御，但也知道他若是想杀人，只会用剑，而不会用幻象的。"

心魔淡淡道："你没有击败我的实力，因为你心中有恐惧。"

他抬起头，每个人都有种错觉，这两轮阴阳的眸子，已深深照进了他们的心底。

心魔轻轻叹道："我在你们心中看到了恐惧。只要你们逾越不了这份恐惧，就万万无法战胜他。"

他瘦长苍白的手指伸出，指向背后的影子。随着他这一指，本来了无生机的石星御，忽然又活了过来，滔天魔威再现，李玄不由得全身一震！

李玄强笑道："他不是石星御，只不过是你造出来的幻影而已，只要看穿了，就没什么了不起的，不是吗？"

心魔淡淡道："他不是幻影，他是石星御的心魔。是石星御都战不胜的心中魔头，你能战胜吗？"

李玄脸色骤变："石星御的心魔？"

心魔微微冷笑："当年石星御虽被斩入轮回，却并未消灭。紫极将石星御分为神、心、意、形、体五部分，分别镇压于无上秘境。我用了整整三十年的时间，消耗异宝无数，才破其中一处禁制，将石星御的心取出。直到数天前，才借烽火的铸炼，将这种力量与我的本体融合。"

"你们现在看到的，便是石星御的心。"

李玄一怔。

难道这个魔威滔天的幻影，就是石星御的心？

仅仅神心意形体五部分之一的心，便能运用如此可怕的力量，几乎横扫天下，那若石星御突破全部禁制，真正凝形而出呢？

那将是无可想象的浩劫！

心魔似乎看透了李玄的恐惧，轻轻抬手："那就试试他的力量吧。"

那个蓝色的身影突然爆发出一阵怒威，李玄就觉千种万种力量一齐击向自己，每一道都宛如雷霆！

他一声惨叫，被重重击摔在地上，连遍身烽火都一齐熄灭。

这一击，将他从前世打回今世的轮回。

心魔一只手支颐，显得有些慵懒："也许，只有我才能称为真正的心魔，因为天下所有人的心魔，都以我为源，从我而生。也只有我，才能控制它们，将他们化成实体。我能控制定远侯的心魔，也能控制石星御的心魔，当然也能控制你们。只要你们心中有对石星御的恐惧，你们就无法战胜——就算你们明知他是幻象也一样。"

他的话并不假。

李玄忽然一把拽过小玉来，吼道："你是一只鸟，应该不会害怕他吧？"

小玉冷冷道："我虽然是一只鸟，但也熟读史书。"

"那又怎样？"

"我读的书越多，听到四极龙神的事迹就越多。他根本不是魔王，他是英雄啊！他瞬间就能屠灭城池，杀死千万人，将当世高手打得落花流水。这样的人你不当作英雄膜拜，却当作魔王打倒？你有病吗？"

面对如此一只害怕到胡言乱语的鸟，你还能怎样？

李玄放脱了它，抓住了瑶儿："瑶儿，你有太祖母罩着，应该不会害怕吧？"

瑶儿道："我太祖母告诉我，行走江湖，有三个人千万不要得罪。"

"不会就有四极龙神吧？"

"……第一个就是他！"

李玄只好去求咕噜了。咕噜正露着肚皮躺在地上，舒舒服服地晒着太阳："咕噜，你应该不知道谁是四极龙神吧？"

咪呜，咪呜。

"什……什么？你是四极龙神最喜欢的小猫咪？"

李玄哀怨啊……他彻底绝望了。天空中那个淡蓝色的影子越来越庞大，这是否预示着，终南山上的恐惧越来越多？

那又怎样才能战胜这个魔头呢？

心魔支颐微笑看着他们，他很喜欢享受这种人人恐惧的感觉，因为他是心魔。

心魔的饲粮，正是人的恐惧。

所以他无处不在，无人能敌。

第二十五章　白云愁色满苍梧

李玄忽然抬头，双目冷冷地盯住心魔："我忽然发现了你一个弱点。"

心魔淡淡道："哦？"

李玄微笑着站直了身子："我们是很恐惧四极龙神，但我们并不恐惧你。"

他的笑容越来越明朗："那是不是也表明，我们可以轻易打败你呢？"

心魔的脸色陡变。

"若是打败你、杀死你，这个无人能战败的四极龙神，是不是也就会消失呢，亲爱的心魔先生？"

心魔再也笑不出来了。

这的确是弱点，致命的弱点。

他的力量全部来自人心的恐惧，但若当人心不再恐惧的时候，他便一点儿力量也没有了。然而，战胜心中的恐惧极为艰难，纵然是修为通玄的道者，也往往功亏一篑，陷心恐惧，走火入魔。

但心魔本体从未有人见过，也就无人恐惧。

李玄笑嘻嘻地道："我这么一挥刀，是不是就能将你斩下来？你本来藏得好好的，谁都不知道在哪里，但你为什么非要暴露出来呢？
是不是太得意了？"

心魔脸色大变，他知道自己随时可以隐去，但李玄慢悠悠地道：
"你也知道定远刀乃是神物，只要一刹那的工夫，就可以斩中你。你
隐去的时间，只用一刹那吗？"

不止。

所以心魔面如死灰。

李玄纵声大笑，定远刀已扬起！

突然，一个矫健的身影飞天纵起，挡在了心魔的面前。一道碧光
自她手中宝剑蹿出，冷冷逼视李玄。

石紫凝？

她的双目也尽化碧色，满是战意！

李玄大惊，道："你为什么要护住这个魔头？"

石紫凝不答，只是紧了紧手中的宝剑。

剑腾碧光，石紫凝咬牙道："没有了定远侯的力量，你绝挡不住
我手中之剑。退后！"

说着，她长剑划出，一道碧光逼出，重重斩在李玄面前。

尘土飞扬，这一剑剑气纵横，在地上斩出一个深深的坑来。

李玄又惊又怒，厉声道："你……你究竟在帮谁？"

石紫凝长剑回转，架在心魔的脖子上，森森剑光登时将他那苍白
的脖颈映成幽幽碧色。她冷冷地说道："听我的话，我便不杀你！"

心魔苍白的脸上忽然绽开一丝微笑，他的双重妖瞳中忽然绽出了
无比的光芒："这滋味真是美好……"

他赞美着："你知道吗？这就是令我无敌的第二种力量，欲
望啊。"

他轻柔地看着李玄："知道她为什么要挟持我吗？因为她想要重
建她的国家。"

他仰头，看着那个巍峨的魔影："只要有四极龙神的身影在，不论是真的还是假的，她都可以迅速重建起石国的辉煌来！所以，她绝不能看着我被杀死。"

他的笑中有深重的讥嘲："所以，你若还想杀我，就请先杀了她吧。"

李玄抬头，看着石紫凝碧色的眸子。他想起了荒漠绿洲中，石紫凝的痛苦。他能够感受到，石紫凝的这些岁月是活在怎样的黑暗中。

她一定很想有个繁荣的故土，有个值得夸耀的故国吧？

她想平复那些怨灵的愤怒，想要还清先辈们的罪孽。

但，依靠心魔的力量，最后只能陷身为魔啊！

李玄大叫道："石紫凝，你难道不想靠自己的力量，靠自己的双手重建石国吗？"

石紫凝身形一震！

心魔柔声道："世人绝不容许石国重建的，不借助四极龙神的力量，石国纵然重建，也必将会被迅速抹去。你很清楚这一点的。"

石紫凝脸上露出痛苦之色，缓缓点了点头。心魔的话并不错，这恰恰是她心底最深处的想法，被心魔窥知。所以，她根本无法争辩。

李玄使劲跺着脚，一时心潮起伏，根本想不出主意来。

心魔微笑道："我可以毁灭这座终南山了吗？"

李玄冷笑道："现在还在说大话？既然这个四极龙神只不过是由人心底的恐惧凝成的，那他就只能胜得了人而已，岂能灭山坏岳？"

心魔笑道："你说得不错，但现在却有了她。我要成全她。"

他的苍白手指，指向的是石紫凝。他的重瞳中闪烁着妖异的微笑。

"我是心魔，可以随意操纵人心。我的力量，可以将你们的恐惧所凝成的四极龙神，化生到她的心中。然后，那本由恐惧而生的力量将会变成真实。你们所害怕的四极龙神魔威有多大，她的力量就有多大。"

他的手指点在石紫凝的心头，道："你可愿意？"

244

李玄惊叫道："不可答应！那是心魔，你若是接受了心魔，你也会化身成魔的。"

心魔笑道："不错。但却是天下无敌的魔。你愿意吗？"

重瞳光芒旋照在石紫凝身上。

一阴一阳，双瞳的轮回，代表着恐惧与欲望。

那是人心所背负的罪，因恐惧而欲望，因欲望而恐惧。

也是心魔力量的来源。

石紫凝紧紧咬住牙关，鲜血从她的齿间流出，她在艰难地抉择着。李玄跟心魔都盯着她，不同的是，李玄忐忑不安，而心魔却悠然淡定。

显然，能窥知人心的他，早就知道了石紫凝心底的答案。

她缓缓点头，道："我愿意！"

心魔笑了。四极龙神的幻影缓缓移动，向石紫凝而去。当的一声响，石紫凝手中的长剑穿过重重云雾，落在地上。石紫凝闭目，准备迎接化魔的一刻。

李玄心中焦急，但失去烽火力量的他，已经无能为力了！

便在这瞬间，参娃娃那玉白可爱的身形忽然在石紫凝身前出现，胖胖的小手拉住石紫凝，叫道："快走！"

"石星御"双目中蓝芒倏然出现，伸出一指向参娃娃点了过来。

那是曾伤过雪隐上人，败过千佛珠的一指！

参娃娃忽然笑了，它也伸出一根胖胖的手指，向四极龙神点去。

李玄难过地闭上眼睛，他不忍看到参娃娃血肉模糊的惨状。

但满空的魔威，忽然消失不见了！

李玄惊讶地睁开眼睛，就见那本来涵盖天空的无尽蓝芒，竟已完全消失，就连"石星御"那凌压天地的身形，也已消失不见！

只有参娃娃淡淡的身影悬在空中。

不仅是他，心魔、石紫凝全都在迷惘，他们都不知道发生了什么事!

李玄大笑道："心魔！你失算了！"

他指着参娃娃，道："它从未见过四极龙神，也没听说过四极龙神那些恐怖的传说，所以，它根本不恐惧四极龙神！你的魔威，对它没有作用的！"

他狂笑着栽倒在地，不停地打着滚。他实在太高兴了。

这，难道就是天谴吗？

他们费尽全部力气都无法消灭的大魔头，竟然被一只什么都不懂，可爱到死的参娃娃击败了！

这能不让人笑到流泪吗？

心魔紧紧盯着参娃娃，突然，他也笑了。

"原来，是你吗？"

"我苦心寻找的人，能让我降心屈从、终生追随的人，就是你吗？"

"尊贵的王者，请接受我的供奉吧。"

他瘦弱苍白的手忽然抬起，深深插入了自己的心中。

一声悠长的叹息贯穿整个天地，响起。

那叹息苍凉、深痛。

似乎，有个声音在默默地呼唤着……

九灵儿……九灵儿……

但却得不到回答。

叹息渐渐悠远，消散，宛如风……

突然，九灵儿破碎的身体渐渐凝结，重新浮现在空中，宛如一道欲隐欲现的霓虹，在中南紫气中沉浮不定。

睡庐中的紫极老人突然睁目，厉声道："不好！"

心魔的手中，托着一颗勃勃跃动的鲜活的心。

他高举着这颗心，微笑道："这是你的，我将它还给你！"

那颗心忽然化成一轮日芒，缓缓腾空而起。日芒柔和，却仿佛只照在九灵儿一人身上。

慢慢地，她的躯体逐渐消失，化成一轮月芒，跟着升腾、幻化。

日芒月轮相依着，就宛如一对暌违已久的情人。

轻轻的叹息再度响起，似乎是他们在默默诉说着这轮回中的相思苦。

倏然，日芒月轮同时化为一道光芒，没入了参娃娃体内。

而后，九灵儿的尸体、心魔的心脏，还有参娃娃全都凭空消失，化为灰，化为尘。

心魔坐在他那巨大的石座中，脸色惨白至极，几乎无法动作。

但他的重瞳中却散发着无比灿烂的光华："心、意、体……终于汇集，久违了，石国的王。"

"你们，将承受前所未有的魔劫！"

他的身影渐渐隐去，消失在空中。

李玄大叫道："哪里去？"

定远刀脱手，向心魔追去。心魔的身影，却在这一刻消失，只剩下一串回声："若想再找我，就去天之链堑的另一面……"

天之链堑的另一面？

天之链堑的秘密，不是已经被他们破解了吗？

李玄心中充满了疑问，但最让他担心的，却是心魔用自己的心召唤出来两团日月形的光轮以及凭空消失的参娃娃。

心、意、体最终齐全，这句毫无头脑的话，究竟意味着什么？

他消失之前所说的前所未有的魔劫，又是什么？

巨大的疑问在他的心头摇荡着，忽然，一个巨大的声音在终南山响起："雪隐，借用一下你的千佛珠！"

轰然暴响中，笼罩终南山顶的连绵紫气忽然全都贯入冰雪中。一阵旃檀香飘过，梵唱之声响彻天地。

一轮轮的佛像，逐渐在天空中亮起，每一轮佛像都是紫色的，他们的脸慈悲无比，神情庄严，金身宝相。

但天宇中却什么都没有。

千佛齐诵，梵唱之声更响。

天宇中，还是什么都没有！

雪隐上人忽然挣扎着坐起，叫道："紫极，我帮你一把！"

他张口，一道白光宛如蛟龙，冲天而起，将千尊紫佛护住。白光腾挪变化，宛如一座巍峨的高山，具体而显，然后慢慢隐去。千尊紫佛的脑后，忽然全都显出了一轮光。梵唱声惊天动地，几乎将人的灵魂震散。

但，无论梵唱多响，天宇中仍是什么都没有。

不知怎的，李玄的心中却充满了紧张感，似是什么巨大的恐怖即将降临。他紧张地握住手，发觉手心满是冷汗！

他双眼一眨不眨地盯住空中，似乎那恐怖马上就要出现！

倏地，那声幽幽的叹息又响了起来。

"紫尊，降魔之法，对我已没用了。"

千尊佛像，一齐动容。

"两人合力，勉强施展千佛度世之法，一定很辛苦吧？"

千尊佛像周身忽然出现了无数的蓝色曼陀罗，佛像忽然破颜，然后缓缓消散在空中，最后，凝成一颗刻满经符的巨大雪珠，凌空旋转着。

"雪圣，您现在已精力耗尽，只怕无力将大雪山送回了吧？"

剩余的曼陀罗飞舞旋转，将空中那团明亮无比的雪光包住，李玄忽然觉得身上热了起来，自雪隐上人要将大雪山降临在终南山上起，山谷中便凝满冰雪，但现在，冰雪开始融化，化为潺潺流水，汇聚成了小溪，在山中流荡着。

兵火消解，晴空云散。

只见雪隐满脸萧索地落在地上，他的双目中尽是空洞。他慢慢抬头，天空一片清净，再无半点阴霾。那声叹息，也早就沉寂多时了。

良久，雪隐长叹道："紫极，这是我的魔劫吗？"

紫极老人的声音沉重地自山上飘落下来："这是我们所有人的魔劫。"

李玄并不是很懂他们说的话，既然已经不用打了，一切风平浪静了，为什么还要说是魔劫呢？

他也装模作样地叹了口气，发觉并不好玩。人一叹气，就跟雪隐、紫极这样的老头子一样了。他缓缓走到苏犹怜面前。

苏犹怜的脸色苍白——他已经知道，自己是雪隐的弟子，进入摩云书院本意就是来杀他的吗？

李玄看着她，他没有看到一个个精心策划成的考验，他看到的，是无垠雪原上，那个静静站立着的雪城。

苏犹怜沉默着，低着头，似是无话对李玄可说。

李玄笑了笑，他很不喜欢这样的氛围，他只喜欢大家都开开心心地在一起，他是李玄，她是苏犹怜，没有雪城，也没有谎言与阴谋。

他找了半天，没有找到狗尾巴草，这有些可惜，于是他笑道："我以前没送过你礼物吧？"

苏犹怜摇了摇头，轻轻咬起嘴唇。

李玄伸出手，他手中有一块小小的石子，那是一块三生石，只不过本来黑黝黝的石身，此时却腾起了一点清丽的光华。

是不是天狐的死，才让这块石子觉醒了呢？

那之中，是否融合了天狐的前生后世？

他轻轻将石子放到苏犹怜手中，道："送给你。"

苏犹怜握紧手，惊讶地抬起头。她看到李玄嬉皮笑脸，却忽然感觉到一阵温暖。

是的，并没有雪城，没有谎言与阴谋，有的只是李玄与苏犹怜，只是书院中纯纯的年轻的同学们。

李玄笑着摆了摆手，伸出两个指头："记着，还有两重考验哦，两重考验之后，你的人生就不由自主了。"

苏犹怜也笑了，真会这样吗？

雪隐上人轻轻叹息一声，消失在了茫茫碧空中。

那碧空是如此浩瀚，如此空青，却也是如此捉摸不透，令人恐惧。

但碧空中却的的确确一无所有。

第二十六章　且探虎穴向沙漠

李玄没有料想到自己接下来竟会这么忙。

红玉终于从那朵巨大的石冰之曼陀罗中解脱出来，这差点让边令诚高兴死了。他抱着红玉又哭又笑，赶紧带领它躲入古墓中，李玄怎么找都找不到他。这一次吓破了他的胆，只怕已经形成心理障碍，再也不敢让红玉对敌了。

封常青胆小惨败之后，重重发誓，说一定要去修炼出一门秘术，大大发挥他阵法、法术的威力。他说自己已经有了心得，就闭了关。

石紫凝经过那日之事后，便再也没出现过。大概是心有惭愧？

龙薇儿也是一样，不过她百分百地是在伺候谢云石的伤势，一想起这一点，李玄心中就极为不爽，几乎将药罐子扣在郑百年的头上。

定远侯是他的前世，但他是不是定远侯？

承香是龙薇儿的前世，但她是不是承香？

一想到这些，李玄的头立即就大了。那种轮回中的沧桑感又涌上心头，让他不禁感到一阵深沉的茫然。他爱的，他亏欠的承香，在这一世，却在仰望着别的男子的光芒。

他又能如何呢？

李玄长叹一口气，还是那句话，想不明白的，就暂时不要多想吧。但他记着他的承诺，他要给龙薇儿最大的幸福。

去搬救兵的崔氏三姊妹还没回来，别的人又有种种原因不能帮忙，所以，照顾伤员、病号的重任，就落到了李玄身上。

伤员有五位，郑百年跟卢家四兄弟。病号有一位，容小意。

伤员还好一点，反正他们是习武修行之人，本来应该吃苦，而且男子汉大丈夫，当然应该任劳任怨，所以，李玄基本上不管药熬透没有，甚至不管是郑百年的药，还是卢家兄弟的药，通通乱炖一气。

他们的伤都差不多，还分什么彼此？

但病号就麻烦多了。容小意娇怯怯的，风一吹就似乎化去了，平时就让人捏着一把汗，被那玄蓝之阳炙烤后，简直就如花儿般凋谢，看得李玄心疼死了。

小玉一口将这些过错全都栽到了李玄头上。

若不是李玄将容小意请到了万花坪，容小意怎会受此大灾？

若不是李玄将心魔引过来，摩云书院又怎会受此大灾？

若不是李玄非要跟心魔决斗，天下又怎会受此大灾？

总之一句话，都是李玄的不对！

它吱吱呀呀不停地抱怨着，李玄采药的时候抱怨，熬药的时候抱怨，喂药的时候也抱怨。李玄实在忍不住，一把将它攥住，大吼道："你家主人病成这个样子，你不来帮忙吗？"

小玉冷冷道："你别忘了，你被心魔逮着的时候，是我救你出来的。忘恩负义、恩将仇报要遭天谴！"

李玄一下子被打败了，蔫蔫地开始采药、熬药、喂药……

小玉开始凌厉地称赞它自己，什么口才卓绝、气势逼人、临危不惧、巧舌如簧……若不是它用故事打动了瑶儿，又怎会组织起宠物军团，将某个废物救出来？也难为它想出如此精妙的故事啊，瑶儿大概只会被这个故事打动吧……

李玄忽然觉得有些不太对，他问道："你究竟用什么故事打动了瑶儿？"

小玉陡然住口，忽然自顾自飞走了。

咦？为什么它好像很怕这个问题？

李玄心里充满了疑问。这很可疑，非常可疑。李玄简直肯定，这小鹦鹉肯定又做了什么坏事，怕被自己发现。这个坏事恐怕对自己大大不妥，所以才会这么仓皇。

但会是什么坏事呢？不就是个故事吗，还能坏到哪里去？李玄如此想着，倒也有些释然。

连续奋战在药罐子边足足七天，容小意的脸色才渐渐好了些。

她的身子更娇弱，斜倚在一朵花瓣中，就仿佛是一支沾满露水的蕊。她轻轻叹了口气，就仿佛是花蕊上沁出的芳香。

"这些天让公子费心了。"

这么多天来，终于听到了一句人话，李玄简直有些感激涕零的感觉："你要是真的感谢我，能不能帮我个忙？"

容小意道："请讲。"

李玄道："我看你万花万木皆能培育，能不能替我种一棵摇钱树，摇出十万黄金来？"

容小意点点头，道："可以。"

李玄大喜，道："真的可以吗？那还等什么？"

容小意淡淡道："摇钱树以福报成活，所以要将公子埋在土中，将种子种在公子的心口，每天浇金水一升，慢慢就会成长了。公子既然愿意种植，那就请掘坑自埋吧。"

李玄吓了一跳："这么麻烦？"

容小意道："不麻烦，经过九十九年，摇钱树就会长大了。"

九十九年？李玄惊讶地张大了嘴巴，他立即打消了这个主意。容小意看着他，似乎在等着他拿定主意。

李玄急忙岔开话题，道："你怎会忽然生了这等奇病？"

容小意合上了眼睛，花瓣合拢，将她包围了起来，她就仿佛受到惊吓的孩子，躲入了母亲的怀抱。

跟小玉一样，在不想回答、不能回答的时候，她也选择了逃避。

但这之中，显然必有一个很深邃的理由，让容小意害怕到甚至不敢提及的理由。

那，又是什么呢？

喂完最后一罐子药，李玄发誓，再也不穿这件破围裙了！再也不像个小媳妇一样给郑百年和卢家兄弟端茶送水了！

他要开始学习！

这一战让他感悟良多，知识简直就是力量啊！

若是他早知道那息壤是在水里用的，若他早知道参合玉凤只能使用一次，若他……

唉，也许一切都会不同。

所以，他一定要好好学习，天天向上！

所以，他虽然拖着疲惫的身躯，但却精神奕奕地向睡庐走去。

他要见到紫极老人，他要加深课程的难度，他要学习更多更广的知识！

虽然他不能变为一个武者，至少可以成为一个智者。

他经过山道的时候，抬头看了看天，忽然想起了九灵儿。这个执拗于爱的天狐让他觉得有些心痛，她受了百年的苦，仍然无法忘却她那无情的爱人。

爱，究竟是幸福，还是灾劫？

李玄也有些歉然，九灵儿的尸体都被心魔化成月轮，消失在空中，没有半点留下，让他甚至不能给她举行个葬礼。他用什么来缅怀这位情深的女子呢？

他深深叹了口气。

紫极老人仍然卧在仙游榻上，他的脸色不再苍白，但李玄总觉得有些东西不对。

他站在门口，仔细地想着，终于明白，他感到不对是因为他没有看到三十六轮回。

紫极老人似乎单纯地在休息，而非在修炼。这实在很不正常。

心魔已被打败了，紫极老人为何却仿佛陷入了更大的困惑中了呢？

李玄忽然想起最后心魔落败的关头，一直固守睡庐、不问世事的紫极老人，竟然同雪隐上人联手一击，不由得心中又涌起了一重疑惑。

紫极老人怕的，好像不是肆虐终南的心魔。

他怕的，究竟是谁？

他刚想问，紫极老人的双目忽然睁开，道："有件事你必须帮我去做。"

李玄怪叫道："我什么都不想做！我只想好好学习！"

紫极老人道："这件事就是好好学习！我不能离开睡庐，你帮我去查看四个地方。这四个地方，关系到摩云书院的存亡大计。"

李玄的心不禁跳了跳，究竟什么事，居然如此紧要，比心魔还要重要吗？

紫极老人掏出四枚令牌，那是四枚黑黝黝的令牌，隐隐泛着青、赤、玄、黄四种光，材质非金非玉，看上去极为奇特。那令牌的正面绘着奇怪的图像，不知是神是兽，背面则画满了各种符咒，相互纠结在一起，就仿佛是乱糟糟的草木之丛一般。

李玄接了过来，道："臭老头，这是做什么用的？"

紫极老人道："当年我设下五行定元阵，分化为先天五狱，镇住五件至秘至邪之物，中心一狱由我亲自镇守，另四狱我托卫公、定远、九灵、千殇镇压，这四天令便是四狱之钥。其中一狱已经损坏，其他四狱在你的胡作非为下，也被冲得七零八落，你拿着四令前去查看一番，只要有些蛛丝马迹可循，也许天下就有可救之机。"

李玄闻听，更是一惊，天下可救？难道有比心魔更强大的魔头出现了吗？

他隐约感到，紫极口中的先天五狱和心魔的话有莫大的关联。

难道这先天五狱中镇压的五件"至秘至邪之物"，就是石星御的神、心、意、形、体？

若真如此，紫极亲自镇守的那一狱，大概便囚禁着石星御的心，却已被心魔在不久前取出了。而其他四狱呢？怎么会是他破坏的？

还不待他开口，紫极老人叹道："你不要多问了，我传你一套口诀，你拈诀挥令，钧天四令就可以将你传送至禁制之处。然后你再念诵口诀，便可将禁制显出。你一一历遍四处禁制，然后回报于我。"

李玄见他神色肃穆，知道此事关系重大，不敢再多问，全神贯注，将那口诀学得烂熟，依言挥动第一枚苍天令，果然，一道青光自令上腾起，他面前忽然闪过一只似龙非龙的妖物，盘旋在他的身侧，忽然，一口将他吞下肚去！

李玄惨叫一声，却发觉自己的身形已出现在另一个地方！那条似龙非龙的妖物，已然不见了踪影。李玄惊魂始定，四下观望，他赫然发现，自己是在那座古墓中。

他的落脚之地，正是咕噜带他来的那个山洞，也就是中藏玄冰的洞穴。李玄再度吟动口诀，又是一道青色的光芒自苍天令上腾起，忽然，就见那块玄冰上也是一道青光腾起，化成一道龙形，慢慢没入了苍天令之中。

玄冰消失不见，苍天令已不再是黑黝黝的颜色，变成了一块青翠的美玉。令身上刻着的奇怪图案跟符咒之纹仿佛变成了活物，缓缓流动着，触体生温。

这是否就预示着，禁制并没有被破？

但李玄却一点儿都高兴不起来，因为，玄冰中冻着的那个人形，已经不见了！

李玄默默地思索着，口诀吟动，挥动第二面令牌，赤红之钧天令。顿时一阵光华闪动，一只类似参合玉凤的巨鸟骤然飞起，轰然没入了李玄的体内。李玄顿时头晕目眩，眼前一黑。等他醒来时，他发觉，自己进入了另一个他熟悉的地方。

天之链堑的尽头。

"心远自定，唯香是承。"

八个大字如血，飞舞在崖壁上，宛如千年的诉说。虽然刻历甚早，但那字却依旧鲜红，正如那誓约，依旧历历在目。

因为这八个字，是刻在心上的。心永不变，字便如新。

难道，禁锢着定远侯心魔的天之链堑，也是紫极老人设下的禁制吗？

那这禁制又镇压着什么？李玄心中的不安加重了，他喃喃念诵紫极老人传的口诀，钧天令挥动，一簇赤光自令上升起，照映着那崖壁上的八个大字一团火红。慢慢地，大字飞舞成八团巨大的烽火，轰然怒卷进了钧天令。

一阵炽烈的火力自李玄手中透出，那枚令牌一瞬间变得火一般烫，差点将他的灵魂灼透！他几乎要将钧天令抛出去了，但就在此时，苍天令铿然一声轻响，一缕清凉自令身上透出，瞬间布满了他的全身。钧天令也发出悠长的清音，那股火烈之势慢慢消歇了下去。

而那八个大字，却在他的手握上那块玉的瞬间，映在了他的心底。他的心忽然痛了起来，一如已经延续了万年的惆怅。

李玄紧紧握着令牌，良久，方才叹了口气，却发觉，他的双颊已布满了泪痕。

他发动了第三枚令牌，昊天令，金色光华闪过，一只巨大的虎形妖物载着他直上九天，来到了另一个他曾经来过的地方。

那是荒凉的沙漠，是红色的深谷，是万千兽类栖息的城池。

九灵御魔。他来到的，是跟石紫凝击败三刹鬼毒大摩天的地火玄谷。这里也是禁制之一吗？李玄疑惑地想着。他站在高台上，念出了第三遍咒诀。猛然一阵呼啸响过，万丛石笋上，忽然浮起了点点赤色的玄火，每一点火光中，都是一只猛兽的影子。它们狂烈地咆哮着，咆哮声响彻天地。忽然，这些凶兽全都化成点点光辉，钻入了昊天令中。

昊天令也在同时起了变化，它中心的那点金芒变得无比亮，一闪仿佛耀遍了整个世界。李玄握住的，并不是一枚令牌，而是一个小小的、灿烂无比的太阳！

他骇然变色，万兽之狂暴愤怒自手掌间轰然怒发，海涛一般撞击着他的心灵。钧天令上的火芒倏然一闪，透入昊天令中，万兽一声清啸，渐渐平息了下去。李玄大汗淋漓，不敢在此多留，匆忙发动了最后一枚令牌。

然后，他惊骇地发现，他出现在了神鳌体内的灵台幻海中。

他就站在三生秘境之屋中，只不过没有见到君千殇。

那块巨大的三生石卧在屋子的正中央，自从天狐九灵儿破石而出后，它就消尽了锋芒。但随着李玄念诵第四遍咒诀，三生石逐渐变得透明起来，中间隐隐显露出了无数的影像，千千万万个影子在其中漂移着，无休无止，无尽无垠。

李玄手中的玄天令也闪过一阵黑光，渐渐地，这些影子全都飘向玄天令，于是玄天令便愈来愈黑，任何一丝光都无法从其中透出。

那黑是如此妖异，如此诡秘，李玄甚至怀疑自己的目光都被纳入其中，无法拔出！

万兽的呼啸在这一刻响起，同时响起的，还有火烈之声，木涛清音。四枚令牌上各自透出青、赤、玄、黄四色光华，凌空纠结在一起，宏音大放，仿佛多年不见的故友重逢，在诉说着离别之情。

李玄心中竟然也充满了感伤。

良久，四枚令牌共鸣之声渐渐止歇，它们静静卧在李玄手中，宛如四枚晶莹的玉石。不过每一枚玉石中都有一个世界，都有片宫阁，都有一个顶天立地的庞大妖物。李玄毫不怀疑，一旦将这些妖物放出来，它们每一只都有心魔那样的毁灭性力量！

让他在意的是，从他念诵口诀的结果来看，这些禁制都完好无缺，那么紫极老人担心的又是什么？

而且，这口诀，明显是为了收回五狱禁制的，紫极老人为何又在这关头收回这些禁制呢？

禁制之中，究竟禁锁的是什么人？

李玄满腹疑问，突然，四枚令牌结成的彩光缓缓落下，将他的身影吞没。

随后，他听到了紫极老人的叹息之声，他知道自己又回到了睡庐中。

果然，紫极老人目光紧紧盯在四枚令牌上，他的双目中也尽是疑问。

他喃喃道："钧天四灵的威曜丝毫不减，为何他能逃出去呢？"

第二十七章　若到天涯思故人

　　紫极苦苦思索着，李玄禁不住问道："谁？谁逃出去了？是石星御吗？"

　　紫极老人骤然一惊，将四令收了起来，道："你必须努力学习！"

　　李玄见紫极老人并不回答他的问题，倒也不觉得意外。这肯定是个巨大的秘密，比心魔巨大多了，紫极老人自然不会轻易吐露。何况他来睡庐的目的，就是想要好好学习，因此，闻言精神大长，响亮地应道："是！"

　　紫极老人道："我会更加刻苦地训练你，你可能要承受比以前多数倍的艰难，你肯吗？"

　　李玄大叫道："我肯！"

　　紫极老人道："这是地狱般的训练，你接受吗？"

　　李玄叫道："我接受！"

　　然后他眼前一黑，就来到了地狱中。

　　茫茫的天，茫茫的地，茫茫的世界。

　　凄厉的鬼啸声破空传来，李玄不由得一声惨叫，他恐怖地发现，这并不是紫极老人所制造出的轮回之境，而是真正的地府鬼界！

260

因为人力有时而穷，人的想象，也有时而止。紫极老人制造出来的轮回之境，大都有一个界限，比如一所无法跨出的房子，一座无法攀爬逾越的山谷，等等。有的时候也会是草原，是森林，但四周都有白茫茫的云彩笼罩住，看不到再远处的景象。

　　但这里却不同，李玄只看了一眼，就看出这是个浩茫、广大的世界。真实无比，在遥远的天尽头，耸立着险恶崎岖的山峰，一道宽阔无比的河流自山中流淌而下，翻涌滚过他的身边。河水阴沉沉的，黏稠至极，似乎其中流淌的不是水，而是血。一阵风吹来，那风中全是腥恶之气。

　　天阴得好像垂在头顶上一般，但却没有云，仿佛这里的天就是这么低。黑沉的大地不生一棵草、一株树，只有巨大的骨架支天而起，上面悬挂着残破的血肉。有的白骨太过高大，直刺入天幕中去。鬼哭之声幽幽传来，无比凄厉。

　　李玄不由得激灵灵打了个寒战！

　　天书爷爷倏然探出头来，只看了第一眼，它的封面就变得惨白，连封面上绣着的花纹都惨白无比："九幽鬼界！竟然是九幽鬼界！"

　　它哀怨无比地看着李玄："自从我跟了你，就没遇到什么好事！天天被人追杀，现在居然到了鬼界中了！天哪，怎么说我都是太初四宝之首，怎就如此命苦呢？"

　　李玄没好气地道："你哭号什么？什么是九幽鬼界？这里不是臭老头制造出的轮回之境吗？"

　　他虽然早就看出这里绝不是轮回之境，但仍然存了一丝侥幸。天书老爷爷虽然跟封常青一样胆小怕死，但见多识广，说不定能知道一些这里的秘密。

　　天书爷爷惨叫道："紫尊怎会创出这样的轮回之境？紫尊又不是变态，怎会制造出这样的轮回之境？这是真的九幽鬼界啊！完了，我们会死在这里的！"

李玄一听，心立即沉了下去："究竟什么是九幽鬼界，你赶紧说！"

天书爷爷道："你难道从来都不学习吗？九幽鬼界都不知道？九幽鬼界就是地狱啊，而且是地狱中的地狱！活人进了地狱，有什么后果，你知道吗？就算不被鬼吃掉，受这阴邪之气中伤，也会元气侵蚀，死于非命的！"

李玄倒吸了一口冷气，道："臭老头将我送到这里来，想做什么？杀人灭口吗？我可不知道他什么秘密啊！我知道了，这一定也是课程的内容，只要我们找到出口，就可以了！"

天书爷爷蔫道："什么出口？九幽鬼界乃是至怨至邪的恶鬼受苦之地，能有什么出口？你不要妄想了！"

李玄笑嘻嘻地道："不会的啦！臭老头不会对我们这么坏的啦！这一定只是课程而已，他一定会像以前那样，给我留一个出口，只要我找到了，他就会放我出去的。他说要对我进行更刻苦的训练，在九幽鬼界中找出出口，不是比轮回之境更苦更难吗？你放心好了！"

他笑嘻嘻的，浑不在意。天书爷爷嘟囔道："你若是这样想，那就再好不过了。不过……你可不要怪我老头子啰唆，我总觉得有些不太对头！"

陡然，一团莹莹的绿光在阴黑的暗夜中闪现，李玄一惊，只见一只庞大的绿色头颅凌空悬浮在身前，森寒的独眼直直对准着他。没有身子，只有头颅，而且头上血肉模糊，五官揉在一团，也说不清楚哪里是眼睛，哪里是鼻子，虚茫茫的绿气自他的嘴中喷出，化成莹莹绿光，旋绕在头颅四周，看上去妖异可怕。

它冷森森地一笑，猛然向李玄扑了过来。

李玄大叫一声，翻身就跑。

就连三刹鬼毒大摩天，都比这绿头好看多了。这绿头简直又可怕又恶心，彻底摧垮了李玄对抗的意志，能逃多远就逃多远！

天书爷爷被他勒住封面，逼着施展出最强的神行符，一道光华闪

262

过，李玄就仿佛变成了兔子，跑得一溜烟不见了。

那绿头见状，猛地仰天一声狂啸，四周仿佛被这狂啸点亮了一般，缓缓亮起了一盏一盏的绿色光华。

李玄吓得心胆俱裂，每一盏绿色光华，就是一只巨大的绿头，全都浮空而立，阴森森地围住了李玄。要是边令诚在这里，肯定会高兴得晕了过去，但李玄却几乎吓得晕了过去！

他抓住天书爷爷，大叫道："怎么办？怎么办？"

天书爷爷被他掐得几乎背过气去，咳嗽道："我有什么办法？"

李玄大叫道："你一定有办法的，你不是太初四宝吗？没有办法怎能称得上是太初四宝？"

天书爷爷叫道："有办法是有办法，这些妖物常年被禁锁地底，最怕烈火，我虽然能施展控火术，但这里没有可燃之物，你要我怎么办？"

怕火？没有可燃之物？李玄紧紧盯着天书爷爷，脸上露出了一阵坏笑。

天书爷爷一声惨叫，比发现进入了九幽鬼界还可怕的惨叫："你要是敢烧我，我一定不帮你的！"

李玄笑道："你既然是太初四宝，必然是烧不坏的，我们试试？"

"不！"

"我敢打赌，你肯定烧不坏，要是烧坏了，那我就认你做主人！"

"不！"

"那好吧！"

绿头一声狂啸，向李玄冲了过来。

李玄一伸手，将天书爷爷塞进了它的大嘴中，大叫道："太乙神雷！"

轰然一阵雷霆响过，那只绿头被炸成碎片。李玄笑道："既然你不愿烧，用这个方法也不错！"

天书爷爷满脸悲痛地看着自己的身体，那上面沾满了绿色的黏液，还有地底鬼物特有的怨气。天书爷爷是高贵的存在，岂能任由这些卑污的东西玷污自己？眼看李玄要将自己塞到另一张嘴中，天书爷爷几乎是哭着冒出了一团火花，将自己点燃了。

那些妖物猛地看到火光，都是一惊，惨啸着向四周退去。它们缩在火光的最尽头，惊恐地看着这如此明亮而温暖的火，瑟瑟发抖。

李玄笑道："看，你若是早点燃自己，不就没关系了吗？我说你是太初宝物，必定烧不坏的吧？"

天书爷爷身上宝光流动，果然不能烧坏。这是肯定的，太初四宝无不经历了万年风霜，若是这么容易就烧坏了，那还有什么用？

天书爷爷几乎是咬着牙道："你可不要后悔。"

李玄笑嘻嘻道："后悔若是没用的话，我是不会后悔的。"

一串串字迹在天书上显露，然后隐灭，火光升腾燃烧着，似乎永远不熄一般。李玄叹了口气，道："若是有个火锅，再有些羊肉、毛肚就好了……"

天书爷爷气得差点背过气去，它身上的火倏然熄了。

李玄顿时跳了起来："为什么熄掉火？"

天书爷爷怒道："你以为我愿意？还不是因为你太弱！"

嗯？怎么又扯到我头上了？李玄心头疑惑，但却顾不上跟天书爷爷争辩，他要赶紧逃，因为火一旦灭了，那些绿头妖物肯定会围过来野餐的！

哪知那些绿头齐声发出一阵悲啸，绿芒渐渐暗淡，向虚空里隐去。李玄大感惊讶，为何它们放弃了如此美味呢？难道它们忽然被感动了吗？

天书爷爷却惊恐起来，惨叫道："快跑啊！"

一道无比巨大的黑影自夜空中升起，宛如怒涛一般卷了过来。那些还没来得及逃窜的绿头妖物被这黑影裹住，立即爆散开，化成一团凄厉的绿芒，被吞入了黑暗中。黑影丝毫不停留，扑动之势更猛。

原来是来了只更狠的！

李玄大叫道："快跑！神行符！"

天书爷爷冷冷道："没有神行符了！"

李玄大叫道："为什么没有神行符了？刚刚明明还有的！"

天书爷爷冷冷道："刚刚当然还有！你以为方才燃的是什么？是我上面记载的法术！什么神行术啦，太乙神雷啦，通通化成火光了！只怪你修为太低，我就只能提供这几门法术，要不，还可以燃久一点儿！"

什……什么？还有这种事？李玄简直欲哭无泪。要是早知道，他是绝对不会容许此事发生的！但现在，他却只能含泪吞下恶果，奋力挪动两只脚，使劲奔跑。

呜呜，没有了神行符，跑起来可真是吃力啊！

便在这时，那道比穹天还要黑的黑影猛然发现了他，一道闪电刺啦一声在黑暗中勃发，贯穿了黑影的全身。李玄瞥眼之间，看清了黑影的长相，差点吓晕过去。

那是什么恐怖的怪兽啊！它的形状像一头蛇，但身上鼓鼓囊囊的，却都是大大小小的肿瘤，浓稠的液体自肿瘤中不断滴下，汇聚成黏涎，将它全身沾得湿漉漉的。

李玄心中泛起一阵恶心，却不由自主地怀疑，那些肿瘤是一颗颗人类的头颅！

这个想法差点让他吐了出来。他绝不想化成这妖物躯体上的一颗肿瘤！

他疯狂地奔跑着，那妖物身躯虽然巨大，但动作灵活至极，一声嘶哑的怒啸，阴风骤起，卷天蚀地，向李玄罩了下来。

李玄惨叫一声，就觉铺天盖地都是巨大的肿瘤，无论他逃向何处，都会撞在一个肿瘤上！这恐怖的景象让他完全失去了抵抗的勇气，双脚一软，差点栽倒在地。

铮！

定远刀突然脱鞘而出，化成一道红光，将李玄紧紧罩住。红光贯天立地，那妖物嘶的一声闷啸，身形几乎打在李玄身上，骤然回缩。

它庞大的身形迅捷地游弋着，李玄能够感觉到它那隐在黑暗中的眼睛正在紧紧盯着他，只是害怕定远刀上喷出的烽火，不敢靠近。

定远侯的功法凌厉霸悍，不可一世。他修习的刀上烽火也是正气浩然，夺天地之威。虽然只是一刀凌立，但烽火隐然有斩天裂地之势，那妖物虽然横行地府，但究竟是阴气所聚，对这种精纯的阳火之功，有种天然的恐惧，不敢上前。但它又不舍这送到眼前的肥肉，故而围在李玄四周，不肯远去。

它在等待着机会，只要定远刀上的烽火稍有松懈，它就闪电般一口咬下，将李玄吞噬！

这一点，李玄很清楚，天书爷爷也很清楚！一人一书胆战心惊地看着这巨大无比的黑影，不住祈祷着定远侯老人家天下无敌，他留下的这柄刀也是天下无敌，烽火一万年都不会熄灭。

忽然，李玄像是感到了什么一般，抬起了头。

遥远的、灰暗的天际闪起了一点清幽的光芒。那光芒极淡，就连谢云石这样的高手，都未必能够看见，但不知如何，李玄却看得极为清楚。

他心中升起了一阵温暖安定的感觉，这点光芒中蕴含着一种神奇的力量，只要能找到这点光，他所有的苦难都将抛去。他就会像孩子找到母亲一样，再也不用担惊受怕。

那是九幽鬼界的出口吗？

李玄精神一振，握住定远刀，大步向清光走去。

定远刀上的红光却像是感受到什么不祥之兆一般，忽明忽暗，似乎在警示着李玄。但李玄的修为太浅，又岂能读懂这灵物之语？

走不几步，又一只巨大的妖物被红光惊醒，但它也不敢突入光中，又不肯舍弃这到嘴的肥肉，也似先前的妖物一般，辍在了李玄身后。两头妖物互相看不顺眼，不时猛烈地搏斗着，但它们的主要精神显然还是放在李玄这块肥肉身上。

又行了一里许，李玄身后的妖物多了三条；再行了十里许，妖物的数量激增到了七十三条。这支队伍浩浩荡荡地，向着清光而去。

李玄心惊胆战，不过最害怕的还是天书爷爷，它不住地问道："烽火不会熄灭吧？定远刀可靠吧？你说我们会不会死？"

李玄恼上来，大叫道："再啰唆我就将你丢出去！"

天书爷爷身子一颤，急忙住口。

越走风越冷，地上渐渐结满了漆黑的冰屑，脚踩在上面，寒气直透骨髓，几乎将李玄冻僵。但他却毫不停留，笔直向着那点清光前行。

离清光越近，他的心就跳得越厉害，似乎他就要见到了长久思念的亲人一般，又兴奋，又紧张，却又不禁被温暖浸满全身。

清光渐渐清晰起来，隐隐可以看见是一块巨大的玄冰，几个光团围绕在玄冰之旁，似是替它承载着万年的严寒和无法言说的悲伤。

李玄心头疑惑，他只想再靠近一些，看得再清楚一些！

倏然，一朵花开在他的脚下，清和之气布散而开，登时消尽了九幽鬼界中的严寒。那些跟在李玄身后的妖物全都发出一声哀鸣，将身子死死伏在地上，竟连抬头观看的勇气都没有！

花开，一朵，两朵，三朵……

刹那间，九幽鬼界仿佛变成了众香国，扶摇蔓延的是一片花海。

那花并不是幻象，无比真实，无比自然。它们一出现，先前的九幽鬼界，就变得如幻境一般。

一道人影缓缓降下，浓烈的光芒将他重重包围着，看不清楚他的样子，但李玄只看了一眼，就脱口而出："君千殇！"

君千殇默默看着他，淡淡道："我送你出去。"

李玄越过他的身影，目光落在那团玄冰上，他眉头皱了起来，道："我……我能不能看看那团光？"

君千殇沉默良久，道："不行。"

说着，他的左手缓缓抬起。他的整个身子都仿佛是光芒所凝聚的，这一抬手，一团炽烈无比的光华在掌中凝出，化成一个光圈，罩在李玄的身上。周围的景色立即模糊起来。

李玄知道，他就要脱出九幽鬼界，回到终南山了。

他的目光锁在玄冰之上，不知为何，他心中感受到一阵强烈的悲伤，似乎这玄冰中，凝聚着他所有的思念，所有的感恩。

君千殇浮空立着，他的目光并没有落在任何东西上。他的身形仿佛并不在这个世界上，这世界中并没有任何东西值得他关注。

九幽鬼界中的虚无之色忽然淡了淡，一抹紫辉微微腾起，紫极老人的叹息声响起："徒儿，取回轮回之剑吧。石星御已然再度出世，这是最后的机会，不要再固执了。"

君千殇的目光回缩，仿佛又变成了这个世界中的人物。这个世界中的烦恼萦绕在他身上，让他有了困惑："师尊，我斩断这么多因缘，究竟是对的，还是错的？"

紫极老人也陷入了沉默，良久，方才叹道："我只知道，若没有你的轮回之剑，中华早就陷入魔劫了。"

君千殇仰首，他的目光穿透了那浩茫的苍天，他的声音中，有着一丝苍凉："师尊，是否这轮回之剑，才是真正的魔劫呢？"

紫极老人久久不语。

任何超越了大多数人想象的力量，都是魔劫。

君千殇缓步向外走去，消失在虚空里。他的步伐很缓，扶摇的花香将他的身影淹没，那是这个世界对他的尊敬。

但拥有无比荣光的他，却是如此困惑。

究竟谁才是魔劫之因？

第二十八章　紫阙落日浮云生

仙游榻上，紫极老人脸上刻满了浓浓的落寞。

为了让君千殇取回轮回之剑，他将李玄抛入了地狱。

这，也许是他能做出的最后的牺牲，却无法说服他最得意的徒儿。

他知道，只有他这个徒儿解开心中的结，这个世界上的魔劫才会消失。

他抬头，目光穿透了睡庐，凝结在天空中。

那天空，是如此青，如此蓝，如此空无、清澈。天幕美得一点都不真实，美得让人叹息，但在紫极老人的眸子中，却显得那么恐怖。

他从未见过如此净洁的天。

因，这块大地从未干净过。

李玄垂头丧气地站在太辰院中，眼睛直勾勾地盯着头上的青天。

他很烦，总觉得心底最深处挂着一件事，老是揭不开。

九幽鬼界中那块散发着淡淡清光的玄冰，一直萦绕在他的心头，不知怎的，让他又烦又乱，焦躁无比。

也许，是他这次没有凭借自己的力量冲出来，是被君千殇救了的缘故？

应该不会啊，自己不是个小气的人，不介意危险的时候别人冲出来救自己的。

那是为什么呢？

难道那玄冰竟是块宝贝，自己是因为跟这么大块的宝贝失之交臂所以才难过的吗？

这倒有可能，毕竟这段时间错过的太多了。

李玄心头不禁闪过龙薇儿娇娇怯怯的身影，一想到她此时肯定跟谢云石在一起，他就不由得心头苦涩。

前生眷恋，夙世轮回，已如烙印般刻在了他的心上，但她呢？她难道已将这些全都忘记了吗？就连一丝一毫的影子都不再记起？

或者，这就是轮回，前世已了，前世所有的印记都将随着这黄沙碧血，消隐在历史的尘埃中，不必再记起。无论是情还是孽，都将追寻着它本来的踪迹，掩埋在那已逝去的人的身上。而生者，将会全新地生活着，摈弃前世的功业。

这就是轮回。

轮回是重复，也是屏障。

或者，人本就不该承诺千生万世。因为你没有权利，替你的来生承诺一份情缘。

人不该总是重复着自己，无论是情还是孽。

然而，李玄却无法忘掉前生，当他以定远侯的眼看到他的情的时候，他深深领会到，他欠承香公主的太多了，也许，那需要至少三生的时间来奉还。

但苏犹怜呢？

她的七重考验，本是为了杀死自己而准备的，但那又如何？她是一片雪，一片洁净的雪，污浊的是自己。他亦不能忘记，万重落雪中，苏犹怜所受的伤、所受的苦。如果没有龙薇儿，他会好好爱惜这个女子，用尽他所有的努力给她一份温暖。

他希望每个人都能忘掉不愉快的过去，就像他那样。但恰恰就有一个龙薇儿，他曾爱了一生，亏欠了一生的龙薇儿。

李玄苦笑，苦笑啊苦笑。

突然，一只手大力拍在他的肩上，李玄猛抬头，就见封常青那丑陋至极的脸上挂着一丝得意的笑容。但就算他再得意，他那笑容看上去仍是那么丑陋："老大！现在若是再打架，我保证不会输了！"

李玄看着他，两天不见，这笨而怯的家伙能够脱胎换骨？

"不会输了？"

"……至少不会那么快输了！"

"表演一下给我看吧。"

"不……不行！若是先看了，那就收不到奇效了！我接到大边的……"

"什么大便？"

"就是我们的结义兄弟边令诚啊！这是我顺应老大的绝招给他起的昵称！"

"……那你呢？"

"我？我当然叫小青啊！"

"……"

"老大你不要打岔，我接到大边的五鬼传书，说他也练成了新的妙法，可以绝对保证红玉没有危险了！"

"五鬼传书？"

"就是五只小鬼跑来跑去的，出入幽冥，隐化无形。只要知道对方的姓名，就可以驱使小鬼找到，将书信送到他手中。不过大边说五鬼找来找去都没有找到老大您，看来您这个老大的确是名副其实啊！"

"好，我们看看去！"

两人出了摩云书院。

"咦？为什么看大门的阿长不在了？"

"老大，自从你进了书院，好像生徒不能随便进出书院的规矩已经废了，阿长早就不站这里了。紫极老人还说啥时候要重罚你呢。"

"……这也算到我头上了？"

两人走啊走。

"咦？这不是古墓吗？"

"大边说这里是红玉的娘家，红玉受伤了，回到娘家对她好一些。"

"……鬼也有娘家？"

两人找到凿在墓壁上的洞穴，钻了进去。封常青显然已不再对这座墓心怀恐惧，大概是跟鬼相处得久了，已经习惯了吧。

他们穿过了一只浑身生满绿毛的僵尸……

他们穿过一窝长着鬼头，六只爪子的妖怪……

他们穿过一条头大得就跟小山一样，被石头卡住动弹不得的大蛇……

他们走到了墓底。

边令诚果然在那里等他们，李玄不禁惊讶道："老鬼、杨仙，你们两人回来了！"

老鬼嘿嘿笑道："不是回来了，我们就没有走过。"

李玄道："前些日子我们被打得死去活来，你都不出来帮忙？"

老鬼道："有什么好帮的？一个幻影而已！"

李玄惊讶地张大了嘴巴："你居然知道那是心魔的幻影？"

老鬼道："这有什么难的？我一眼就看出来了！"

李玄大怒，恶狠狠道："那你居然也不告诉我们一声？你可知道，我们打得多辛苦？"

老鬼道："告诉你们做什么？不知道对你们比较有好处一些。"

李玄怒道："有些什么好处？"

老鬼咧着他那丑陋无比的嘴笑了："你可知道，心魔藏在每个人心中。你们之所以会对四极龙神的幻影感到恐惧，是因为你们心中的魔在作祟。而打败心魔幻影，也便是打败自己心中的魔头，斩断毒龙，这对你们的修行大有好处。现在你们或许不知道，但将来就会明白的。紫尊也早就看出心魔幻影的本相，但他也没有说破，便是想历练你们。"

李玄暴跳起来："历练？若不是有参娃娃，我们早就全死翘翘了，那时候就只有边令诚最高兴！何况，据说更大魔劫就要来了！"

老鬼面色肃然起来："这也是我们离开此地的原因。不过走之前，我有些东西要交给你们。"

他拿出一个木盒来，递给封常青。封常青打开看时，见是十二面小小的旗子和两块符牌。那旗子的杆不知是什么材质的，非金非铜，黑黝黝的，看上去年岁甚久，敲敲隐有龙吟之声。旗面上绣着诸天星辰，一个个亮晶晶的，闪着毫光，一看就是极为难得的法宝。

老鬼道："这十二面摩天战旗是我早年所用之物，乃是我斩云梦蓝蛟，取其脊骨制成的。旗面用的也是蓝蛟的腹下之皮，一旦施展，风云相从，威力无穷，以之布列阵法，可平增一倍的威力。这两面符乃是召将虎符，是用蓝蛟最大的两颗牙齿磨成的。你现在功力尚浅，无法施展，我也不向你说它的妙用了，等你慢慢参悟吧。"

封常青高兴得差点晕了过去，扑通一声跪倒在地，叫道："您老人家收我做个干儿子吧！我一定会为二老养老送终的！"

李玄一脚将他踹翻在地，训斥道："知道他是谁吗？会稀罕你送终？他是老鬼！鬼还送什么终啊！"

老鬼又拿出一个木盒，递给边令诚，这个木盒跟送给封常青的那个一模一样。里面盛着一对笑容可掬的无锡泥娃娃："这也是我少年时所用之物，名字叫作天官地官，现在送给你了。你是个好孩子，常担心红玉。但有了这天官地官，就不用再担心了。你与红玉将它们佩戴在身上，修习的时候也默想着它们，将之与心灵相通，它们便能够代你们死一次。不过这样的话它们就会碎掉。你将心头的热血滴到它们身上，再祭炼七七四十九天，它们便会重新复原的。"

边令诚大喜，急忙取过来，只见那两只泥娃娃玉雪可爱，极为好看。他匆忙将一个挂到红玉的脖子上，另一个要挂到自己身上，犹豫了一下，又放回盒子中，道："红玉，这个也给你留着，等那七七四十九天时，这个也能给你挡灾。"

李玄的眼珠子都快掉出来了。摩天战旗？天官地官？尤其是天官地官，有了这等法宝，那简直就是不死身啊！想不到这老鬼看上去平平无奇，身家竟然这么丰足。嘿嘿，他接下来会给自己什么呢？李玄心中充满了期待。

老鬼脸色极为郑重："你是他们两人的老大。"

李玄点了点头。

"你还是紫尊的大徒弟。"

李玄点了点头。

"所以，要是给你点普通的法宝，我还真拿不出手。"

李玄猛力点头！

"那就只好出动我的看家之宝、镇墓之宝了！"

李玄大力点头！这次他学乖了，无论老鬼拿出来的是多么可怕丑恶的东西，他都通通收下，拿回去仔细研究了再说！

封常青："老大，你不用连哈喇子都流下来了吧？"

老鬼郑重的眼神让李玄无比期待！

他肃然礼天！

他穆然礼地！

他……脱！

他双手郑重地捧着刚从身上脱下来的那件稀破稀破的衣服，以及那双稀破稀破稀破的鞋子，毅然送到了李玄面前："送给你！浩瀚战甲！五云战靴！"

浩瀚战甲？五云战靴？

好……好响亮的名字!

但为何我看到的却是一件破衣服跟两只破鞋呢?

李玄简直欲哭无泪。他仿佛痴呆一般盯着老鬼手中的一堆破烂,想死的心都有了。

"我……我想要摩云战旗……"

"浩瀚战甲比它好十倍!"

"我……我想要天官地官……"

"五云战靴比它好二十倍!"

李玄还要推托,老鬼一把将他抓住,他身上的衣服立即开始破裂。

"不……不要……"

"嘿嘿……你跑不掉的……你就从了吧……"

封常青跟边令诚面面相觑:怎么会有这样的对白?

终于,李玄抵不过老鬼霸悍的内力,那套破烂至极的浩瀚战甲跟破烂无比的五云战靴,被强行套在了身上。

封常青默默走上前来,叹了口气,将一文钱塞到李玄手中。

"你……你当我是乞丐?"

"臭老鬼,我不要穿这么难看的衣服!还给你!"李玄使劲扯着浩瀚战甲,想将它脱下来。咦?为什么脱不下来?

老鬼跟杨仙得意地笑着:"如此宝物,我这么诚心地想送给你,又岂能让你这么简单地脱下来?除非你有谢云石那样的修为才行!"

谢云石那样的修为?李玄眼珠子都快掉下来了。那就是说,自己一辈子都要穿着这丑陋至极的衣服了?

李玄那个哀怨啊……

老鬼道:"你真是不明白我一片苦心,以后你感激我都来不及呢。这件衣服多好,以后你没饭吃了,伸手就可以讨;没钱花了,伸手就可以乞。行走三州六府,天南海北,到哪里都是家!"

我……我还是个乞丐啊!

李玄简直欲哭无泪了。老鬼叹道："宝物也送完了，你们该走了。我们要静静地跟这座古墓告别了。"

封常青、边令诚捧着木盒，兴高采烈地向外走去。

李玄忽然住步，道："老鬼，你究竟叫什么？我总觉得你是个大人物！"

老鬼笑笑，道："我除了会煮饭，还另学了门手艺，喜欢给人看病。你就叫我药师好了。"

"死……死老鬼，到这时候都不说实话！"

李玄恨恨地随着封常青和边令诚出了古墓。外面星华灿烂，寂寂无声。

李玄道："你们不是都说自己有了绝招吗？快施展出来让我看看！"

封常青笑道："老大，我不是说过了吗，绝招这东西，是不能显露的，否则上了战场就不灵了。而且，我们各自都得了宝物，还是赶紧祭炼自己的宝物为好。"

这句话不说还好，一说李玄差点气了个一佛出世，二佛升天！

"我？我能修炼什么？"

"老大！你一定要好好修炼讨饭，我们以后吃饭就全靠你了！"

李玄气得要打，但封常青跟边令诚都是修行之人，一个仙气飘飘，一个鬼气森森，眨眼间走了个影子都不见。

李玄哀叹一声，没情没绪地向书院走去。

突然，一个身影自他面前闪过，向着茫茫山峰纵去。

石紫凝？

第二十九章　手中电曳倚天剑

这么晚了她要做什么？

李玄心中疑惑，于是悄悄地跟在她身后。

嗯，这双稀破稀破的五云战靴虽然样子不好看，穿着倒是极为舒服，走起路来也好像快了很多，石紫凝的修为比起他何止高了一倍两倍，李玄居然也能跟得上。

五云战靴不知是什么材料制成的，极为轻软，几乎是落地无声，遥遥只见石紫凝秀眉深蹙，似是被什么事困惑着，心神不专，也没有发现李玄的踪迹。

李玄总算发现了乞丐鞋的好处，远远跟着她。

渐渐地，他的眉头皱了起来，因为他发现，石紫凝去的方向他很熟悉。那赫然竟是天之链埕。

难道石紫凝也想探察摩云书院三大禁地的秘密？

可是天之链埕的秘密已经被李玄破解了啊？石紫凝来这里又想做什么呢？

李玄心中忽然闪过一句话——若想再找我，去天之链埕的另一面……

这又意味着什么？

石紫凝笔直地站在天之链堑的崖顶。

那道粗长的铁索通向对岸，云海翻腾，瞧不出铁索的尽头何在，也瞧不出对岸有些什么。虽然云海雪蜃已被除去，但此地云雾本就浓密，依旧将那条铁索封锁得严严实实的。

李玄已经知道，天之链堑的真正秘密是在崖底，这也是云海雪蜃所守护的核心。但上面这条铁索又是做什么用的呢？

难道只是为了掩盖崖底的秘密，而故布的疑阵？李玄摇了摇头。

不可能。这铁索看来已存在了许久，甚至比定远侯的年纪都要大，绝非仅仅为了布个疑阵。

那石紫凝来到这里，又是为了什么呢？

李玄正在沉思间，石紫凝仿佛已做出了决断，咬牙向铁索上踏去！

李玄脑中猛地灵光一闪，脱口道："你要去找心魔！"

石紫凝倏然回头，高挑的身躯凌空扭转，一剑光闪，向李玄刺了过来。

李玄大骇，这一剑已然闪到了面前！

他本能地全力扭身，倏然就觉身轻如燕，竟然嗖地横移一丈！

这下不但他大吃一惊，连石紫凝目中都闪过了一阵惊讶。

他低头，就见那只破破烂烂的靴子上竟生出了一对翅膀，缓缓扑扇着，他试着挪了挪身躯，只觉灵动至极，就仿佛在身上一连加了几千个神行符一般！

天书爷爷伸出头来，赞道："好鞋！"

李玄大喜，石紫凝长剑斜斜提起，冷冷道："阁下是谁？再要藏头露面，休怪我全力运剑！"

咦？穿了一身乞丐装就不认识了？想不到你石大小姐也是个势利眼啊。

眼见石紫凝双目渐冷，李玄慌忙道："不要打！是我啊！"

他一开口，石紫凝顿时认出。但李玄又怎会有如此高明的武功？

278

石紫凝惊奇地打量着他。李玄也不说破，乐得承受她的惊讶。

石紫凝脸上的惊意一闪就消失了，冷冷地说道："你来这里做什么？"

李玄笑道："这句话应该我来问你才是。"

他的笑容渐渐止住："你难道还没领教到心魔的可怕，竟然主动来找他？"

石紫凝欲言又止，紧紧咬住了嘴唇。

李玄叹道："我知道你复国心切，但是心魔绝非可靠之人，你看他无时无刻不想颠覆天下，怎会诚心实意地帮你？只怕将天下人全都杀死，才是他的目的。"

石紫凝张了几次口，终于道："我并不想借助他的力量……我早就发现这是不可能的了。但我发现，我们石国的秘宝龙鼎血华，可能在他的手中。"

李玄疑惑道："龙鼎血华？那是什么东西？"

石紫凝道："龙鼎血华是由上古神龙应龙的血所化，有伏龙之能。我先祖四极龙神石星御就是借助它的力量，驯服了地水火风四大神龙，成就无敌的威名。只要龙鼎血华在手，我也可以降龙为力，重建石国！"

李玄道："那你又怎会笃信龙鼎血华是在心魔手中呢？"

石紫凝道："我总觉得，心魔虽然强大，但要造出连雪隐上人都能瞒过的幻影，却也力有未逮。这世上绝没有任何幻影，能有如此强大的力量。这力量必定另有来源。星御龙神一生只用过三件宝物，四极逍遥剑、龙鼎血华与九命玄石，这三件宝物中都受他龙力感染，具有不可思议的威能。但四极逍遥剑早与他心神相合，九命玄石又在我手中，因此，心魔能够汲取力量的，就只剩下龙鼎血华了。而龙鼎血华乃星御龙神炼龙之物，玄威皓妙，心魔拿来炼心，的确可造出那幻象来。"

李玄缓慢地点着头，道："你说得也有道理。那幻影太真实了……可是你有没有想过，也许，心魔本就是石星御？"

石紫凝断然摇头，道："不可能！星御龙神一旦复活，第一件事肯定就是要重建石国！"

李玄默然："为何你一定要重建石国呢？现在不是很好吗？"

石紫凝冷冷道："现在是你们好，我并不好！"

李玄禁不住笑了。她并不好，可是他觉得她挺好的啊。腿，挺好……身材，也挺好的……就是脸太冷了些……

石紫凝见他目光渐渐无赖，不禁心中有气，倏然一剑刺了过去。李玄一声惨叫，慌忙从遐想中惊醒。他大叫道："好！我陪你去。我也想看看，到底心魔还能玩出什么花样来！"

他一步刚踏出，突然想到了什么，扭头对石紫凝道："虽然你老想揍我，抢我的大师兄称号，但我总算对你不错，救也救过你，帮也帮过你，你能不能答应我一件事？"

石紫凝冷眼看着他，道："什么事？快说！"

李玄搔了搔头，有些难为情地道："这件事说出来真是太不好意思了，但是师兄弟如手足，帮人就是积德，你不会不答应吧？"

石紫凝脸上有些不耐烦，李玄急忙道："你能不能在道术课上输给封常青？你知道，要是他不能在某门课中拿到前七名，他一定会被逐出书院的！你不想看着他的人生从此毁掉吧？"

石紫凝脸上一点表情都没有，这让李玄有些不安，紧张地等着她回答。

石紫凝冷冷道："你若是肯让我在玄冥常傅面前狠狠揍上一顿，我就答应！"

在玄冥常傅面前？狠狠揍一顿？那不就是宣布自己放弃大师兄的称号了吗？他该为了兄弟舍弃大师兄的称号吗？但为了封常青这丑鬼，还真是有点不舍得啊。

石紫凝不再看他，向铁索走去。李玄只好不再提这件事。

她脚上柔软的小蛮靴踩在铁索上，竟然牢固至极，连丝毫晃动都没有，实在非常人所能及。她回头，想抓住李玄，因为她知道李玄的修为实在太浅薄，若没有她的帮助，只怕立刻就会跌进天之链埑的深谷中。

但她抓了个空，因为李玄竟然浮空站立。

他的鞋子上生出了四只小翅膀，每只鞋子上两只，托着他浮空站立，神态潇洒至极。那翅膀圆乎乎的，不像是鸟的，也不像是鱼的，更不像是怪兽的肉翅，石紫凝也算见多识广了，可从未见过这样的翅膀，更从未见过这样的鞋子。

不过李玄向来神出鬼没，石紫凝倒也并不吃惊，转头一步步向铁索上走去。

李玄大为失望，叫道："你不惊讶？"

石紫凝冷冷不语。

"你不好奇？"

石紫凝不语冷冷。

"你不想要？"

石紫凝一剑斩了过来！

李玄急忙蹿开，眨眼之间，两人已没入了云海。

天之链埑中，又将会有什么样的秘密在等待着他们？

那条铁索极长极长，两人一走一飞，走了一刻钟，竟然还没到尽头。云海漫漫，看不到边际，除了那条铁索之外，两人就宛如凌空浮在云中。星华点点透下，映得那云朵上一层莹莹的淡光，宛如明玉雕就的一般，静静悬浮着，天地间一片沧桑静谧。

李玄极为得意，他实在没有料想到，老鬼给的如此难看的五云战靴，竟然有如此妙用，可令他悬浮空中。他又想起了方才躲避石紫凝的那一剑。看来老鬼所说的这战靴乃是他最得意的宝贝，未尝没有道理啊！

以后他再跟别人打架的话，就算打不过人家，至少跑是没问题的。

既然五云战靴如此了得，这件浩瀚战甲呢？

李玄抚摸着身上这件破烂不堪的衣服，越来越觉得高兴。这件宝甲，是不是可以刀枪不入？就算石紫凝一剑砍过来，也砍不进去？嘿嘿，那自己不是立于不败之地了？好几次，他都忍不住想要石紫凝砍自己一剑试试，但最后还是忍住了。

他要是提出这样的要求来，石紫凝说不定真会将他当成变态，那时候全力一剑砍下，万一浩瀚宝甲不像自己所想的那样神通非凡，只怕立即便会挂在这天之链堙中。

这种没有把握的事情，还是不要做才是。

他悬空浮立，跟在石紫凝身后，一点都不费力气，自然舒服至极。石紫凝走得快，他鞋上的翅膀就飞得快；石紫凝走得慢，他鞋上的翅膀就飞得慢。

石紫凝猝然住步。

铁索隐然已到了尽头。

李玄精神一振，只见浩浩云雾将前方封锁，那云气就仿佛实质一般，石紫凝身上的劲气冲上去，竟是纹丝不动。

石紫凝宝剑提起，忽然一剑斩出。

剑光匹练般纵横，向那凝结的云上斩去，忽然空中响起了一声悠长的叹息，那云团上一阵光华闪过，石紫凝这一剑犹如石沉大海，云团依旧暗暗沉沉，完全没有半点反应。

石紫凝大惊，铁索的尽头忽然显出了一点黑影。黑影逐渐扩大，渐渐凝成了一个巨大的石座，浮空悬立。

一个苍白的男子缩在那巨大的石座上，他的身躯极为瘦弱，一袭白衣就如乱云般盖在他身上。他似乎连这袭白衣都无法承受。他的脸色苍白，肌肤都宛如透明一般，隐约可以看到里面纠缠着的血脉经络。他轻轻地咳嗽着，仿佛不胜这云海中的严寒。

但他的一双眸子却闪着湛然的光华。

那是重瞳的眸子，正中心叠压着两颗瞳仁，一金一玄，一瞳视阳，一瞳视阴；一瞳为恐惧，一瞳为欲望。欲望与恐惧交缠在一起，聚成这世间最本质的阴阳，潜藏在他瞳眸深处。

他就宛如这世界暗处的王者，冷冷注视着每一个人。

每人心中都有恐惧，都有欲望，所以，他本是不可战胜的。只有从这双眸子中，才能看出他的傲岸、尊严。

他的力量强大无比，无人能面对他这双眸子而不恐惧；但他又是世间最弱的人，因为他的身躯甚至不能承受一棵枯草的覆压。

然而，他是魔，心魔。

曾经差点将摩云书院毁去的心魔。

终南山上一战显然对他创伤极深，他的身子几乎就像死去了一般。

然而，面对着石紫凝跟李玄两人，他仍然有必胜的把握。

他咳嗽着，淡淡道：“你们来这里做什么？”

石紫凝紧紧盯着这双眼睛：“龙鼎血华是不是在你手中？”

心魔的脸色一沉，他也凝视着石紫凝，缓缓道：“那不是你能承受的宝物，只会给你带来灾难。”

石紫凝冷冷道：“石国的宝物，就应由石国之人取回！心魔，还给我！”

心魔淡淡道：“很好，只要你有这个本事，我就将龙鼎血华还给你又怎样？”

石紫凝一声怒啸，长剑裂空，闪过一道碧色的光华！

九命玄石不知从何时又恢复了那幽幽的绿色，通体晶莹，中间一痕光华宛如猫眼闪动，笔直地竖立着。石紫凝的剑光在云海中纵横着，又似闪烁在那线猫眼中。玄石内外的剑光交相辉映，剑华立时变得加倍强劲起来，隐隐带动着云团中蕴含的雷霆。

石紫凝长剑上蕴含的力量炸开，嬗变成几十个细小的光之小剑，旋绕在长剑四周。那长剑上包裹着厚厚的一层碧光，在石紫凝运用之下，直刺心魔。

剑羽。

剑术的第一重是剑气，凝剑成气，已经对剑略有所通了。第二重是剑华，剑气再度凝练，融合地水火风四大原力，便可变化成光华，覆绕在剑身上。剑华长可达一丈，已脱略了剑之范畴，举手便可杀人。等到修炼到石紫凝这种境界，剑华之外，再度生出这种似剑非剑的碎光，便是到了剑术的第三重境界，剑羽。

不要小看了这些仿佛羽毛一般的小剑，它们虽然细小，但威力并不弱于附着在剑身上的剑华，被它们刺中，跟被剑身刺中的伤一样重。何况修到极处时，一剑刺出，可驱动千万剑羽，纷纷落如雨，令人防不胜防。石紫凝才通剑羽之道，能够施展出几十片，已经算很不错的了，放眼摩云书院本届的弟子，在剑术上可以稳称第一。

等到功行再进，剑羽再度幻化，每一片都跟真剑一模一样。不要以为这只是简单的形体上的变化，一旦剑羽凝结为真剑，则威力陡然增长一倍，每幻化出一柄真剑，威力便增加一倍，等修到后来，化身千剑万剑，宛如天降雷霆，神灵行法，强到不可思议。是以，这种境界称为剑神。

等到化为剑神后，再度幻化，身与剑相合，御剑飞行，化剑伤人，剑与天通，如仙如灵，称为剑仙。剑仙之上，灵台外映，手中已无剑，以灵台为剑，剑扫天下，称为剑圣。

能达到剑气境界者比比皆是，达到剑华境界，已然可称为高手，等进阶到剑羽，已比较少见，若称为剑神，那足以横行一时了。剑仙、剑圣则一个时代都未必出得了一个。六重境界，越修到后来，所费的精神越是多，每进入一个境界，都是质的飞跃。

李玄看到石紫凝施展出剑羽之境，也是小小惊骇了一下。不禁有些汗颜，都是一样的师父教出来的，咋别人就那么有出息呢？

君千殇大概可以称为剑圣了吧？谢云石呢？勉强可以称为剑仙？就算不是剑仙，也总是资深剑神了。几位常傅，精通剑术的，大概全都是剑神境界。石紫凝能够悟出剑羽，的确算是极为难得的了。

果然，石紫凝掌中运用，一柄剑上剑华炽烈，幻化出八尺长的碧色透明剑锋，带着二十八只同色同质的剑羽，飞夺心魔。

浓浓碧色立即将心魔苍白的脸色照亮，只是他的一双眼眸却仍然是那么深邃，那么空寂。

他淡淡道："你若是斩了我，又到哪里去找龙鼎血华？"

石紫凝猝然住手，她的脸色已变得苍白。

心魔的眸子傲然闪耀着，就仿佛一块无比高贵而洁净的玉石："我早说过，你胜不过心中的欲望的！"

石紫凝身子一震，她几乎握不住手中的长剑！

是的，她的弱点，就是她心中的欲望。但她又怎能放弃这欲望？只要她活着，她就一定要重建石国，用这份辉煌洗清她祖先的冤屈与罪孽。

这欲望已经成了她的生命，她的支柱。如果没有这种欲望，她也许早就死去了！

但在心魔面前，这种欲望却成了她最致命的弱点。心魔只是轻轻的一句话，但她却不由得心旌摇动，几乎崩溃。

心魔的力量，便是他能够直指人的内心。在他面前，没有人能遮蔽自己真实的想法，没有人能回避自己的恐惧与欲望！

石紫凝也不能。

所以，她重重回挫的一剑，已经斩伤了自己。

她脸色苍白，差点无法在铁索上站立。天之链堑上猛然刮起了极强的风。

天风。

心魔浮起了一丝傲岸的微笑。

他，永远是胜者。

一双眸子带着些戏谑地盯着他，心魔的瞳仁猝然收缩，就见李玄笑吟吟地看着他。

心魔的眉头不禁皱了皱。

李玄笑道："我们两个真是有缘，在崖底见过，在书院见过，现在又见了。你说这是缘呢，还是孽呢？"

心魔道："孽缘。"

李玄笑了："不过为什么我每次见到你，都觉得你有些不一样呢？"

心魔淡淡道："那只是因为没有人能看透自己的心。"

李玄道："你的意思是说，你是我的心？"

心魔道："每个人心中都有魔，我就是你们所有人的心魔。只要你心中有欲望与恐惧，就无法战胜我。"

李玄笑了："这我知道，你说过很多次了。这次我想问个新鲜的。"

他指着心魔的身后，道："我想问问，这里面是什么呢？"

他指着的是锁链尽头那团云雾，那团凝结成实质，连石紫凝顿悟剑羽都无法斩开的云。

心魔的脸色遽然变了。

李玄自然没放过这个小小的变化。他知道，自己已经触摸到心魔的弱点了！

他悠悠笑道："云团之后，是否有我们感兴趣，而你极为不感兴趣的东西呢？"

石紫凝的目光也锐利起来，显然，她也觉察到了心魔的变化。

心魔受到重创之后，为何没有逃走，而来到了天之链堑的尽头？

天之链堑的尽头为何有一团连她的剑光都无法斩开的云？

心魔为何守在这团云雾之前，为何要用身体挡住这团云雾？

这团云里面究竟有什么？

是否，那是心魔惧怕的东西？

李玄眼中光华闪动，石紫凝手中的宝剑清鸣起来。

无论那是什么，都绝对值得他们拼命一试！

石紫凝轻叱道："你让开了！"

李玄匆忙后退，好在他脚上的五云战靴极为好用，心念才动，立即飞开十几丈，云海漫漫，挡住了他的视线，他只能看到石紫凝深深吸了口气。

碧色的光华倏然自她身上蹿射而出，浮空凌立，结成一簇极大的光团，一痕猫眼，在光团中裂开，石紫凝就悬浮在猫眼的正中央。

剑芒搅动着冷风，一阵噼啪的响声卷天而起，她手中的长剑忽然起了变化，爆散成无数碎片。每一道碎片都化为一道剑羽，凛然反卷，她右手挥了出去。一道冷冽的碧芒倏然自她的袖中飞出，搅动漫天碧色剑羽，向心魔直射而去！

这一招，施展出了她的全部修为，这是搏命的一招！

心魔脸上显出了一丝惊讶，剑华剑羽透体而过！

剑华在云团中炸开，碧羽纷飞，雷霆般的轰响在云团中爆发，那云雾终于经不住如此强大的力量，慢慢散开了。

李玄急忙睁大了眼睛，想要看清楚云中究竟是什么东西。

但他并没有看清楚，因为心魔已在这时站了起来，他极为优雅地向石紫凝一躬，微笑道："谢谢你！"

然后他的身影渐渐变淡，向云团中消散。

"我……终于可以回家了。"

李玄急忙抢上，心魔连同那个巨大的石座全都消失不见。云团中黑黝黝的，看不到尽头，猛地，一道金光自天际劈下，云团中立即金光闪动，聚合出了一座巨大的门。

那门金光耀眼，光芒万道，上面丝毫点缀都没有，但正是如此，却充满了无上的霸气。

石紫凝能够感受到心魔的气息就消失在这门里面。

回家？

这门之后究竟是什么？

剑光飞舞，带着石紫凝向门撞去。门上光华倏然凝成了一尊神灵的模样，那是一尊狰狞的神灵，顶盔掼甲，威武雄壮。他手中拿着一柄巨剑，光华灿烂至极，一剑向石紫凝劈下。

钧天雷裂中，石紫凝身形倒翻而回。

这一剑，几乎让她窒息。

她细长的眸子惊讶地瞪大，不明白究竟发生了什么事。

李玄也同样惊讶无比，但他并没有像石紫凝那样冲动，他昂头，望着门的上面。

那上面是一个匾，一个刻满了各种符箓与仙灵形象的匾。李玄轻声念道："华音阁。"

华音阁？石紫凝的眉头忽然皱了起来。

就在这时，笼罩在摩云书院上的紫气，忽然激烈地翻卷了起来。李玄石和紫凝同时身子一震，似乎书院中发生了什么惊天动地的大事。

他们对望一眼，都知道书院弟子尽遭心魔毒手，大都重伤。那帮常傅老怪物又躲了个活不见人、死不见尸，若再有什么意外发生，绝无人能够抵抗。

石紫凝再度深深看了那扇门一眼，跟李玄急忙向书院掠回。

那扇光芒万丈的门静静肃立着，群山大川似乎都笼罩在它的光辉之下。

它便是这世界上唯一的尊者，宇宙八极，万事万物，无不是它的臣子。

它君临天下。

云雾恭谨地围拢来，将它包围住。它仿佛帝王，巡视完它的领土后，再度陷入了安眠。

但摩云书院却显然并不平静！

第三十章　石作莲花云作台

苍莽的终南古山道上，有一个人影。

碧气千寻，旋绕烘托着山顶上的万条紫气，映衬着大唐长安这百余年的盛世。

这是终南山独特的景象，佑护着大唐千千万万黎民百姓，以及中华历史上最文采风流的一段光阴。

现在，碧气与紫气却都围绕在这人影周围，它们偎依着他，仿佛诸天之下，只有他才是最高贵的存在。

人影走得很慢，但却绝不停留。

一抹淡淡的蓝色萦绕在他周身，这让他的身形容貌有些恍惚。

这抹蓝色并不深，也不浓，但就连最锐利的目光也无法穿透。

那是最浓的雾，又是最强的光。

然而每道目光落在这抹蓝色之上，那蓝色立即烙刻在他们心灵深处，再也无法抹去。

那蓝色的长发，蓝色的眼眸……

这是最模糊的一个人，但每个人都清楚地看到了他，每个人都清晰地感受到了他那高贵、冷漠、残忍，足以让天地动容的美。

这实在是很古怪的事情，但没有一个人感到奇怪。

因为那抹蓝。

但这蓝色却是那么柔和，甚至不跟任何色、光、气接触，是那么萧疏而又淡然。

天清得有些可怕。

人影缓缓拾阶，走进了摩云书院，向后山走去。

郑百年在练剑，卢家兄弟的伤刚好，在休息，阿长在看门，六大常傅的神识控御着一切，紫极老人觉醒在自己的轮回中。

每个人都看到了这抹蓝，他们的目光一旦落在上面，就再也无法移开，但却没有一个人起念拦住他。

他们就这么看着他走过太辰院，走过熏衣阁，走过了红月崖，走进了那峡谷。

那是与心魔一战的峡谷，也是天狐九灵儿殒命的峡谷。

郑百年瞳孔收缩得厉害，因为他发现，这人看似毫无奇特地走着，但他的双足，却没跟任何东西接触过。

没跟土，没跟泥，

没跟风，没跟光，

没跟气，没跟云，

没跟雾，没跟水，

没跟天，没跟地……

这一切，都没留下他的踪迹。

他走来，仿佛他是存在的；他走过，却如从没有过这个人一般。一旦看不到他的影子，他的印象便渐渐在众人的心中淡去，只留下一抹隐晦的蓝。

直到他杀死你的时候，才会再度觉醒。

郑百年忍不住打了个寒战，因为他知道，这是多高的修为！

那人影站住，站在幽幽的谷中。

他仰头，双手张开，仿佛想拥抱什么，但大地天空一片空空，连星辰都消失了。

泪水缓缓自他的眼中落下，滴在泥土中，化成湛蓝的光。

"你是觉察到我的苦，才甘愿死去的吗？"

他的双臂慢慢收拢，仿佛抱住了一个人形。

只是，一切都是空的。

"九灵儿，我的一生，都不知道如何爱你……"

一蓬淡蓝的光自他的心中绽出，在他的怀抱中融合，渐渐形成了一个浅笑低鬟的影子。那是天狐九灵儿的身影，正盈盈看着那人，似嗔似喜。

那人突然恸哭。

天清得让人心痛，那人的哭声进入了每个人的心底。

轮回净尽，剩余的唯有泪水。

这是百年未曾流的泪水，这是千生万世未曾流的泪水，这是眷恋与舍弃，轻怜与密爱都未曾流的泪水。

他剑指苍穹，傲压禁天之峰，龙威震西域，孤身战魔境，伤神入轮回，都未曾流过泪水。今日当流个痛快。

这一刻，他不是那个天下无双的四极龙神，只是个情根深种的男子，在爱人的墓前，哭个痛快淋漓。

谁能解此伤心？

谁又知道，那三生石中困住的，不是九灵儿，而是他？

三生石，是用九灵儿的缱绻柔情，困住他的"意"。

他的"意"，他的记忆。

他的往事。

他的岁月。

三生石中的轮回苦喜，让他深深沉湎其中，不愿做任何挣扎。只因为，那是他与九灵儿的轮回，是他此世最大的愿望。

他修为绝高，天下纵横，却不知道什么是爱，也不知道该怎么去爱。他可以杀死天下无敌的妖魔，却不知道如何去爱一个深爱他的女人。

因为，他只有剑，只有力量，却没有一颗温存的心。

他杀尽禁天之峰上的人，只因他看到了九灵儿的惊惧，他不想让她惊惧，所以才出剑。他不知道如何爱她，所以，只会用剑去扫荡一切横亘在他们中间的障碍。

他只有一柄剑，却没有一颗会爱的心。

他的决绝、他的迷惘、他心底的守护，却只能一次次将九灵儿伤得更深。

他终于成为那个绝情离去的男子。

直到被君千殇斩入轮回。

在三生石中，当他无穷的力量被镇压、抽离之后，他似乎突然懂了九灵儿的心意，也懂了自己的心意——他深深爱着九灵儿，远甚于他爱着这天下。

所以，三生镇压，不是苦，而是喜，是乐，是忘忧。

但这三生镇压，却生生压断了他的因缘。

在三生石缠绵的梦境中，他听到他的心中传来一声低低的谶语：

你将在再度出世的时候，永远失去你的挚爱。

他霍然惊醒。

然而一切已经无法改变。

所以，他大哭。泪水满面，忘情忘态，天惨地变。

群山默默，万里惨暗。

那蓝辉凝成的伊人，仍旧笑嘻嘻地看着他。那是他心中装着的九灵儿，并无实体，只是虚幻。

这千生万世经历，又如何不是虚幻？

突然，九灵儿的双手抬起，轻轻捧在那人的脸上。那人身子一震，猛抬头，就见九灵儿脸上的笑容是那么灿烂，对他轻轻摇了摇头。

"你……是不愿我悲伤吗？"

九灵儿轻轻点了点头，她的手放在自己的心口，小心地托起什么东西，放到那人的心房处。她的人跟她的笑容渐渐消失，没入了他的心中。

"九灵儿，你是说，你以后永远都在我的心中吗？"

没有人回答他，这，本就是个幻影。

一声悠长的叹息，他缓缓站直了身子。

他湛蓝的眼眸望向天空，呆呆的，似乎在回想着伊人的一颦一笑。

天空，是亘古未有的纯净，纯净的湛蓝。

一如他的眸，他的发，他的衣和他脸上绝美的荣光。

终于，叹息止歇，九灵儿可以离开他，但他却再不能离开九灵儿。

没有她，天荒地老，他又到哪里去寻找轮回？

缓缓地，他踏着与方才同样的步伐向外走去。他的脸上已没有了泪痕，变得跟这片天一样，空清、浩瀚。

他走到了书院院墙处，那里是紫芒垂尽纠结之处，纠结在一座巨大的神龙雕像上。神龙昂首，无尽的紫气从它的口中喷涌而出，布满整个天空。

玉鼎赤燹龙。

他默默立住，抬头看着这尊神龙。

雕像中忽然响起了一声龙吟，似是眷恋，又似是哀鸣。

他的手抬起，轻轻按在雕像上。那并不是抚摸，而是在跟长久不见的故人握手。

"这么多年，你也辛苦了……"

神龙雕像上猛然爆发出一阵强烈的白光，中间夹杂着一条血红的赤练。那雕像猛然幻化成一只巨大无比、晶莹通透的玉龙。

这玉龙本被紫气禁制住，此时幻化出真形，紫气立即化成天刑，戕害着它的身体。但它却全然不顾那深入骨髓的痛苦，它一定要化成真实的形态，跪拜在这个人面前。它那硕大的头颅垂在那人身侧，茫茫龙吟变成了哀婉的呢喃，似是在对着那人撒娇。

那人面庞上绽开一丝微笑，这一笑，无尽的温存化为无尽魅惑，几乎让天地也为之震颤："以后也要拜托了……"

玉龙扭动着巨大的身躯，它的身上背负着一块万斤重的巨石，用粗长的铁链锁在它身上，这让它只能趴伏在这里，为终南紫气服役。

那人伸出手，轻轻掸了掸，似是为它掸去身上的灰尘。那巨石轰然碎裂，连同铁链一齐跌落在地上。所有天刑也一齐散去。

玉龙一声欢喜的咆哮，身形轰然胀大，刹那间膨胀成宛如山岳般大小，昂头喷出了一股百丈余长的巨大火焰。顿时，仿佛青天都燃烧了起来。那玉龙一旦脱困，面容立形凶狠，似是想起了这些年的仇恨，腾起巨尾，向终南山顶的睡庐狠狠拍去。

那人柔声道："玉鼎，算了。"

一语才出，玉龙陡然顿住，不甘地呜呜叫了两声，却也只好驯服地趴在那人身侧。它的身形比起那人大了何止千倍万倍，但趴在那人身边，却是温驯无比，大有摇尾乞怜之势。

那人伸手在空中连掸了三次，摩云书院的东、西、北三方，分别冲起一道浩浩的金、碧、玄气，那玉龙一声长吟，身上也是腾起一道粗长的赤芒，跟那三光相互映耀。

四道光华，四条光之巨龙，凌空悬照在终南山上。

苍茫的龙吟震天动地响起，苍天忽然分裂成四块，分别渲染出青、赤、玄、黄的极光，纷纷垂照而下，一时万千星辰一齐闪现，却全都被这四色耀满，当中一轮明月耀眼至极，却是那诡异耀眼的蓝色。

那蓝色有着君临天下的傲岸，所有看到的人，都不由得心头一紧。

他们全都想起了，当日那无比威严的蓝色太阳。

难道这个人，才是四极龙神石星御？

但为何从他身上感觉不到那滔天的魔威呢？

他是如此的温文、优雅、俊美若神，情深如海。

难道这个刚刚为九灵儿痛哭的男子，才是真正的石星御？

那男子笑了："不要显弄了，我们该走了。"

四色冲天光华随着他的话迅速暗淡下去，依旧是晴空万里，浩瀚了无边际，看不到星辰，看不到明月。

四只神龙蜷伏在他身前，它们的形体几乎一模一样，都是晶莹通透，宛如玉石一般，唯一不同的，是它们体内的那道光，纷呈青、赤、玄、黄四色。四色辉映，四条神龙再度聚首，都是极为高兴，互相厮磨了一阵，忽然体内的四道光华一齐爆开。

青光皎然，宛如烟花一般自青帝真炁龙身上勃发而出，喷得一天都是。

青色的烟花纷纷而落，每一朵都化成一棵大树，森森茫茫地耸天而起，眨眼间幻化成郑林无边，将整个终南山覆满。众人惊讶地四处顾视着，只觉自己仿佛入了深山老林中，满身都是千年凝结的沉碧。那不是幻象，而是真实存在的。

碧气扶摇，青帝真炁龙身子化成一棵巨大无比的树木，高几百丈，万千枝条耸出天外，一轮火红的太阳在它枝梢滚动飞舞，旁边飞动着九只三足火鸦。

东海扶桑！

难道青帝真炁龙的真身乃是东海万年仙木扶桑树？

那号称日之源头的万木之祖？众人震惊至极。

突然，又是一声悠长的龙吟，扶桑木上滚动的火日猛然跃到了天空，顿时烈火宛如箭一般铺天盖地射了下来。每一箭落，登时激发出无数火焰，赤地立即燃烧起来。大地轰然爆响，山陵崩摧，炽烈的地火自九重黄泉喷出，跟天火纠结在一起，化成无数条贯天裂地的巨大火柱，激烈地旋转起来。

火龙飞旋天地之间，顿时，整个人间都成了火之地狱！

那轮红日却是如此地耀眼，足足扩大了千倍，几乎悬压在众人的头顶。玉鼎赤燹龙那巨大的身躯飞舞其中，烈威轰天蚀地而下，仿如灭世天劫！

天下仿佛全都被这天崩地裂而出的天火地火焚尽！

猛地又是一声龙吟响起，一片汪洋大海忽然化形而出，顷刻之间，终南山仿佛一座小岛，悬浮在这座大海之中。海涛起于无形，倏忽而来，众人本都集于太辰院，却突然落在海中，不由得心下慌乱。但他们随即发现，在海水中仍能呼吸，只是手脚被海水挤压，想要动弹分毫都艰难无比。

忽然，一尾大鱼游了过来，对着众人瞪视片刻，然后缓缓游走。无数海藻、海植幻化生长着，光怪陆离，宛如到了真正的海底世界。众人又是恐惧又是惊奇，目不转睛地看着。猛地，海涛翻卷轰发，玄天霸海龙仿佛垂天长虹，半条身子浸在海洋中，半条身子昂首半空中，身子微一晃动，便是滔天的巨浪打出！

龙吟再起，一点黄色的光华在海涛中生出，迅速地扩裂开，附着在终南山所化成的岛屿之上，宛如一条黄线，迅速在海涛中蜿蜒前行。万里黄沙随着那点黄线鼓涌奔腾而出，填在海涛中，迅捷无比地形成了一个个大大小小的岛屿。

众人的目光仿佛能望到无限远处，眼睁睁地看着一大片一大片的陆地在海中圈出，随着扶桑树上点点青色的光华落下，无数树木花草在这荒凉的土地上滋生蔓延，那片荒凉的沙漠立即变得生机勃勃。

一座巍峨的山脉在万里黄沙中拔起，峰顶直逼苍天。

那是皇极惊世龙的真身。只是这真身也太大了一点儿，几乎绵延出了千里万里！

青帝真炁龙，玉鼎赤燹龙，玄天霸海龙，皇极惊世龙，或在天上，或在地上，全都幻化成无限大的身躯，傲然相互啸叫答唤着。

它们仿佛被封锁太久了，憋闷到了极限，一旦再回主人身边，相互聚首，忍不住就将力量施展出来，宣泄天地。

只是这宣泄实在太大了点儿。它们本是这世界的地水火风四大元气的源头，这一尽情施展，力量幻化为实体，将摩云众生徒吓了个目瞪口呆。

万里汪洋中，浮着一棵无比巨大的扶桑木，青气幻化成万点流萤，在树冠上舞动着，不时投放到宇宙深处。一轮红日滚滚掠过天幕，烈火如潮，随着它将苍天烧成了一片血红，而在汪洋之中，那一片片苍茫大地之上，生机勃勃，已幻化出了城郭村寨。青萤万点，烈火流空，汪洋浸天，山岳刺日，众人一时来不及去想自己的目光如何能够看得这么远，尽皆被这宏阔至极的景象深深震撼！

石紫凝与李玄恰好在这时飞回了摩云书院，这一幕才入眼，李玄的身子登时僵住。

见识过镇海神鳌之后，他知道，这一幕并不是幻象，而是四大神龙的心外灵台。他仔细地看着那片汪洋，心中叫苦连连。在紫极老人化成的轮回之境中，他见过天一真水，这滔天没地的汪洋，正是镇海神鳌想修却还未修成的天一真水！

那也就是说，玄天霸海龙的修为，至少是镇海神鳌的十几倍！

而青帝真炁龙、玉鼎赤燹龙、皇极惊世龙的神威，丝毫都不在玄天霸海龙之下，也就是说，这四条神龙，都是心外灵台已幻化成熟的绝世高手。

那它们心甘情愿奉为主人的人呢？

这个看上去温煦而优雅的男子，修为又会高到什么程度呢？

李玄惊骇得差点摔了下去，只听那人笑道："好了，我们真的该走啦。"

万里幻影，四方纠结在一起的灵台，倏然消失，显出终南山上的夜空来。

众人一时都是有些不能适应，使劲揉搓着双眼，心中空落落的。

他们的目光，跟着全都凝聚在那人身上！

那人仰头，道："紫尊，你现在还不肯见我一面吗？"

终南山顶的茅屋之门，吱呀一声被推开了。

紫极老人缓步走出，他的面色变得苍老无比："我费尽心机，仍然还是困不住你。石星御，你出世了。"

第三十一章 长安宫阙九天上

石星御？

石星御！

众人都不由得一惊，但随即心中释然，都是暗呼：果然是他！

也只有他，才有这样的霸气，也只有他，才能御使威力如此无穷的先天神龙。

四极龙神石星御，果然具有翻天覆地之威能，之前心魔幻化的幻影与他比较起来，就跟婴儿一般。

石星御淡淡一笑，他的面上有着无限的忧伤："我更宁愿被困……只是，我出来了，有些事情就必须做。"

紫极老人脸上闪过一阵决绝之色，道："你莫以为没有君千殇，就无人能制你了！我这些年苦修轮回之法，就是为了这一天！"

说着，紫极老人身上突然闪起万千光华，三十六轮回秘境一齐在他周身闪现，化作三十六重幻光，轰然扩散而出。

那株曼妙神秘的大树，再度扶摇而出，化作一团碧光，将紫极老人罩住。青色的光华自树身上不住腾起，向四周冲射。于是，巨大的森林不住拔出地面，支天而起。山川、湖海、城郭、荒漠一一具体而微地呈现。

唯一奇怪的是，这片空间中，没有任何生物，只有三十六个紫极老人，一齐皱眉思索。随着紫极老人一声长啸，三十六位紫极老人忽然全都动了起来。

有的吟咒，有的运剑，有的持长枪冲杀，有的化巨兽奔突。

三十六位紫极老人，三十六式惊天动地的杀伐。

他们所指的目标，只有一个，四极龙神石星御。

石星御身形不动，他的脸上仍是温煦的笑容，只是那笑容中有些无奈："紫尊，为何你总不肯相信，我并不是魔呢？"

他抬手，众人眼前忽然闪过一阵光，所有的人一齐震惊！

他这个动作极为简单，似乎没有带起任何力量，但随着这个动作，黑夜忽然化成了白日。

天清得好厉害。

众人心中空空落落的，都不由得抬头望去。

他们从未见过如此纯净的一片天，那似乎是在他们身为婴儿之时，方才见过的美丽天色，纯洁、湛蓝、毫无半点渣滓，只存在于婴儿出世的第一眼中。

那似乎是人心底所保留的最后一片天空，拒绝任何外物的污染，只有在最伤心、最绝望的时候，方才拿出来看一眼。

然后就可以死去。

那是每个人最后的真爱、最初的慰藉。当这片天出现在眼前时，每个人都愿意用心头的血化成泪，痛哭一场。

悠长的叹息幽幽响起，众人霍然惊醒，却见三十六重轮回秘境尽皆化为尘土。

紫极老人踉跄后退，他的面容又惊骇又落寞，他脚下的终南山轰然震响，似乎他后退的每一步，都蕴含着极大的震力！

石星御幽然长叹："紫尊，我不是魔。"

紫极老人胡须戟立，厉声道："你就是魔！"

石星御笑容中藏了无尽的悲伤："我本该追随九灵儿而去的，但我忽然想到，我再度出世，或许还有一个意义。"

他仰望天际："或许我可以证明，九灵儿没有爱错人。她爱上的，并不是魔。"

紫极老人的脸动了动，石星御的身形忽然消失。

紫极老人大惊，所有的人追逐着他的目光，直射终南山最高处！

摩云书院有两件镇山之宝，也是护御终南山与天下的终南紫气所萦聚之处，那便是太辰院的大周天太皓天元鼎，以及终南最高峰逍遥顶的九极定乾旌。

紫气飞舞，自鼎而出，上耀于旌，下垂于青赤玄黄四座神龙雕像处。

太皓天元鼎中藏纳周天星辰，化为九重天宇，有着无限秘密，而九极定乾旌传说有移山换海之能，一旦舞动则天为之掀，地为之覆，威力强到不可思议。这两件宝物都传自太初，虽然没有太初四宝那么有名，但也是世间绝无仅有之物，镇压终南，群魔无一敢犯。

石星御的身形再现之处，正是九极定乾旌之下。

他抬头仰望着这座高几十丈的巨大旌旗，山风猎猎，吹动那不知何物织成的旌面，上面绘制着九只烈日，光芒隐动，浩瀚的元气无穷无尽地在其中涌动着，果然是辟魔镇妖的第一宝物。

石星御淡淡一笑，忽然伸手，握住了旌身。

九只烈日轰然自旌面上弹起，顿时化为炽烈的九阳，万丈金光自日身喷薄而出，化成封神炼魔绝灭光线，向石星御怒射而下！

每一条绝灭光线都粗及一丈，衬得石星御的身子渺小无比，似乎任何一条绝灭光线轰下，都足以置石星御于死地！

那绝灭光线乃是取自太阳中心的太初真火，威力更在先天三昧真火之上，不用说是人的血肉之躯，就算是北海海眼中沉藏的万年玄铁，也经受不住其照烁。

何况，这九极定乾旌上的九阳，乃是上古仙人取后羿射日后坠落的九只天帝神裔，以大罗金仙之法修炼而成。虽然那九阳只是日之尸体，精气大衰，但毕竟是太阳真体，威力无穷无尽。

此时感受到石星御掌上的威压，九阳齐齐出动，封神炼魔绝灭光线发挥到了极致！

石星御抬头，叹息。

"我威如天。"

倏然，众人心中都升起了一股恍惚的感觉，那封神炼魔绝灭光线本已照射到了石星御头顶，但不知为何，这咫尺空间，竟恍惚变得千里万里之远，绝灭光线怒涌而下，却无论如何，都超越不了这一距离。

石星御双手用力，九极定乾旌猛地拔地而起。

终南山宛如青霜落柱，发出巨大的轰鸣声，一道黑气自九极定乾旌下喷涌而出，直垂天际！

九极定乾旌飘摇舞动，那黑气滚滚涌动，忽然幻化成一个又一个形体，每一个形体上，都带着滔天噬地的巨大魔威。

黑气浩浩，足足涌了一刻钟的工夫，方才完全净尽，石星御的身后已罗列了几十条被无穷黑气包围的身影。

四大神龙各自显出木、火、海、沙四大身外灵台，相互纠结在一起，将这些黑气牢牢困住。四重灵台聚合，漫天黑气立即向中间沉落，在黑气中腾起几道光华，赫然也幻化出灵台之像，但却哪里敌得过四龙联手？

这道黑气本欲破空飞去，这时才顿然安静下来，蜷缩在四龙灵台之内。

石星御反手，重重将九极定乾旌插回了原处，他的身形飘然落下，那无限威力的绝灭光线这才擘空射落，却由于没了目标，依旧被九极定乾旌收去。饶是这片刻的工夫，以石星御那几乎涵盖一切的威严，也禁不住面色苍白，再没了原来的温煦笑容。

紫极老人的脸色要多难看有多难看："石星御！你将这些魔头放出来，还说你不是魔？"

石星御轻轻咳嗽，脸色渐渐恢复。

他笑了笑，道："紫尊，当日君千殇行剑天下，为了神州苍生，以轮回之力禁锢了九十九名妖魔，封印在九极定乾旌下，借九阳先天真火，消磨他们的戾气。摩云书院也因此被称为济世救人第一书院。"

他笑了笑："但我想，是妖是人，并不能只看其出身。我不能证明我是不是魔，但我想，我可以证明他们是不是妖。若这被你们镇压在九极定乾旌下的妖魔，都能够改邪归正，不再祸害人间，是不是我也可以不再以魔为名呢？"

紫极老人脸色苍白，那伟岸的身躯也禁不住颤抖起来，因为石星御接下来的话深深震惊了他："我将带领着这九十九名妖魔，在极北冰洋中立国，不妨就称之为大魔国。他们是不是妖，想必天下会有定论的。"

他深深一揖，脸上的笑容已恢复了原来的温煦。

那天依旧是一片白日，清得无比纯粹，无比高华。

紫极老人默然无语，大魔国，汇聚了石星御与九十九名顶尖妖魔的国度，将会有多恐怖？这么多力量加起来，只怕天下任何国家都无法与之抗衡！

要知道，那些被封在九极定乾旌下的妖魔，本身都具有通玄的功力，有好几人都修炼出了心外灵台，若非借助君千殇的轮回之剑，连打败他们都极为艰难。如非有九极定乾旌这样的太初至宝，又如何能困住他们？

而现在，他们却结成了一个国家，他们的力量汇聚在了一起！

毋庸置疑，有四大龙神之助，再加上本身强横的力量，石星御具有组建这个妖之国度的能力。但组建之后呢？是否真像他所说的，这个国度中的国民将改邪归正，宣示妖之好的一面？若是出什么变故呢？紫极老人不敢想下去。

显然，那些被黑气旋绕的妖魔，也想到了这一点，他们冷冷地笑了起来。

紫极的脸色越来越沉。

当年，他将石星御分为神、心、意、形、体五部分分别镇压，就是为了分散他的力量，阻挠他凝形出世。

然而，孽缘作弄，禁忌竟被一一破解，滔天的魔劫最终未能避免。

紫极禁不住一声叹息。

千殇徒儿，若非你一意孤行，又怎会出现如此变局？

但石星御却仿如不觉，脸上的笑容丝毫不变，他的目光抬起，盯着脚踏五云战靴的李玄。

他的目光很柔和，没有丝毫的敌意，但一接触到，李玄却仿佛连灵魂都被看穿了一般！一股宏大的力量自他身上那件破碎的衣服上发出，刹那之间，那衣服上蹿起一道凌厉的火光，轰然燃遍了他的全身！

李玄一惊，他随即感受到，那火光并不灼伤他的身躯，而是宛如铠甲一般将他护住。

这难道就是浩瀚战甲的本来面目？李玄却来不及惊喜，因为石星御单单只是一眼，就让浩瀚战甲感应到巨大杀气，起了如此变化！这种威严，足够让李玄惊到没有任何别的念头！

锵然长吟中，定远刀自动跃到他手中，烽火怒燃，只是李玄第一次感觉他握刀的手是那么不坚定。定远刀在轻微地颤抖着，似乎这道目光已让它从心底害怕起来。

石星御淡淡地笑了起来："紫极的分形镇压之术当真凌厉无比。"

微笑间，那抹若有若无的蓝光萦绕着他的面容，让他惊人的美丽变得有几分邪异："这就是镇压我的神一百余年的定远侯吗？"

镇压他的神？

李玄费解地咀嚼着这句话。

他见过这个蓝发的男子。

不是心魔幻影，而是古墓玄冰中冻着的那个人形。

他终于确定，五行定元阵镇压的究竟是什么了。

心魔取走的是他的心，古墓玄冰中封锁着他的形，九灵儿困住他的意，参娃娃便是他坠入轮回、化为异类的"体"。

定远侯压制的，是他的神。

这五重力量，分别被藏于终南、古墓、魔舍、大漠、天之链垄等无上秘境中，由紫极、老鬼药师、君千殇、元尊、定远镇压。

这本是完全的力量，却大都被李玄或有意或无心地打破了。

他终于明白，为什么雪隐会断定，他就是开启天下魔劫的人。

石星御缓缓道："我实在没有料到，除了君千殇，还会有另外一个人和我分庭抗礼。定远侯，我佩服你。"

他优雅地躬身行了一礼，似是在表达对敌人的尊敬。

当他的眸子抬起后，那深沉的蓝，已布满了他的瞳仁。

"现在，该是我取回神的时候了。"

蓝芒怒卷，自他的眸子中冲天烈舞而出，轰然怒震中，整个天都仿佛被这道蓝芒贯满，蓝芒在空中微微停顿了一下，立即向李玄聚拢而下！

李玄顿时慌了手脚，他实在没有料到，石星御竟然会向他出手！

这个威严如天的人，实在不应该对付他这个小角色啊！要打也应该去跟紫极老人打啊！臭老头儿肯定还有很多很多的法宝，说不定能克制住四极龙神，也未可知！

他这番胡思乱想的念头还没有转完，蓝芒已然将他紧紧围裹住，忽然燃烧起来。

紫极老人双目中霍然燃起两道紫莹莹的光芒，厉声道："不可！"

嗡然声响中，太皓天元鼎猛地腾起一道宏大的碧光，刹那间那无比巨大的鼎身变得宛如透明一般，一道电光飞舞其中，洪涛涌起，整座终南山上的每一草每一木都腾起一道碧光，迅速向太皓天元鼎中会聚而去。而在同时，九极定乾旌上的九阳再现，旋舞而出。

一声苍茫之声响彻天地，太皓天元鼎上霍然腾起一条碧华，带着整座山峰汇聚成的碧气，冲天飞舞，向九阳闪去。

碧气同那日光才接在一起，九轮烈阳登时轰轰烈烈地燃烧起来！

乙木精气助长了太阳真火的威势，将天空烧得一片火红，九阳去势登时迅捷无比，向着石星御当头落下！

石星御淡淡一笑，依旧吐出那几个字："我威如天！"

冲天烈卷的太阳真火忽然就穿过了他的身躯，怒落在万重黑气之中！立时惨嗥怪啸之声长嘶！九阳中汇聚的太阳真火何等强烈？这一落下，饶是那九十九名妖魔尽皆凶悍，也不禁被炙得凶威大灭！

眼见石星御袖手，并无出手之意，妖魔们一齐发动玄功，力抗太阳真火！

但见黑气冲天，围裹住这九团烈阳，那几位修成身外灵台的妖魔全力出手，白骨森森，支天而起，汇聚了其余妖魔的魔气，怒震轰响声中，堪堪将九阳包住。

紫极老人冷哼一声，玄功骤运。

那九阳忽然一齐炸开，其中蕴含的封神炼魔绝灭光线登时四溅而出，向着群魔凌压而下！

微笑袖手的石星御突然动了。

他的左手在身前轻轻挥了挥，那激绕群魔中的绝灭光线，忽然就好像被什么绝大的力量制住了一般，骤然消失。

石星御掌中红光怒现，万条绝灭光线炸开！

他双手猛然扬过头顶，身子拔地而起。

浩瀚的巨响震动着整个天地。

"我威如天！"

"我威如天！"

"我威如天！"

万条绝灭光线仿佛受到了无形的巨力挤压一般，慢慢向他的手中汇聚。石星御满头蓝发散开，仿如夜空中飞舞的星辰之光，卷绕天际。

他昂首，双目紧紧盯着绝灭光线，腾空飞舞！

他就宛如开天辟地的神祇，在运转宇宙！

"我威如天！"

巨大的声响撞击在天地上，连天地都在瑟瑟发抖！

绝灭光线发出一阵细微的哀鸣，被他那无上的威严压制住，渐渐形成一个十丈大小的紫色圆球。

"我威如天！"

天心中的太阳猛地炽烈，一道比绝灭光线大了十倍的紫光烈烈照下，笔直落到了绝灭光线形成的光球中。惊天动地的怒响几乎将终南山都震塌，石星御的身形被轰得直落地面！

他的身子一沾地上，立即定住，一口鲜血喷了出来。

他手中握着一颗直径三寸的紫色珠子。

无论谁看这珠子一眼，都会从心底战栗。

这珠子，蕴含了九极定乾旌中的精华，它的威力也许可以将整个大地毁去。

石星御又咳出一口血，转过头来。

失去了绝灭光线的九阳真火威力顿消，但也绝非常人所能抗衡。群魔勠力拼死，将真火压制下去，那沉沉黑气，却已暗淡了大半。

石星御微笑道："这太阳真火可以消解你们身上的戾气，具有无穷妙处。此后，我会每天用真火照耀你们，直到你们改邪归正为止。"

说着，他扬了扬手中的紫色珠子。群魔一齐变色！

石星御转头对着紫极老人笑道："大魔国刚立国，不得不借九阳之力，聚合这件镇国之宝。就由我来补偿你们吧。"

他挥了挥手，漫天光华突然消散，又归于本来的夜色。

星辰满天，但有四颗星辰特别亮。

蓝光耀眼，太初星辰之华自天降落，钉在四大神龙雕像本来之处，代替它们补足着萦绕终南山上的紫气。

石星御躬身微笑道："从今日起，大魔国便立于天下，诸位都可见证。"

等他身子抬起时，万里长空都变得模糊起来。石星御、四极龙神、九十九名妖魔，全都消失不见。

只有空中那一团蓝芒，却宛如火一般燃烧起来。

那里面困住的，是李玄。

尾声

石星御已经离开，但没有一个人心头是轻松的。

见识到真正石星御的威力后，他们才明白，原先心魔所幻化的龙神幻影，根本就算不上什么，至少没有这种举手投足之间可改换天地的威严。

我威如天。

石星御说得不错，四极龙神的威严真如苍苍之天，令众人只感到绝望！

他说要以九十九名本来镇压在九极定乾旌下的妖魔组建大魔国，那就必定会组建。他组建这个国度的用意是什么？

真的如他所说的，要证明妖与人并无二样？这似乎并不足够成为组建国度的理由，难道，在这句话背后，还隐藏着别的原因？

争雄天下。

这或许是国度建立的最令人信服的理由，尤其是以妖魔为黎民的国度。

一想到这里，众人都不禁心头沉重，不寒而栗。

争雄天下！

携四极龙神之力，御使这九十九名当初凭借君千殇的力量才镇压下去的妖魔，天下有哪个国家可以抗衡？

大唐吗？吐蕃吗？大食吗？

只怕这些世俗的国家，没有任何一个能够抵挡住大魔国的攻击！

那时候，是不是就是末世的到来？

紫极老人深深叹了口气，望着空中炽烈无比的蓝色火团，忽然兴起一阵无力感。

他想起了君千殇。

若不是君千殇放弃了轮回的力量，石星御的本领再大，也绝抵挡不住他一剑的。

轮回之剑并不是这个世界的力量，也绝不是这个世界的人能够抵挡的。那么，他就有足够的能力来挽禁住任何变乱的发生。

大唐百余年的盛世，本就是靠轮回之剑守护的。

但现在，君千殇却甘愿放弃了轮回之剑——只为了那份慈悲。

于是，天下再没有人能制住石星御。

一段段往事在紫极老人的心头流过，他很清楚石星御的过去，所以他才笃信，无论石星御变成了什么样子，就算他身上没有半点魔息，力量中没有半点魔气，他仍然是魔，百分之百的魔。

所以，大魔国注定会成为罪恶的渊薮、盛世的终结。

（后事请见《天舞纪III·魅月》）

图书在版编目（CIP）数据

天舞纪. II，龙御四极 / 步非烟著. — 北京：中国华侨出版社，2018.5

ISBN 978-7-5113-7685-5

Ⅰ.①天… Ⅱ.①步… Ⅲ.①长篇小说－中国－当代 Ⅳ.①I247.5

中国版本图书馆CIP数据核字（2018）第077268号

天舞纪. II，龙御四极

著　　者：步非烟
出 版 人：刘凤珍
责任编辑：紫　夜
封面设计：Violet
版式设计：美味的蘑菇酱
经　　销：新华书店
开　　本：880mm×1230mm　1/32　印张：10　字数：248千字
印　　刷：三河市文通印刷包装有限公司
版　　次：2018年12月第1版　2018年12月第1次印刷
书　　号：ISBN 978-7-5113-7685-5
定　　价：42.00元

中国华侨出版社 北京市朝阳区静安里 26 号通成达大厦 3 层　邮编：100028
法律顾问：陈鹰律师事务所
发 行 部：（010）82068999 传真：（010）82069000
网　　址：www.oveaschin.com
E－mail：oveaschin@sina.com

如发现图书质量问题，可联系调换。质量投诉电话：010-82069336